数码摄影与数码暗房专业技法

张冠英　编著

清华大学出版社
北　京

内容简介

本书全面讲解数码摄影的方法以及数码暗房专业技法，主要内容包括初识数码相机，数码相机的基本操作、分类和选购，数码摄影的构图技巧、曝光技巧、光线和色彩知识，数码摄影后期处理、数码照片基本处理、人像照片处理、风景照片处理，以及图片的合成处理与特殊效果。

本书内容丰富、图文并茂、结构清晰、讲解细致，既有专业的技术理论，又有实用的实战拍摄技巧，让读者在欣赏摄影作品的同时，对摄影知识和技巧拥有更为感性的认识。

本书既适合有一定摄影基础的摄影爱好者学习，也适合广大没有任何数码摄影经验的爱好者入门与进阶。

图书在版编目(CIP)数据

数码摄影新视界：数码摄影与数码暗房专业技法/张冠英编著. --北京：清华大学出版社，2012.5

ISBN 978-7-302-27949-5

Ⅰ.①数… Ⅱ.①张… Ⅲ.①数字照相机–摄影光学 Ⅳ.①TB811

中国版本图书馆CIP数据核字(2012)第011116号

责任编辑：汤涌涛
封面设计：山鹰工作室
责任校对：李玉萍
责任印制：李红英

出版发行：清华大学出版社
网　址：http://www.tup.com.cn，http://www.wqbook.com
地　址：北京清华大学学研大厦A座　　**邮　编**：100084
社 总 机：010-62770175　　**邮　购**：010-62786544
投稿与读者服务：010-62776969，c-service@tup.tsinghua.edu.cn
质 量 反 馈：010-62772015，zhiliang@tup.tsinghua.edu.cn
课 件 下 载：http://www.tup.com.cn，010-62791865
印 刷 者：北京鑫丰华彩印有限公司
装 订 者：三河市新茂装订有限公司
经　销：全国新华书店
开　本：185mm×260mm　　**印　张**：16.75　　**字　数**：406千字
版　次：2012年5月第1版　　**印　次**：2012年5月第1次印刷
印　数：1～3000
定　价：49.00元

产品编号：035061-01

前 言

本书全面讲解数码摄影的方法和数码暗房专业技法，主要内容包括初识数码相机，数码相机的基本操作、分类和选购，数码摄影的构图技巧、曝光技巧、光线和色彩知识，数码摄影后期处理、数码照片基本处理、人像照片处理、风景照片处理，以及图片的合成处理与特殊效果。

本书包括以下内容，具体内容如下。

第1章介绍数码单反摄影理论，阐述了对焦的相关方法，各种常见的拍摄方式，以及色温与白平衡、ISO感光度及调节方法，最后还介绍了影响景深三要素、分辨率、格式和画质。

第2章介绍摄影用光相关知识，介绍了基本光质，摄影光线的方向和应用，创造性利用光线，色温相关知识以及人像用光和风景用光。

第3章介绍摄影构图相关技法，介绍摄影构图的由来，基本的黄金分割法和三分法，其中重点介绍了摄影构图中的平衡、对比元素，以及摄影构图中的线性表达和形体表达，最后介绍了人像构图和风景构图的应用。

第4章介绍摄影中的拍摄手法，主要包括人像肖像、旅行纪实、运动场景、户外景物和夜景拍摄。

第5章介绍图像处理常用软件及基本应用，其中软件包括Photoshop、ACDSee、Easy Recovery图像恢复软件、Adobe Camera Raw文件处理软件以及光影魔术手和美图秀秀等。

第6章介绍照片的一般处理，主要包括照片的相关操作，涉及打开、旋转、剪裁、明暗反差调节、补救、调节等内容。

第7章介绍人像照片的处理，主要包括还原人像色彩、人像的美化处理、突出人像的主体，以及对人像照片进行艺术化处理。

第8章介绍风景照片的处理，主要包括改变风光照片的颜色和光照，裁剪和拼接更加震撼的画面构图，快速修复风光照片上的瑕疵，对风光照片进行艺术化处理。

第9章介绍图像的合成处理与特殊效果处理，其中主要介绍了合成处理、接片、特殊效果。

本书内容丰富、图文并茂、结构清晰、讲解细致，既有专业的技术理论，又有实用的实战拍摄技巧，让读者在欣赏摄影作品的同时，对摄影知识和技巧拥有更为感性的认识。

第1章 数码单反摄影理论基础

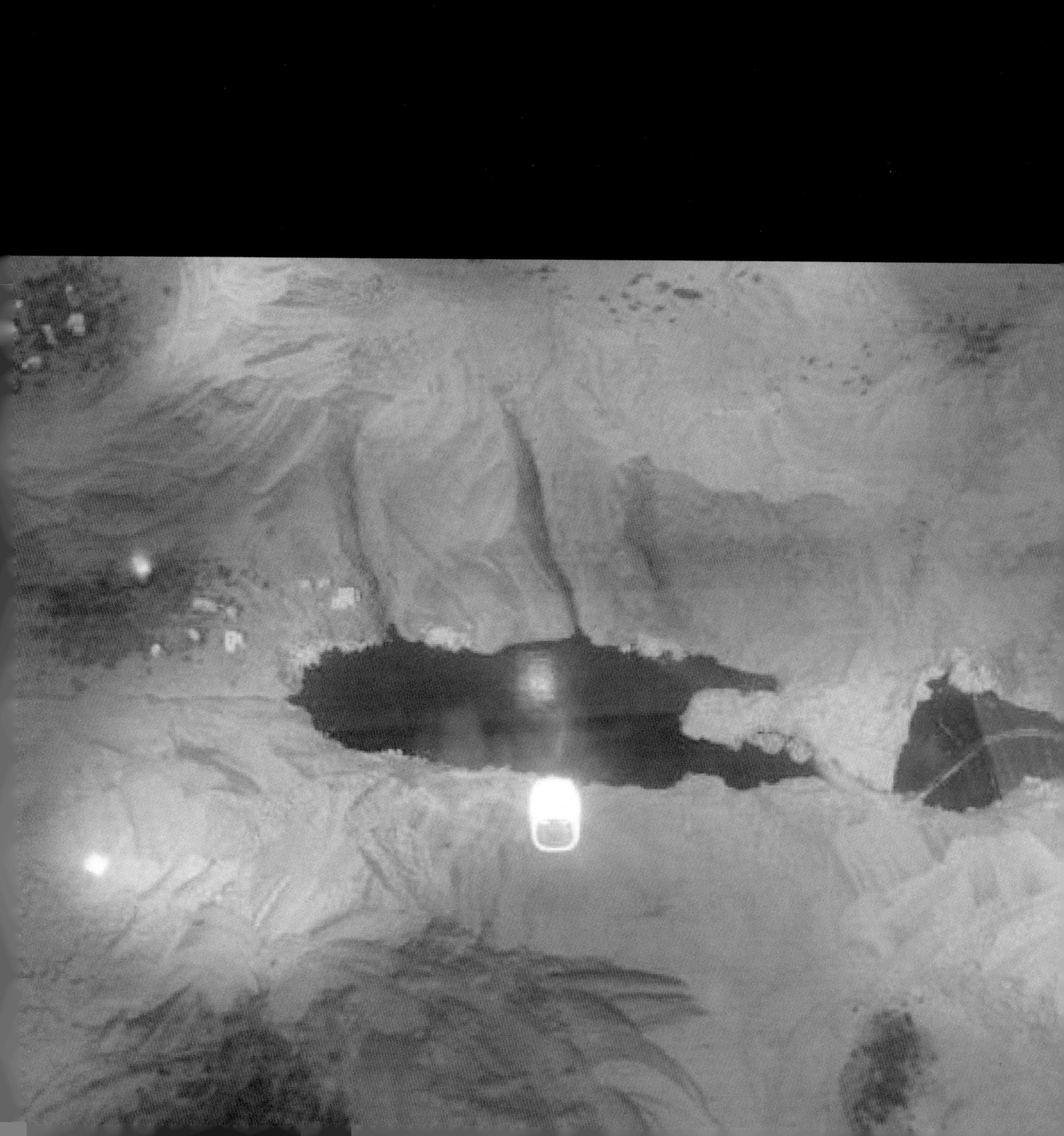

对焦

在日常生活中，当我们用眼睛观察远近不同的物体时，我们会把视线聚焦于某一个物体上，这时这一物体便会清晰地呈现在我们眼前，而其他的物体则显得不那么清晰了。与此相仿，相机的对焦过程也就是让被摄主体变清晰的过程。准确的对焦能让拍摄者获得一张影像清晰的照片，而图像是否清晰也是判断一张照片成功与否的关键。

对焦模式的选择

相机的对焦模式分为自动对焦模式和手动对焦模式两大类。拍摄者可按以下方法进行对焦模式的设置。

相机机身和镜头上分别有对焦模式选择器（左下图）与对焦模式滑钮（右下图）。AF（A）代表自动对焦，（M）代表手动对焦。可以通过调节对焦模式选择器和对焦模式滑钮来切换对焦模式。当对焦模式设置为自动对焦时，半按快门释放按钮，相机将自动对焦。而当对焦模式为手动对焦时，在半按快门释放按钮的同时需要通过调节镜头对焦环进行对焦。

▲

若相机镜头安装了A–M或M/A–M切换器。请选择A挡（自动对焦模式）或M/A挡（手动优先自动对焦模式）。

自动对焦模式	说　明
AF-A自动选择	相机自身根据实际情况在AF-S和AF-C模式间自动选择，即当拍摄对象为静止状态时，相机自动选择单次伺服自动对焦。而当拍摄对象为运动状态时，则选择连续伺服自动对焦。当相机可以对焦时才释放快门按钮
AF-S单次伺服自动对焦	用于拍摄静止的对象。半按快门按钮时，对焦将被锁定，快门仅在显示焦点时才能被释放。
AF-C连续伺服自动对焦	用于拍摄移动的对象。半按快门按钮时，相机将连续对焦，即使焦点未显示，也可拍摄照片

我们可以通过下面的方法进行自动对焦模式的选择：按下如右图所示的AF按钮，控制面板中的当前自动对焦模式会在三种自动对焦模式中进行切换，此时选择需要的模式即可。

对焦区域模式的选择

在默认设置下，相机会自动选择对焦区域或对焦于中央对焦区域里的被摄对象。但由于拍摄环境的多样化，默认设置不能满足拍摄者的所有需求，因此我们需要根据被摄对象和拍摄环境，选择合适的对焦区域模式。

相机在自动对焦模式时，AF–区域模式决定了相机如何选择对焦区域。以下是设置AF–区域模式的方法和各种区域模式的特点。

设置AF–区域模式的方法：首先按下MENU键，当液晶屏中显示菜单画面后，通过多重选择器选择“个人设定菜单”。再用多重选择器选择“AF–区域模式”选项，然后按下方右键。

设置AF–区域模式：当液晶屏中显示“AF–区域模式”设置菜单画面后，按上下键选择“单区域”、“动态区域”或“AF自动区域”三个选项之一，然后按下向右键，完成AF–区域模式的设置操作。

AF–区域模式	说　明
单区域	拍摄者使用多重选择器来选择对焦点或者对焦区域，相机仅在选择的对焦区域内对被摄对象进行对焦。多用于静止的被摄对象。单区域模式是P程序模式、快门优先模式、光圈优先模式、手动模式和微距模式的默认设置

续表

AF-区域模式	说　明
动态区域	拍摄者手动选择对焦区域，但如果被摄对象是运动的并暂时不在所选对焦区域内，那么相机将根据来自其他对焦区域的信息进行对焦。多用于拍摄不规则运动中的被摄对象，是运动模式的默认设置
AF自动区域	相机自动选择对焦区域，为Auto全自动模式、人像模式、夜景人像、风景模式及夜景模式的默认设置

单区域模式

如果拍摄者选择的是单区域AF对焦模式，那么在对焦时，取景器中只会显示出单个对焦框。这时，拍摄者就可以通过多重选择器选择相应的对焦点。

下面这幅图是在单区域模式下拍摄的。为了突出主体人物，拍摄者在精心布置画面布局后，对主体人物进行单区域对焦。

光圈：F2.8　焦距：100mm　曝光时间：1/640s　ISO：200

动态区域模式

在动态区域模式下，拍摄者仍然可以通过多重选择器选择相应的对焦点，对主要被摄体进行对焦。

不过，由于主要被摄体是运动的，因此相机会根据其运动方向灵活调整对焦点。

右侧这幅图是在动态区域模式下拍摄的。拍摄者先对位于画面中央的被摄体对焦。但是被摄体在画面中侧时，相机也跟随主体将对焦点调整至画面右侧。

光圈：F5　焦距：46mm
曝光时间：1/1000s　ISO：250

AF自动区域模式

如果拍摄者选择了“AF自动区域”模式，那么在进行对焦的时候，相机会根据被摄对象的特点，在取景器中显示出单个对焦框或者多个对焦框。

下面这幅图在AF自动区域模式下拍摄，由于画面中的花朵分布比较分散，因此相机自动选择了多个对焦点，使处于对焦区域内的花朵成像清晰。

光圈：F5.3　焦距：100mm
曝光时间：1/125s　ISO：105

对焦点的选择

相机一般会有若干个对焦点分布在画面区域内，拍摄者可以在拍摄时选择不同的对焦点，以便于在不影响构图的同时使主要拍摄对象能够清晰地呈现在画面中。

为了进行对焦点的选择，需要先将对焦选择锁定开关滑动至白色圆点处，然后就可以使用多重选择器选择对焦点了。

光圈：F8　　焦距：200mm
曝光时间：1/1250s　　ISO：250

曝光测光功能开启后，如右侧这幅图所示，通过多重选择器在取景器或控制面板中选择对焦点。选择完成后，可将对焦选择器锁定开关滑动至L处，以防止按下多重选择时已选择的对焦点发生变化。

Auto全自动模式、人像模式、夜景人像模式、风景模式及夜景模式的默认设置为AF自动区域模式，此时对焦点不可选。要选择对焦点，需将AF–区域模式设置为单区域或动态区域模式。

对焦锁定功能

在拍摄中，我们经常会遇到这样的问题：完成构图之后，发现需要精确对焦的主要被摄对象却并不在对焦点上。在这个时候，为了获得构图良好且被摄主体清晰的照片，我们可以选择对焦锁定的方法。

首先，将主要被摄对象置于所选的对焦区域，半按快门对其对焦。对焦成功后，按下“AE–L”／“AF–L”按钮可锁定对焦。然后，拍摄者可微调相机进行构图，这样便可使主要被摄对象成

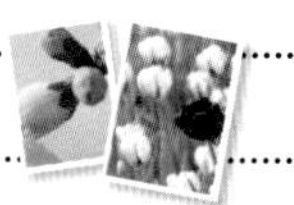

像清晰并且不影响画面的构图。但要注意在使用对焦锁定功能时切勿改变相机与被摄对象之间的距离。

拍摄者首先对作为被摄体的车进行对焦，对焦成功后，进行对焦锁定，然后微调相机进行构图，这样，即使作为被摄体不在最终画面的对焦点上，也能清晰呈现。

光圈：F9　　焦距：20mm　　曝光时间：1/1250s　　ISO：250

下面这幅图在拍摄时采用自动对焦模式，从而拍出了花朵的艳丽。

光圈：F7.0　　焦距：200mm　　曝光时间：1/1600s　　ISO：250

手动对焦设置

在日常拍摄中，我们可能会对着玻璃橱窗里的物品进行拍摄。但是相机在自动对焦模式下很可能对玻璃进行对焦，从而使被摄对象不能清晰呈现。因为相机不具备人的思维能力，只是按照程序对处于对焦区域的物体进行对焦，而不能像人一样对主要被摄对象和次要被摄对象加以区分。所以当镜头不支持自动对焦或者当自动对焦无法达到拍摄效果时，拍摄者可使用手动对焦。

当我们按照本节前面介绍的方法将对焦模式设置为手动对焦模式后，便可以在半按快门释放按钮时通过旋转镜头对焦环进行手动对焦。这样，即使主要被摄对象不在对焦点上，拍摄者也可以在自己满意的画面效果出现时按下快门。

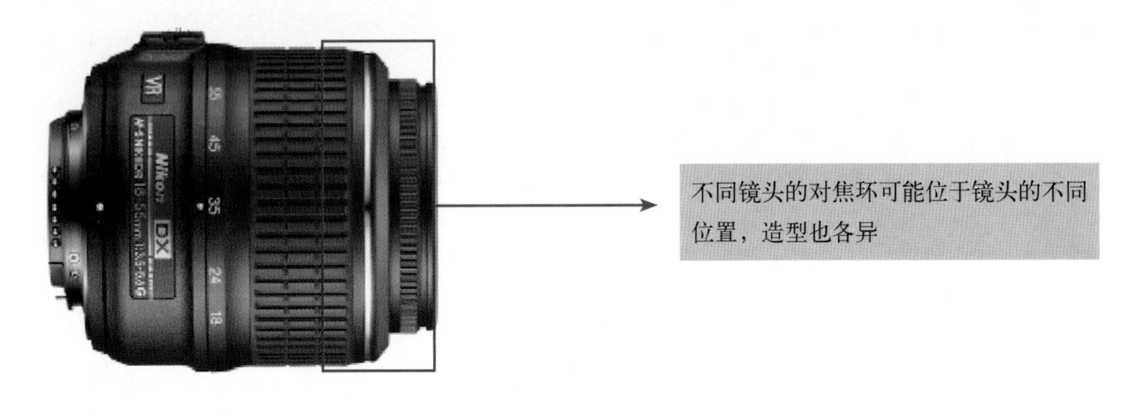

不同镜头的对焦环可能位于镜头的不同位置，造型也各异

拍摄模式

拍摄模式包括单张拍摄模式、连续拍摄模式、自拍模式及反光板预升模式等。拍摄者可以根据需要选择拍摄模式。

单张拍摄和连续拍摄模式

单张拍摄模式即每按一次快门释放按钮，相机就拍摄一张照片。这种方式可以节省存储卡空间。

连续拍摄模式即每按下一次快门释放按钮，相机便以每秒若干幅的速度进行连续影像的记录。

若要选择拍摄模式，按下拍摄模式按钮，直到控制面板出现拍摄者所需拍摄模式的图标为止。

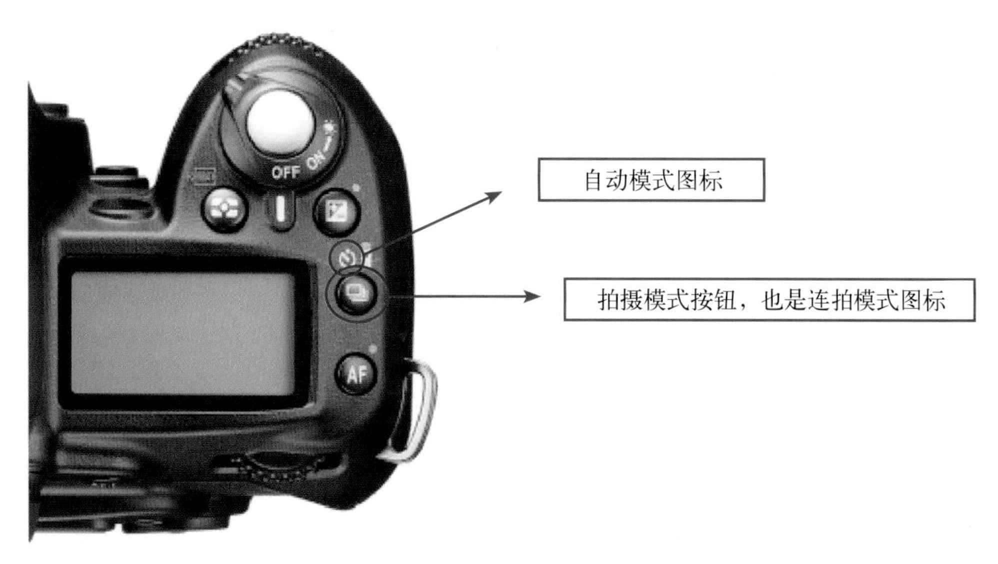

提示：不同相机的连拍速度有所差异，而且连拍速度还跟拍摄者设置的图片格式有关。若选择占用空间较小的格式，则相机的连拍速度较快；若选择占用空间较大的格式，则相机处理照片的时间较长，连拍速度较慢。

自拍模式

顾名思义，自拍模式是可以让拍摄者进行自拍的一种模式。当然，自拍模式不仅可以用于人像自拍，它在减少相机晃动方面也能发挥很大的作用。比如，在快门速度较慢的情况下，为了避免手指按下快门而造成相机震动，可以将拍摄模式设置为自拍模式。

采用自拍模式拍摄，我们首先将相机固定在三脚架上。构图完成后，半按快门释放按钮进行对焦。对焦完成后，完全按下快门释放按钮，启动自拍功能。

自拍模式启动后，相机的自拍指示灯将开始闪烁，同时发出蜂鸣声。拍摄前的2秒，自拍指示灯将停止闪烁，并且以更快的速度发出蜂鸣声。在默认设置下，定时器启动10秒后，快门释放。快门延时可以根据拍摄者的需要在相机菜单中进行调节。

提示：在P程序模式、光圈优先模式、快门优先模式和自动模式下用闪光灯进行自拍时，需要在定时器启动弹起闪光灯。若在定时器启动后弹起闪光灯，定时器将会停止计时。自拍模式还适用于拍摄夜景、创造流光效果等需慢门速度拍摄的场景，且对减少按下快门带来的相机震动有很大缓解作用。

反光板预升模式

当我们按下快门释放按钮后，相机的反光板将会以很快的速度升起并在一次拍摄完成后返回原位。相机内部反光板的震动会引起相机的晃动，会在一程度上影响成像质量。而反光板预升模式可以将在反光板升起时由相机晃动所引起的画面模糊程度降到最低。

现在只有一些中高端数码单反相机才有反光板预升模式。以尼康D700为例，介绍反光板预升模式的设置。如下图所示，按下拍摄模式拨盘锁定释放按钮并旋转拍摄模式拨盘，使拨盘指针对准反光板预升模式的图标“Mup”。

在反光板预升模式下，拍摄者应先将相机固定在三脚架上，在构图、对焦完成后，完全按下快门释放按钮以升起反光板。反光板升起后，再次完全按下快门释放按钮进行拍摄，反光板会在拍摄终止时返回原位。采用反光板预升模式拍摄时，拍摄者最好使用快门线或者遥控器，以避免手指按下快门时使相机震动。

色温与白平衡

我们首先来认识一下什么是色温。通俗地讲，色温就是指光线的颜色。比如，钨丝灯与荧光灯所散发出来的光线颜色是不一样的，不同的光线颜色说明它们具有不同的色温。色温的计量单位为“开尔文（K）”。如万里无云的蓝色天空的色温约为25000K～27000K，阴天和多云天空色温约为6500K～7000K，晴天时平均直射日光的色温约为5400K，荧光灯的色温约为4500K～6500K，钨丝灯的色温约为2500K～3200K，而标准烛光的色温约为1800K～1930K。所以当光线的颜色偏红、橙或黄色时，我们就称之为低色温。当光线的颜色偏青、蓝或蓝紫色时，我们就称它为高色温。

那么白平衡是什么呢？当光线的颜色是白色时我们称它为正常色温，并且任何一种色彩只有在白色的光线照射下才能表现为其自身的颜色。然而在绝大数的拍摄环境里，光线并不是白色的，那么被摄对象便无法在照片中呈现出它自身的正常颜色。白平衡功能就是让白色物体的成像依然是白色。数码相机可以根据拍摄环境进行白平衡调整，以适应不同拍摄环境下的色温，从而达到还原被摄对象自身颜色的目的。

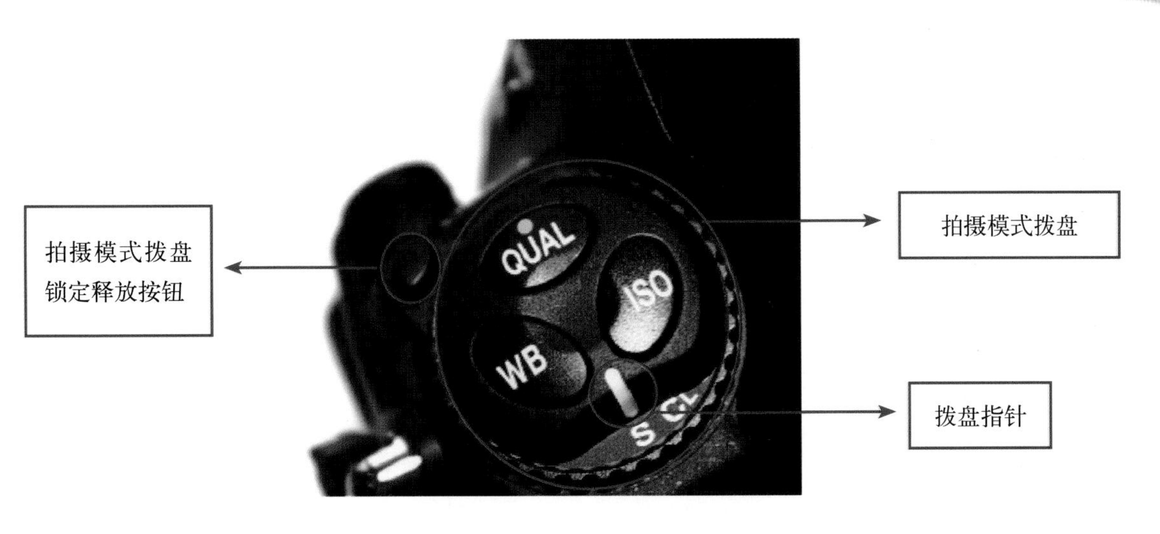

白平衡模式的选择

调节白平衡可确保照片的颜色不受光源的影响。数码相机为拍摄者提供了多种白平衡选择，下表为常见的相机白平衡模式。

白平衡模式	说　明
自动	相机自动设置白平衡，一般为默认设置
白炽灯	在白炽灯照明条件下使用
荧光灯	在荧光灯照明条件下使用
直射阳光	在被摄对象处于阳光直射的状态下使用
闪光灯	在内置闪光灯或外置电子闪光灯启用时使用
阴天	在白天多云的条件下使用
阴影	在白天被摄对象处于阴影中的情况下使用
选择色温	从数值列表中选择色温
白平衡预设	使用灰色或白色物体，或现有照片作为预调白平衡的参照

若要选择一个白平衡的设置数值，按下白平衡按钮并旋转主指令拨盘，直至控制面板出现拍摄者所需要的白平衡设置模式。

直射阳光

白炽灯

荧光灯

阴影

光圈：F8.0　　焦距：82mm
曝光时间：1/800s　　ISO：250

摄影者为了获得特殊的画面效果，应尝试使用不同的白平衡模式进行拍摄

白平衡的微调

由于同样一种光线在不同的时间段或不同场景中会有所差异，所以为了设置最为符合拍摄环境的白平衡，我们可以对白平衡进行微调。微调白平衡是在我们已设置的白平衡基础上，在−3～+3之间以 1为增量进行调节的。选择较小的数值能使照片呈轻微的黄色或红色调，而选择较大的数值能使整体影调偏蓝。需要注意的是，微调白平衡在选择色温模式和白平衡预设模式下不可用。

若要微调白平衡，需按下白平衡按钮并旋转副指令拨盘直至控制面板中出现拍摄者所需要的微调值。

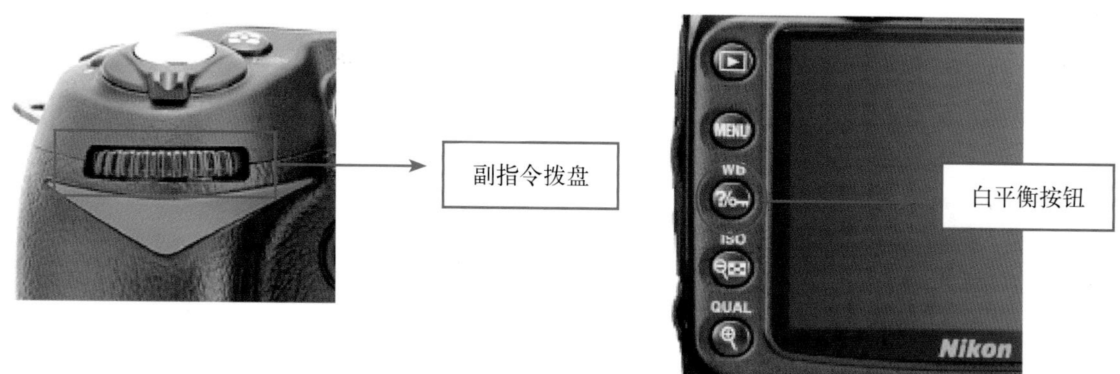

色温的选择

当拍摄者将白平衡设置在选择色温模式时，拍摄者需要为白平衡设置一个色温值。相机一般为拍摄者提供了从低色温到高色温的若干个色温值，拍摄者可从中进行选择，以符合当前拍摄环境的光线的色温。如果拍摄者有专业测量色温的色温计，则可根据色温计的测定值选择色温，从而获得非常准确的白平衡设置。

色温的选择方法是先在相机设置中将白平衡设置为选择色温模式，再按下白平衡按钮旋转副指令拨盘，直到控制面板中出现拍摄者所需的色温值。

手动预设白平衡

当相机中自带的白平衡设置无法达到拍摄者所期望的效果时，在没有色温计的情况下，拍摄者可以选择手动预设白平衡。手动预设白平衡的原理即拍摄者给相机提供白平衡的基准点，让相机记录下拍摄环境的色温信息。

拍摄者通过直接测量的方法手动预设白平衡：将一个中灰色或白色参照物放置在照片拍摄环境中，光线在纯白色物体中呈现的颜色也就是拍摄环境中光线的色温。此时相机会测出一个白平衡值作为此时的白平衡设置。

手动预设白平衡的具体操作步骤如下。

（1）将一个中灰色或白色物体放置在拍摄照片的光线中。在摄影棚中，可使用一张标准灰卡作为参照物。需要注意的是，在曝光时不要使用曝光补偿，因为曝光补偿会影响测试结果的准确性。

（2）将相机白平衡设置为白平衡预设模式。

（3）按下白平衡按钮，直至控制面板中白平衡预设项的图标开始闪烁。

（4）将相机对准参照物体并使其充满取景器，然后完全按下快门释放按钮。相机将测出一个白平衡值，并在选中预设白平衡选项时使用这个数值。测试白平衡时不会记录照片。

提示：由于数码相机拍摄纯色物体时无法对焦，预设白平衡时需将对焦模式设置为手动对焦模式。

ISO感光度及调节方法

ISO感光度在胶片摄影中表示为不同胶片对光线感光的灵敏度。使用胶片拍摄时，拍摄者可根据拍摄环境的明暗程度选择不同感光度的胶片。也就是说，在比较亮的环境下选用ISO感光度比较低的胶片，在比较暗的环境下选用ISO感光度比较高的胶片。

数码相机的ISO感光度原理和胶片是一样的，而不同的是，数码相机的ISO感光度是通过调整感光元件的灵敏度或者合并感光点来实现的。也就是说，当需要提升ISO感光度时，数码相机是通过提升感光元件的光线敏感度或者合并几个相邻的感光点来实现的。感光度的高低以数值衡量，数值越大，感光度越高。

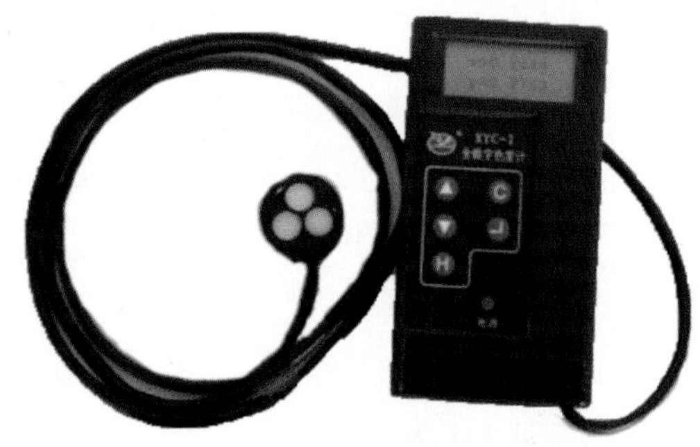

色温计

摄影者可以按以下方法设置ISO感光度：按下ISO按钮并旋转主指令拨盘直至控制面板中出现拍摄者所需要的数值。数码相机的感光度一般有ISO100、ISO200、ISO400和ISO1600等不同等级。而有些数码相机甚至能达到ISO80的较低感光度或ISO3200、ISO6400的高感光度。

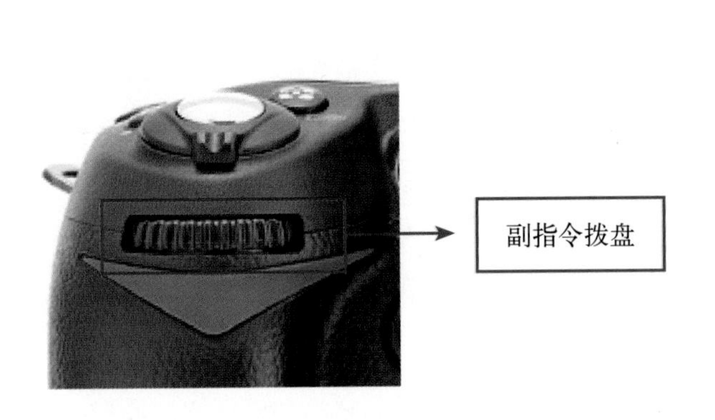

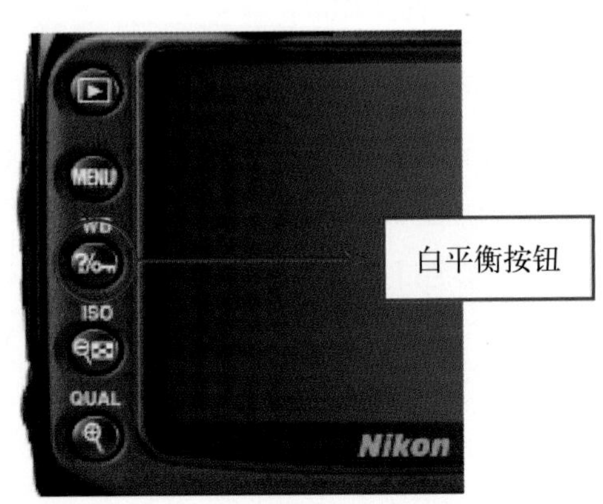

ISO感光度是影响照片拍摄和决定画质好坏的一个重要因素。在白天的光线条件下，我们一般使用ISO100或者说ISO200的感光度进行拍摄，而在光线较暗的情况下则需要视情况选择ISO400及其以上的高感光度。在光圈值和快门速度设置相当的情况下，高感光度能使感光元件获得更多的光线信息，而我们的直观感觉就是画面会更亮一些。通常情况下，快门速度慢于1/30秒就需要使用三脚架，所以在光线较暗的情况下，为了使快门速度不至于太慢而影响拍摄，我们可以尝试提高感光度，进而提升快门速度。

但是，由于数码相机是通过强行提高每个像素点的亮度、对比度或使用多个像素点来共同完成原本只要一个像素点来完成任务的方法来提升感光度，因此高感光度设置下的画质必定会受到影响。

以下拍摄采用相机的光圈值和快门速度组合，但使用不同的ISO感光度拍摄。让我们通过比较照片的局部图，来看看ISO感光度是怎么影响画质的。

ISO100

ISO200

ISO400

ISO800

ISO1600

ISO3200

从这六幅采用不同ISO感光度拍摄的照片局部放大图中，我们可以发现，由于采用相同的光圈和快门速度组合，画面亮度随着ISO感光度的提升而提高，但画面中的噪点也随之增加，画质下降。

影响景深的三要素

什么是景深？镜头只能对距离镜头一定距离内的物体进行对焦，当处于对焦点的物体被精确对焦时，在照片中将得到清晰呈现。以镜头和对焦物体形成的直线为轴线，以垂直于轴线的对焦物体所在的平面为基点，镜头里物体的清晰程度因其所在的垂直于轴线的平面与对焦平面距离的不同而不尽相同。这一距离越近，物体成像的清晰程度就越高，反之则越低。这样在距离对焦平面一定范围内的物体将得到清晰成像，这个对焦清晰的范围就叫景深。

景深的大小并不是固定不变的，它主要取决于三个要素：光圈、镜头焦距和对焦距离。

光圈不同：下面4张照片均使用50mm镜头在1米处对焦，拍摄时使用不同的光圈值。我们可以看出，使用F3.2大光圈时，背景虚化严重，景深范围小。随着光圈的缩小，景深范围也随之扩大。

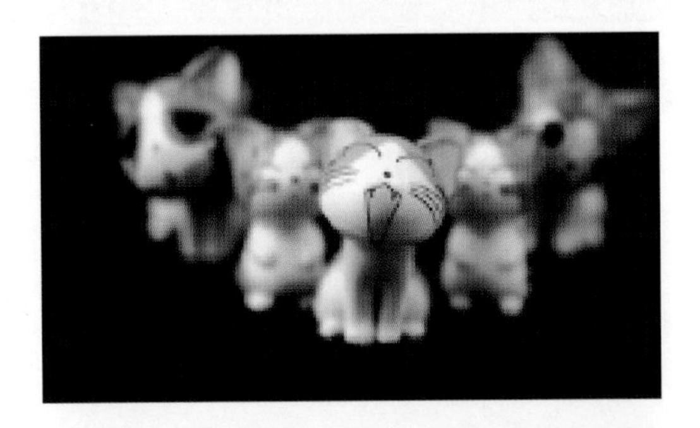

使用F3.2拍摄

使用F11拍摄

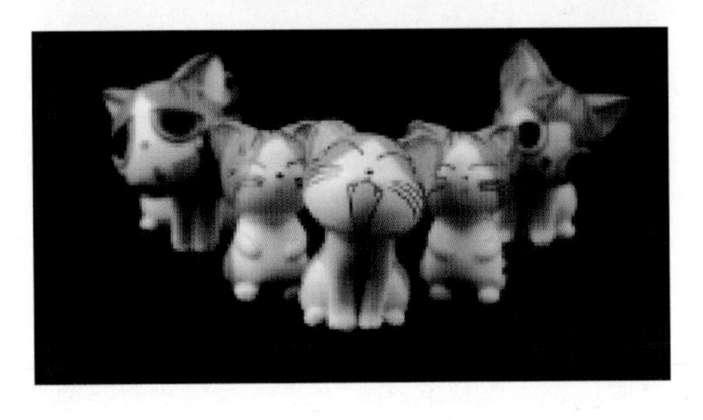

使用F22拍摄

使用F36拍摄

镜头焦距不同：下面3幅照片在拍摄时的光圈值均为F8.0，但采用了不同的焦距。当使用70mm中长焦镜头拍摄时，景深范围较小，而使用28mm广角镜头时，背景虚化程度减弱，景深范围明显扩大。

使用80mm镜头拍摄　　使用70mm镜头拍摄　　使用28mm镜头拍摄

分辨率、格式和画质

分辨率是照片横向像素值和纵向像素值的乘积。数码相机分辨率的高低决定了所拍摄影像分辨率的高低，也决定了影像最终能够打印出高质量画面的尺寸，以及在计算机显示器上能够清晰显示的画面大小。通常，数码相机设置影像的尺寸分为大、中、小3种类型。

影像尺寸	尺寸（像素）	200点打印时的尺寸（近似值）
大（10.0M）	3872×2592	49.2×32.9cm
中（5.6M）	2896×1944	36.8×24.7cm
小（2.5M）	1936×1296	24.6×16.5cm

数码相机分辨率的高低取决于感光元件像素的多少，数码相机最高分辨率是由其内部感光元件的大小决定的，但是拍摄者可以根据需要在相机中进行分辨率高低的设置。相机分辨率的高低决定了拍摄照片的尺寸大小，也决定了照片所占用存储卡空间的大小。

照片格式是指数码相机所拍摄照片文件存储在存储卡上的格式。照片格式也是影响影像画质的一个重要因素。消费级数码相机一般为拍摄者提供的是JPEG格式，而数码单反相机则一般提供JPEG和RAW两种格式。全画幅数码单反相机除了提供JPEG和RAW格式之外，还为拍摄者提供了TIFF格式。

RAW格式是未经处理，也未经压缩的格式，因此RAW也是一种图像质量无损失的图片格式。但其图片占用存储空间大，处理时间长，且兼容性较差，通常只能使用厂家自带的图像处理软件或专门的RAW处理软件才能打开。

JPEG是可以提供优质图像的文件压缩格式，JPEG格式的照片在相机内部已通过影像处理器加工完毕，可以直接出片。JPEG能满足大多数拍摄者的要求，而且占用存储空间小，处理时间短，适用于高速连拍。TIFF也是一种图像压缩格式，图像文件可完全还原并保持图像原有的颜色和层次，画质优异，但是占用的存储空间非常大。

图像的画质即照片的品质，主要受压缩率的影响。对比以下不同格式照片的画质区别：

格式选项	说　明
RAW	无压缩格式，需要在计算机中进行后期处理方能出片。对品质要求较高的拍摄者可以选择这种文件格式
TIFF	无损失的压缩格式，画质优异，TIFF格式广泛适用于各种影像应用程序
JPEG精细	以大约1：4的压缩率进行压缩，影像具有较高的品质，能满足于大多数环境下的拍摄，是大多数拍摄者的最佳选择
JPEG一般	以大约1：8的压缩率进行压缩，文件占用空间小，在存储空间不足时可以考虑选用此种照片格式
JPEG基本	以大约1：16的压缩率进行压缩，照片质量较差，适合于电子邮件的发送或网页发布
RAW+JPEG精细	同时记录两张影像：一张为RAW影像，另一张为精细品质的JPEG影像
RAW+JPEG一般	同时记录两张影像：一张为RAW影像，另一张为一般品质的JPEG影像
RAW+JPEG基本	同时记录两张影像：一张为RAW影像，另一张为基本品质的JPEG影像

第 2 章

用光指南

基本光质详解

光线对于摄影，尤其是户外摄影有很大的影响。光线不仅可以影响画面的明暗程度，还可以使画面的色彩更鲜明。可以说没有光线，摄影就无法进行。在摄影中，不同性质的光线会起到不同的作用。从光线的性质特点来分，光线有直射光、散射光和反射光3种。而自然光线中的直射光线和散射光线分别对应着影棚摄影中的硬光和软光。接下来分别介绍直射光、散射光和反射光的特点和作用。

直射光下的高山风景具有一定的明暗层次

在晴朗的天气里，阳光没有经过任何遮挡直接照射到被摄对象，被摄对象受光的一面就会产生明亮的影调，而不直接受光的一面则会形成明显的阴影，这种光线被称为直射光。在直射光下，受光面与不

受光面会有非常明显的亮度反差，因此，很容易产生立体感。通常情况下，在自然的直射光线或者影棚内的硬光条件下进行拍摄，摄影师经常会利用反光板对被摄对象阴影部分进行一定的补光，这样画面效果看起来会更自然一些。

当阳光被云层或者其他物体所遮挡，不能直接照射被摄体，只能透过中间介质照射到被摄体上时，光会产生散射现象，这类光线被称为散射光。由于散射光所形成的受光面及阴影面不明显，明暗反差较弱，因此产生的画面效果比较平淡柔和。

直射光下的人像照片具有一定的光影效果

光圈：F1.6　焦距：50mm
曝光时间：1/2500s　ISO：100

▲

光圈：F7.1　焦距：32mm　曝光时间：1/200s　ISO：200

散射光下的柔和城市风景

光圈：F3.4　　焦距：5mm
曝光时间：1/101s　　ISO：100

散射光线有利于色彩的表现

反射光是指光源所发出的光线，不是直接照射被摄对象，而是先对着具有一定反光能力的物体照明，再由反光体的反射光对被摄对象进行照明。反射光的照片性质要受到反光体表面质地的影响。光滑的镜面反光物所反射出来的光线具有直射光的性质，而粗糙的反光物体反射出来的光线则具有散射光的性质。在摄影创作中，最常用的反光工具是反光板和反光伞。尤其是在影棚摄影中，摄影师经常利用反射光来进行一定的创作。

光圈：F2　　焦距：50mm
曝光时间：1/30s　　ISO：400

利用反光板给逆光人物补光

利用湖水的反光性来表现岸上的风景

光圈：F7.1　焦距：18mm
曝光时间：1/200s　ISO：10

摄影光线的方向和应用

光圈：F2.7　焦距：5mm
曝光时间：1/640s　ISO：80

顺光条件拍摄的中国馆

在拍摄过程中，光线的照射方位不同，其产生的画面效果也不尽相同。光线按照射方向的不同，大致上可以分为顺光、斜侧光、侧光、逆光和顶光。

光圈：F5.4　焦距：5mm
曝光时间：1/800s　ISO：80

斜侧光下的摩洛哥馆

顺光是最常见的光线照射条件。顺光的照明方向与照相机的拍摄方向是一致的。对摄影师来说，顺光的利用率较高。由于当光线直接投射时，顺光照明均匀，阴影面少，并且能够隐没被摄体表面的凹凸不平，使被摄体影像明朗。但是顺光难以表现被摄体的敏锐层次和线条结构，从而容易导致画面平淡。

斜侧光是指摄影师的拍摄角度和光线的照射方向有一个约为45°的角度差。斜侧光在风光摄影及建筑摄影等方面得到了广泛的应用。利用斜侧光拍摄，照片中会出现物体的阴影，这有利于增加画面的立体效果。但是从总体上来说，画面中的主体和大部分景物仍然在正常的光线照射范围内，画面仍保持着明快的影调，这样对于曝光的控制也相对简单。

侧光是指来自相机左右两侧的光线，其光线的照射角度和摄影师的拍摄方向基本成90°角，侧光可为正侧光和前侧光。当被摄对象被侧光照射时，画面会产生较多的阴影，其中正侧光的阴影最多，被摄对象的局部会被阴影遮挡。侧光善于塑造被摄对象的立体感、空间感，表现画面丰富的层次、质感。侧光是风光摄影的最佳光位，光线对画面细节的准确描述会使风光照更具视觉冲击力。

侧光下的雪山风景

光圈：F4　焦距：7.3mm
曝光时间：1/807s　ISO：80

逆光剪影

光圈：F8　　焦距：18mm　　曝光时间：1/250s　　ISO：100

逆光条件下，摄影师拍摄的方向和光线的照射方向完全相反，被摄体背景会存在极大的明暗反差。由于光源位于被摄体之后，光源会在被摄体的边缘勾画出一条明亮的轮廓线。有些被摄体，如花瓣、树叶等，在逆光的情况下会被光线打透。此时，利用相机的点测光模式，对主体测光时往往容易得到深暗的背景。在进行逆光拍摄时，摄影师最好使用遮光罩来避免眩光。如果不对被摄体进行补光，还可能出现剪影的效果。

侧逆光和逆光线方向有45°的偏差，与逆光相比，侧逆光可以带来更明显的物体立体感和更容易控制的拍摄角度和方式。由于侧逆光无须直视光源，摄影师可以更加轻松地避免眩光的出现。同时在侧逆光条件下的曝光控制相比于逆光来说，也要更容易些。

顶光是指头顶上方直下与相机成90°角的光线。顶光对于摄影师来说，是很难让照片呈现完美的光影效果的。在拍摄风光题材时顶光更适宜表现表面相对平坦的景物。如果顶光运用恰当，也可以为画面带来饱和的色彩、均匀的光影和丰富的画面细节。

侧逆光图例

光圈：F4.5　　焦距：70mm　　曝光时间：1/100s　　ISO：100

侧逆光下的海边城市

光圈：F8　　焦距：6.3mm　　曝光时间：1/318s　　ISO：80

创造性地利用光线

光线是摄影的画笔，是画面中最具表现力的元素之一，了解并创造性地运用光线可创作出最生动、最具感染力的摄影作品。

灵活应用漫散射光线

漫散射光线（柔光）方向性不强，不易产生阴影，可以准确记录被摄对象的形态、色彩等。利用柔光拍摄的画面清晰度稍差，但是画面显得比较柔和、色彩细腻且饱满。柔光适用于拍摄花卉、人物题材及旧照片的翻拍等。柔光的不足之处在于不能精确描述细节，不能表现质感，因此通常很少利用柔光拍摄层次分明的山峦、线条明晰的建筑及结构复杂的昆虫等。柔光环境一般出现在阴天或多云的天气、晴天的黎明、傍晚及直射阳光的影子里。

光圈：F3.4　焦距：5.7mm　曝光时间：1/125　ISO：200

右图是利用清晨的柔光拍摄的，画面色彩深郁、光线柔和，将花卉鲜艳的色彩、细腻的质感充分地表现出来

利用光线表现质感

质感是被摄对象特征的重要表现，可以为照片带来真实感和生动感。质感鲜明的风光照片会给人强烈的视觉冲击力。质感鲜明的物体照片给人以真实生动的感觉，质感鲜明的人物照片形象更加逼真。从

利用硬光照射光滑的被摄体时，反光明显、质感鲜明

光圈：F3.8　焦距：18mm　曝光时间：1/16　ISO：100

利用光线创建丰富的影调

光线不仅能够真实地记录被摄对象的特征，还会使画面形成特殊的关系，使画面看起来或者很亮、或者很暗、或者亮暗对比明显等，这就是影调——画面的景物颜色在照片上的深浅情况主要分为高调、中间调和低调。高调以白色或亮度接近白色的黄色、粉色及浅灰色等亮色为主，给人以纯洁、

光圈：F14.1　焦距：18mm　曝光时间：1/64　ISO：100

风光照中难得的高调照片，高调影像给人纯洁、鲜艳和轻盈的感受

淡雅及明快等感受，多适用于拍摄女性、宝宝和雪景等题材。中间调的照片画面中不仅有较大面积的亮色，如白色、黄色等，还有大面积的暗色，如黑色、深灰色和蓝色等，画面给人以细腻、朴素和真实等多种感受。低调以黑色或亮度接近黑色的深灰色、蓝色和蓝紫色等深色为主，画面给人以神秘、含蓄、忧郁及厚重等感受，多用于表现男性、植物和古建筑等题材。

这是一张中间调照片。画面中既含有最亮的白色、大面积的灰色，也包含小面积的黑色，画面明暗层次非常丰富。摄影师使用黑白模式使画面更加整洁、更加古韵

光圈：F6.4
焦距：7.3mm
曝光时间：1/400
ISO：80

这是一张低调照片，画面以黑色为主，依靠高光勾勒的轮廓来描述被摄体的特征，画面简洁且充满神秘气氛

光圈：F6.4
焦距：7.3mm
曝光时间：1/400
ISO：80

光圈：F5　焦距：45mm　曝光时间：1/790　ISO：100

上图是日出前拍摄的，此时光线刚好是侧逆光，加上薄雾对光线的折射、山峦色彩近浓远淡的效果非常明显，使画面空间感变强

妙用光线形成空气透视效果

空气透视是指画面中近处的物体看起来比较清晰、色彩浓度高，远处的物体看起来比较模糊、色彩浓度低。空气透视能充分展现画面的空间感和层次感，在拍摄风光时常利用空气透视效果突出画面空间感。利用侧光、侧逆光拍摄，空气透视效果会更加明显。

了解色温

色温，从字面上理解就是色彩的温度。当一块金属

受热时，金属会发光。从绝对零度开始，随着温度的上升，在升温的不同阶段物体呈现的颜色不断变化。这种在不同温度下呈现的色彩就是色温。色温的单位是开尔文（k）。从肉眼来看，色温不同的光线会对物体的颜色发生影响。但这种现象并不会影响我们对颜色的判断，因为我们知道物体的真实颜色。而相机中的白平衡设置便是修正偏色的一种机制。

由于色温的概念晦涩，下面通过表格列举不同光源的色温。

光　源	色温（k）
钨丝灯泡	2600~3500
日光灯	3000~7400
晴朗天气时的太阳光	5100~5500
闪光灯	5500~5800
阴天光线	6000~6300

光圈：F5　　焦距：45mm
曝光时间：1/790　　ISO：100

人像用光

顺光——打造美丽女子

顺光是来自相机后的光线。当被摄对象被顺光照射时，被摄者受光充分，画面中阴影光少。顺光善于描述被摄对象的色彩、形状及层次等基本特征，适用于拍摄花卉、宠物和证件照等。顺光不善于表现被摄对象的立体感和空间感，拍摄时可以通过转换拍摄角度来弥补这一不足或利用高度照射的顺光。

下面两张照片分别是在不同场景中利用顺光拍摄的。右侧这幅作品是在影棚中利用室内摄影灯拍摄得到的美丽新娘照，摄影师采用了浅色背景纸（纱床罩）作为背景，来衬托新娘绿色礼服，灯光则是以正面的形式（顺光）投射到人物面部和身体部分。而对于被摄师来说，为了给人一种积极向上的画面感，其无论从造型还是表情上，都是比较大方、活泼自然的。

光圈：F2.5　焦距：42mm　曝光时间：1/125s　ISO：100

光圈：F2.2　焦距：50mm
曝光时间：1/500s　ISO：100

左图是在室外利用自然光拍摄的。摄影师选择使用F2.8光圈和105mm定焦镜头，使充满生机的绿色背景得到了很好的虚化。正面光的利用，使人物面部明朗清晰，柔和的光线不仅美化了人物皮肤，同时塑造出一个阳光女孩的美丽形象。

前侧光——打造人物明暗层次

光圈：F2.8　焦距：190mm
曝光时间：1/500s　ISO：100

前侧光是指从相机后方一侧（左侧或右侧）与镜头光轴构成30°～60°的夹角投向被摄者的光线。它的特点是令被摄者的面部和身体大部分受光，产生的亮面大，形成较明亮的影调。被摄者的局部不受光而产生阴影，从而表现出明显的明暗关系和立体形态。这种采光方法的特点是被摄者的立体形态表现得比顺光照明时更好，而且影调也比较明朗。所以，它是拍摄室内和室外人像时常用的一种光线。

左侧和下面的两张照片是在不同场景中利用前侧光形式拍摄的照片。左侧这幅作品中的灯光是从画面右侧照射过来的，被摄者的面部约有2/3的部位直接受光形成亮面，阴影面只占小部分。在使用前侧光拍摄时，为了避免阴影部分过于浓重，摄影师可以利用反光板适当补光，从而使人物更加生动。

下面这张室外图给人的感觉更加自然柔和，85mm定焦镜头及大光圈F2的利用使画面虚实有度，前侧光的利用以及人物的面部朝向，使画面在阴影明朗的基础上不乏立体感。

光圈：F2.8
焦距：88mm
曝光时间：1/160s
ISO：100

侧光搭配反光板——表现人物强烈的明暗对比效果

侧光是指相机一侧（左侧或者右侧）与镜头光轴构成大约90°夹角的光线。侧光的特点是被摄者的面部和身体一半受光，而另一半处于阴影中。面部和身体部位的立体感最强，有利于表现被摄者的起伏状态。虽然侧光照明使被摄者面部和身体阴影面积增大，整个画面的影调不像顺光和前侧光时那样明快，但调子并不沉重。

右图是利用侧光拍摄的人像作品，人物面部和身体部分具有强烈的明暗对比。在使用侧光时影友要注意，如果光线的强度和阴影的调子比较合适，就不必调整阴影的亮度，可直接拍摄；如果光线太强，阴影太重，则可利用反光板或者其他补光方法（辅光）将阴影的亮度略加提高，以达到所需要的表现效果。

光圈：F2.8　焦距：24mm
曝光时间：1/50s　ISO：200

总体来说，侧光比较适合用于表现男性的阳刚之美。左图是男性T台秀场景，照片充分体现出侧光在表现男性特质上的优势。明朗的光线从画面左侧照射过来，在人物面部形成强烈的阴影。70～200mm长焦镜头以及高速快门的利用保证了从较远处抓拍到清晰的画面，向观者充分展示了夏日T台激情四射的一幕。

光圈：F2.8　焦距：100mm
曝光时间：1/320s　ISO：200

侧逆光搭配反光板——表现人物立体感

侧逆光是指来自相机的斜前方（左前方或者右前方），与镜头光轴构成120°～150°夹角的光线。采用侧逆光照明时，被摄者面部和身体受光面积只占小部分，阴影面占大部分，所以影调显得比较深重。采用这种照明方法，被摄者的立体感比顺光时要好，但影像中阴影覆盖的部分立体感表现较弱。在此种情况下拍摄人像，对人物暗部影调的控制和调整尤为重要。一般来说，阴影面曝光不宜过少，以免影调太深太重。通常使用反光板或者闪光灯等工具进行适当的补光，提高阴影面的亮度，修饰阴暗面的立体层次。

右图是一幅外景人像作品，模特在侧逆光的照射下格外具有美感。侧逆光可以照亮模特身体的1/3左右，这种用光方法同时具有侧光和逆光的特点。侧逆光既可以打亮模特的秀发，为人物增加耀眼的光线轮廓，又可以凭借其不对称性增强照片的整体感和层次感，塑造人物的性格。此外，这种用光方式相比逆光而言更显自然，也不易出现眩光等破坏画面成像质量的败笔。

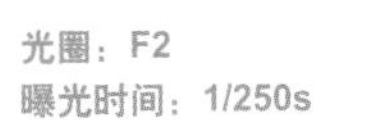

光圈：F2　　焦距：50mm
曝光时间：1/250s　　ISO：200

下面这幅人像照片就是利用侧逆光拍摄的。整幅画面的影调比较暗沉，人物表现比较低调，光线的作用使模特的脸部轮廓较好地表现出来，更好地突出了主体。

光圈：F2　　焦距：150mm
曝光时间：1/320s　　ISO：100

逆光搭配反光板——表现人物优美的轮廓

逆光是指来自相机对面，与镜头光轴构成170°～180°夹角的光线。它的特点是被摄者绝大部分处于阴影之中，影调沉重，阴影面立体感较弱。在大部分情况下，用逆光拍摄需要利用辅助照明手段对被摄者的阴影面进行修饰，或通过额外加曝光量保留被摄者阴影面的层次。采用逆光照明，可以在模特的头发和肩上形成明亮的光斑和轮廓，而使被摄者面部处于阴影中。

光圈：F2　焦距：85mm
曝光时间：1/90s　ISO：200

摄影师在拍摄右图时，把摄影灯放置在模特主体背后，通过光线的作用勾勒出模特优美的线条轮廓，模特面部和前身则处于阴影面。为了使画面效果更加完美，摄影师可以尝试把摄影灯罩取下，利用单灯从背后打硬光的方式，得到更明亮的轮廓效果。

下图是利用傍晚阳光的照射而得到的逆光剪影效果，非常具有欣赏价值。模特优美的身体曲线在橘黄色背景的映衬下，格外具有美感。要正确表达画面意境，摄影师可以对模特以外的环境进行测光，得到具有明亮感的背景效果和黑暗的模特剪影，从而使模特纤细的身姿更具艺术性。

光圈：F9　焦距：120mm
曝光时间：1/500s　ISO：200

风景用光

顺光——拍摄西方街道风景

光圈：F8　　焦距：18mm
曝光时间：1/40s　　ISO：200

顺光是最常见的光线照射条件，顺光拍摄的曝光控制也是最容易掌握的。在顺光情况下，拍摄方向与光线的方向基本一致，得到的画面往往也是非常明亮清晰的，由于光线的直接投射，顺光情况下的被摄体色彩往往表现得不够浓郁和强烈，反差也比其他光线条件下要小得多，这就需要摄影师充分利用色彩变化、拍摄角度和物体形态的选取等表现手法，来避免画面的平铺直叙。

左图是利用顺光拍摄的建筑风景，给人的感觉是非常的明朗清晰。利用广角镜头（16～35mm广角镜头）、适当的光圈值（阳光明媚的天气下拍摄，光圈值一般设在F8～F16之间）和最常用的评价测光模式，选取一个既能够充分表现建筑的具体形态和展现广阔的空间延伸感，又能够完美再现画面色彩的角度进行拍摄，从而给观者带来与众不同的视觉效果。

前侧光——表现建筑的立体感

前侧光一般是指摄影师的拍摄角度和光线的照射方向有大约45°的角差值。利用前侧光进行拍摄，画面中会出现阴影，从而增强照片的明暗反差和立体感。

下图受光线照射方向、拍摄位置和建筑位置朝向的影响，在画面中的部分位置出现了物体的阴影，从而表现出了一定的立体感和明暗对比，画面因此也显得更加凹凸有致。

光圈：F4
焦距：6mm
曝光时间：1/202s
ISO：80

侧光——沙漠中的阴影

侧光在摄影创作中，主要应用于需要表现强烈的明暗反差和物体轮廓造型的拍摄场景。此时的光源位于被摄体的一侧，光线的照射角度和摄影师的拍摄方向基本成90°。

光圈：F9
焦距：24mm
曝光时间：1/250s
ISO：200

上图是关于沙漠的照片，在用光上可以说表现得十分到位。侧光的利用，不仅加深了沙丘自身的明暗对比和立体轮廓感，而且沙丘的边缘线也被完美地勾勒出来。由于所要表现的是光线照射范围内的明亮区域，在曝光控制上有一定难度，所以应尽量使用点测光模式，对画面中的亮部进行测光，以保证画面主要元素曝光准确。为了使画面的色彩更加鲜明，摄影师还可以考虑减一挡曝光补偿或者利用偏光镜，从而完美再现蓝天与沙漠的色彩和质感。

侧光——丛林树木

同样是在侧光条件下拍摄的，由于场景自身的独特性，侧光在画面中所体现的作用也必然有所差异。下图主要是以笔直的树木作为拍摄体，光线从画面右侧照射进来，打在了具有一定排列次序感的树木上。由于此时已经是傍晚时分，光线的入射角度非常小，因此树木形成了长长的阴影。由于树木之间都具有一定的间隔，因此草地上光亮的部分和阴影部分交错排列，让观者充分感觉到了侧光所带来的形象节奏感。

光圈：F4.5　　焦距：38mm　　曝光时间：1/320s　　ISO：200

逆光——梦幻草原

在逆光条件下，摄影师的拍摄方向和光线的照射方向完全相反。利用逆光拍摄得到的效果与顺光画面完全相反，照片中的拍摄体和背景会存在极大的明暗反差。由于光源位于主体之后，因此光线往往会在拍摄体的边缘勾画出一条明亮的轮廓线，这种奇妙的效果可以使被摄体从照片背景中脱颖而出。强烈的明暗反差和十足的立体效果都能为照片增色不少。

下面这张具有十足美感的草原场景就是利用逆光拍摄的。此时正是秋季，已经泛黄的草地在逆光的照射下，形成了暖暖的金黄色调。草地上，三三两两树木受逆光的影响，其优美的轮廓被完美地勾勒出来。由于此时所要重点表现的是被光线照射的大部分草地，所以选择点测光模式对画面的亮部进行测光。如果得到的远处树木轮廓较暗，在保证大部分画面曝光准确的基础上，摄影师可以考虑增加一挡曝光来补偿，从而使画面更加柔和。

光圈：F8　焦距：18mm　曝光时间：1/500s　ISO：200

第3章 构图技法

摄影构图从绘画而来

摄影诞生至今已经有一百多年。在这段时间内，摄影经历了从最初的准确记录到成为一种艺术创作形式的过程。和有着数千年历史的绘画相比，摄影还显得相当年轻，但正是由于它作为一种新的艺术形式所具有传承经典、不断创新的活力，因此在构图方面，走过了绘画艺术数千年才走过的道路。

摄影与绘画均是造型艺术中的门类，都有属于二维平面上的空间艺术，都是用画面形象来反映生活和表达思想感情的。摄影的构图方式和绘画是相通的。画家与摄影师有一个共同的特点，

有一定颜色对比和动态平衡的作品
（《播种者》文森特·梵高）

具有一窍不通纵深感和颜色对比的作品
（《夜间的咖啡屋》文森特·梵高）

具有对角线构图形式的作品
（《加歇医生像》文森特·梵高）

就是善于在生活中挖掘美和提炼素材，用同样的艺术语言（点、线面、明暗或色彩）来表达对生活的感受。

要培养正确的构图意识，摄影师可以学习和借鉴画家在绘画中运用的表现手法和构图方式来安排照片中的画面元素。事实上，每种画派所讲究的构图方式都不尽相同，国画和油画在创作中对于构图的认识和理解乃至实现方法也大相径庭。对摄影艺术而言，油画的构图学问更具有参考价值。

充分利用“黄金分割”和三分法

摄影创作离不开构图。构图是决定摄影作品能否获得成功的重要因素之一。当摄影师看到眼前的景象时，便可根据景象的特点来快速地确定主题，因此摄影艺术要求摄影师具有活跃的思维。我们在拍摄的过程中可以遵循多条不同的构图法则，使所拍摄的画面更加清晰明确，主题突出。

几个世纪以来，文艺复兴时期的建筑师、画家及19世纪中期的摄影师都使用这一“黄金比例规则”进行构图。

（《拾穗》弗朗索瓦·弥勒）

（《苏格拉底之死》雅克·路易·大卫）

黄金分割构图起源于古希腊，由于其独特的分割方法使构图最为和谐美观，因此被用于摄影构图。对于摄影师来说，黄金分割点可以看做是创作作品时的切入点，将主体安排在分割点位置处，通常可以让拍摄的画面达到比较令人满意的效果。

黄金分割公式可以从一个矩形来推导。右图将正方形底边分成二等份，取中点x，以xy为半径作圆，其与底边直线的交点为z点，这样将正方形延伸为一个比率为5：8的矩形，y'点即为黄金分割点。

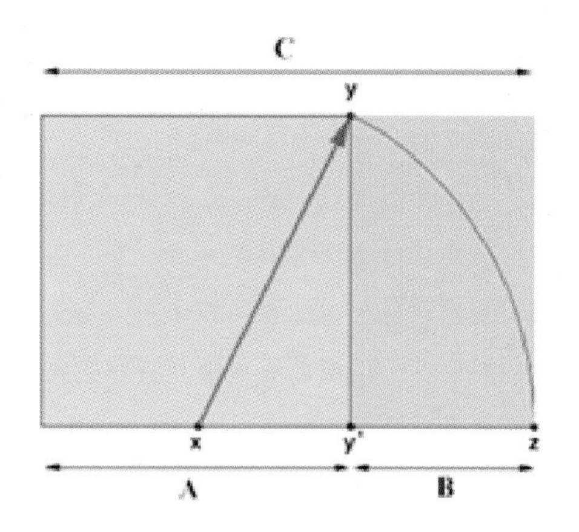

光圈：F3.5　焦距：20mm　曝光时间：1/40s　ISO：200

三分法则是黄金分割的简化，其基本目的就是避免对称构图。在示意图C1和C2中，可以看到与黄金分割相关的四个点，用十字标示。使用三分法则来避免死板的对称有两种基本方法。一种是如示意图C1所示，把画面划分成占据1/3和2/3面积的两个区域；另一种是将被摄体置于如示意图C2所示的一个十字点位置上，将观者的目光由此引导至整个风景。

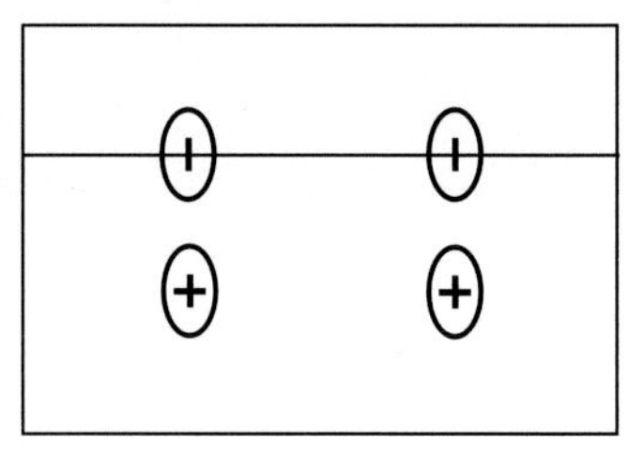

示意图C1

在人像摄影构图实践中，往往将人物或人物的头部置于三分法画面中的三等分线交叉点。三等分法有多种衍生形式，其中，分割画面以确定主体点的方法也不尽相同。

下图把画面左、右、上、下4个边都分成3等份，然后用直线把这些对应的点连接起来，构成一个“井”字，画面面积被分成相等的9个方格。拍摄时将被摄体置于井字左上角交叉点位置处，在右侧与下方适当地留取空白，使画面更灵活，富有空间感，给人以更多的想象空间，同时使画面显得更加宽广。

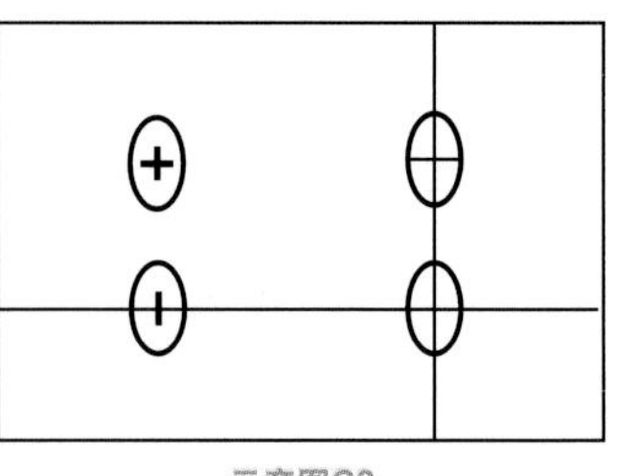

示意图C2

这张照片中，天空占画面的1/3，海洋平面占画面的2/3

光圈：F9
焦距：20mm
曝光时间：1/800s
ISO：200

这张照片中画面面积被分成相等的9个方格

光圈：F4
焦距：28mm
曝光时间：1/250s
ISO：400

突出主体元素的四把利剑

摄影是一门减法艺术，画面简洁是摄影构图最基本也是最重要的原则，要想让照片主体具有最强的视觉冲击力，摄影师常常需要在杂乱的拍摄环境中用最简单和最直接的方式来表现最精彩的元素。接下来介绍4种常见的实现减法艺术的构图方法。

选择仰拍的方式，以蓝天为背景来表现向日葵生机盎然的形态

光圈：F4　　焦距：28mm
曝光时间：1/250s　　ISO：400

首先，选择一个简单的背景，这样不会分散观众对画面主体的注意力。简单的背景是实现画面简洁、突出主体最基本的方式。

其次，利用长焦镜头和大光圈的作用来营造小景深的画面效果。景深减法和构图方式对拍摄形态特征和周围元素雷同、不十分突出的拍摄对象最为适用。

再者，利用广角镜头近大远小的透视变形关系，在保留了画面中所有环境元素的情况下，突出强化主体，使照片更加自然和富有现场感。在拍摄时，广角镜头的广角越广，透视变形效果越强。摄影师距离要表现的物体越近，被摄体越突出，画面中其他拍摄对象越被弱化。

利用100mm长焦镜头和大光圈F2.8得到突出主体的画面

光圈：F2.8　　焦距：100mm
曝光时间：1/320s　　ISO：100

最后，通过阻挡减法的构图方式来实现简约画面和突出主体的良好效果。当摄影现场的环境元素太过杂乱，拍摄主体又缺乏色彩和光线等方面的物质时，只需利用一个简单的前景将画面中无须呈现的内容遮挡起来，就可以实现很好的画面效果。

光圈：F5.6
焦距：85mm
曝光时间：1/30s
ISO：1600

利用17mm的广角镜头，采用距离主体的近角拍摄，更加突出主体

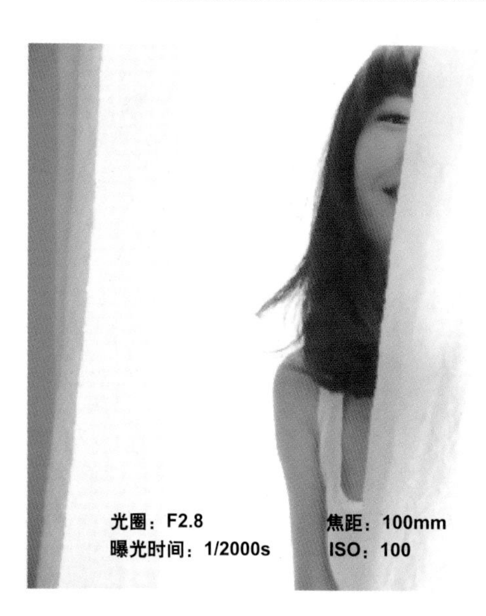

光圈：F2.8
曝光时间：1/2000s
焦距：100mm
ISO：100

用窗帘作为道具，使画面大部分元素被遮挡，从而更加突出模特

把握摄影构图的平衡

摄影构图的目的是针对拍摄场景，把握画面中的各项元素，把最优美、最丰富和最和谐的画面呈现给观者。构图的核心概念是平衡。平衡是张力的结果，是画面中具有影响力的两个对立面相互匹配提供的均衡和协调的视觉感。照片最终效果是否具有平衡感是画面元素在整个构图过程中组合是否成功的重要评判依据。平衡的构图方式可以让观者感觉到心灵的稳定与和谐，并最终对照片产生认同感。

光圈：F2.8　　焦距：100mm
曝光时间：1/2000s　　ISO：100

花朵以对角线的形式存在，保证了画面的平衡感

把握摄影构图中的对比元素

对比强调的是画面元素之间的区别，摄影师在摄影构图过程中，要积极寻找在画面中能够产生强烈对比效果的元素（如影调的对比、色彩的对比和形态的对比等），将它们纳入画面，以合适的比例进行安排，从而有效地增强画面的戏剧效果和视觉冲击力。

利用远近、大小的对比，使画面主体和辅体和谐共存

光圈：F2.8　　焦距：100mm
曝光时间：1/640s　　ISO：100

不同视角带来的非凡感受

摄影师在进行摄影构图时，由于拍摄的角度不同，所得到的画面感觉也不尽相同。一般的摄影角度分为3种，即俯视、平视和仰视。俯视角度是指相机机位高于拍摄对象的拍摄角度，主要用于表现较为

利用俯视角度表现美丽的山村风景

光圈：F5　　焦距：38mm
曝光时间：1/100s　　ISO：400

开阔的画面视觉感；平视是最常用的视角，是指相机机位与拍摄对象齐平；仰视则是指相机机位低于拍摄对象的拍摄角度，用此角度进行摄影创作时，多采用广角或者中焦距镜头，多用于表现景物高大的气势。

光圈：F5　焦距：26mm
曝光时间：1/100s　ISO：100

利用平视角度展现别致的山间景色

光圈：F2.8
焦距：12.8mm
曝光时间：1/13s
ISO：100

利用仰视角度表现高大的建筑

摄影构图中的线性表达

利用水平线构图方式表现天地合一的大海广阔之美

光圈：F9　焦距：20mm
曝光时间：1/640s　ISO：200

水平线构图

因为地平线的存在，水平线构图成为风光摄影中应用最多的一种构图方式。水平线构图不仅指应用于地平线的描绘，同时还包括所有呈现出横向线条的被摄体。水平线构图能够赋予照片左右方向上的视觉延伸感和广阔感，给画面提供一种稳定的态势。在利用水平线构图时，摄影师要根据拍摄意图选择水平线在画面中的位置，以保证画面构图的准确性。

垂直线构图

垂直线象征着坚强、庄严、有力。总体来说，在摄影构图方面，自然垂直线要多于横线，如树木、电杆、柱子等。在构图过程中，垂直线构图要比横线构图更富有变化和韵律感，如对称排列透视、多排透视等都能产生意想不到的效果。

利用垂直线构图方式来表现树木的高大挺拔

光圈：F2.0　焦距：7.3mm
曝光时间：160s　ISO：100

对角线构图

对角线构图是非常著名的构图表现方式。对角线构图在画面中所形成的对角线关系有两种。一种是直观意义上的二维画面的对角效果；另一种是能使画面产生极强的动式，并且能表现画面一定纵深感的三维立体效果，其线性透视会使被摄体变成斜线，引导人们在视线到达画面的最深处。在具体的摄影构图中，除明显的斜线外，还有人视觉感应上的斜线，表现在形态的形状、影调和光线等产生的视觉抽象线。因此，对线性的把握是摄影构图中线运用的关键。

利用直观意义上的对角线构图方式来表现鸟儿停留在电线杆上的状态

光圈：F9　焦距：17mm
曝光时间：1/260s　ISO：200

曲线构图

曲线构图包括规则曲线构图和不规则曲线构图。曲线象征着柔和、浪漫和优雅，会给人一种非常美的感觉。在摄影构图中，曲线的应用非常广泛，如人体摄影，其主要是呈现人体的曲线美。曲线的表现方式是多种多样的，摄影师在运用曲线构图的过程中，要注意曲线的总体轴线方向。可以综合运用对角式、S式、横式或竖式等。当曲线和其他线综合运用时，更能突出效果，但把握难度会更大。

利用曲线表现海岸边线

光圈：F9　焦距：18mm
曝光时间：1/640s　ISO：200

汇聚线构图

汇聚线是指画面中向某一点汇聚的线条，可以是实实在在的实体线，也可以是一种视觉抽象线。汇聚线在画面中能够强烈地表现出画面的空间感，使人在二维的平面图片中感觉三维的立体感。画面汇聚线越急剧，透视的纵深感也就越强烈。由于广角镜头可以产生近大远小的透视效果，此时通过调整镜头的焦距，选取适当的拍摄角度，可以实现更强烈的透视效果。当摄影师在拍摄人物或者其他主体时，可以考虑把主体放在汇聚线的中心位置上，从而起到一定的视觉引导作用，达到一种“迫使观者不得不看”的效果。

利用汇聚线构图方式表现山间公路

光圈：F9　焦距：18mm
曝光时间：1/640s　ISO：200

放射线构图

放射线构图能够表现一种开放性、活跃感及高涨的气氛。此构图方式在表现光线或者树木等物体中比较常见。

利用放射线构图方式表现树木的开放性形态

光圈：F5　焦距：22mm　曝光时间：1/100s　ISO：100

放射线构图方式比较抽象，需要摄影师仔细观察才能够实现。一般来说，放射线构图的线性方向主要是由某个集中点向上下左右伸展开来，它可以表现出舒展的开放性和一定的力量感。

摄影构图中的形体表达

单点式构图

当画面中只存在单一的被摄体时，摄影者可以使用单点式构图法（即中央构图法），将唯一的被摄体置于画面中心最重要的位置处。

使用横画幅取景，将主体红色的花朵置于画面中心位置，使画面具有集中力，增强了被摄对象的真实存在感，同时中央构图法也是最简单快捷的构图手法之一。

光圈：F2.8　焦距：100mm
曝光时间：1/500s　ISO：100

上图将花朵进行特定拍摄，使用F2.8的大光圈使位于画面中心的主体更加突出，而背景与环境呈虚化效果。

下图拍摄时将相机旋转，使用竖画幅取景，同样将主体置于画面中心，主体突出，很好地展示了植物向上生长的姿态。

光圈：F2.8　　焦距：100mm
曝光时间：1/2500s　　ISO：100

光圈：F5　　焦距：22mm
曝光时间：1/100s　　ISO：100

对称式构图

对称式构图也可以称为两点式构图，主体相互呼应呈对称效果，通常用于拍摄具有对称特征的景物、印刷品或建筑物等。单点式构图方便简单，只需将被摄体置于画面的中心位置，从整体来看呈圆形效果。对称式构图的照片更加具有趣味性，能给人留下深刻印象。

使用大光圈，选择深色背景并进行虚化使前景主体更加鲜明突出

光圈：F2.8　　焦距：100mm
曝光时间：1/2000s　　ISO：100

上图将蝴蝶作为主体，同时纳入两只使画面更加丰富生动。相互对称的布局突出了两点式构图的效果。

在拍摄过程中，摄影师要善于观察并发现具有对称式构图特征的物体。当被摄体距离拍摄地较远时，可借助长焦镜头来取景，将远处景物拉近拍摄。如果担心手抖动造成画面模糊，可调整光圈与快门速度来保证画面的清晰。

拍摄如下古建筑门时，使用对称式构图手法可以突出其庄重、严肃的特征。同时应注意光线的应用，在阴天柔和的光线下，可以减少强烈的阴暗对比，使画面更加自然。

光圈：F8　　焦距：200mm
曝光时间：1/80s　　ISO：200

十字形构图

十字形构图是竖线构图与横线构图垂直交叉形成的构图形式，十字形构图总是能给人以平衡、庄重

明暗交错，突出主体

光圈：F1.8　　焦距：135mm
曝光时间：1/400s　　ISO：200

及严肃的视觉感，同时也是健康向上的。标准的十字形构图常常会让人联想到十字架。在实际的拍摄中，我们可以将很多的场景应用到十字形构图中，视觉上能组成十字形形象的，都可以借助十字形构图效果来实现。

借助逆光拍摄，主体对象在十字造型的框架上，显得更加突出。将红色的灯笼作为被摄主体，巧妙的构图手法将主体与暗体搭配在一起，使主体显得更加具有吸引力。

十字形构图还可应用到类似于十字形的场景中。例如正面的人像，头与上身的线条为垂直竖线，左右肩部的线条为横线。类似于建筑物、亭院塔顶、十字路口及街道路砖等，都可以看做是十字形构图的表现形式。

以路面为主体展现十字构图方式

光圈：F6.3　焦距：102mm
曝光时间：1/160s　ISO：200

V字形构图

V字形构图可用于拍摄山脉山峰、岩石及断层面等特殊的地质面貌，也可用于建筑物造型的表现。在拍摄静物或特定拍摄植物时，也可以借助被摄体自身的外貌形态，通过调整不同的拍摄角度，以V字

以V字形山谷为取景对象，借助两个山脉之间的山谷突出山峰的险峻

光圈：F4　焦距：7mm
曝光时间：1/500s　ISO：100

形的构图方式展示在画面中。V字形构图使画面更具有动感，同时也增强了视觉冲击力，具有稳定、安定的特点。

利用顺光拍摄古瓦墙角，使用仰角拍摄造型独特的建筑物，受光与背光面明暗对比强烈，V字形构图效果在这里得到很好的体现，同样也增添了建筑物的色彩。

光圈：F5.6　　焦距：100mm
曝光时间：1/2000s　　ISO：100

三角形构图

三角形是一种均衡、稳定的形态结构，摄影师可以把这种结构运用到摄影构图中。

三角形构图分为正三角形构图、倒三角形构图、不规则三角形构图及多个三角形构图。正三角形构图能够营造出画面整体的安定感，给人以稳定、无法撼动的印象；倒三角构图则给人一种开放性及不稳定性所产生的紧张感；不规则三角形构图自然、灵活、变化无穷；而多个三角构图则能够表现出热闹的动感，多用于溪谷、瀑布及山峦等场景的拍摄中。

在三角形构图过程中，还有一种情况利用画面中的三角形态势来表现主体的。这种三角形构图方式是一种视觉感应方式，有由形态形成的，也有同阴影形成的。如果是自然形成的线形结构，此时可以把主体安排在三角形斜边中心位置上，但只有在全景时效果最好。另外，三角形构图方式可用于不同景别的摄影，如远景、近景人物及特写等。

利用三角形构图方式表现山恋风景

光圈：F9
焦距：18mm
曝光时间：1/160s
ISO：200

框式构图

框式构图一般多应用在前景中，如利用门、窗、山洞口及框架等作为前景来表达主体、阐明环境。这种构图形式比较符合人的视觉观赏，观者可以通过门或窗来观看影像，从而产生更强烈的现实空间感和一定的透视效果。

利用特殊标志所构成的框架来表现墓碑

光圈：F5.6
焦距：48mm
曝光时间：1/125s
ISO：100

隧道式构图

隧道式构图一般是指那些周围很暗、中央很亮的画面构图，它可以给人带来集中感和沉稳感。隧道式构图方式一般用于表现悬崖等能够产生强弱对比、具有集中感的高大物体。

光圈：F13
焦距：18mm
曝光时间：1/160s
ISO：200

隧道式构图彰显空间的深远

棋盘式构图

棋盘式构图主要是指同一属性的物体以一种重复统一的形式让画面产生一种优美的韵律感和统一感，一般适合表现大片的花卉、森林及山峦等有一定规律性的物体。

光圈：F2.8
焦距：100mm
曝光时间：1/1600s
ISO：400

呈棋盘状分布的郁金香

人像构图

三分法构图——横拍人像注意眼睛位置

在拍摄人像特写时，眼睛是最传神的部位，摄影师要特别注意眼睛在整个画面中的位置。下图是在室外拍摄的人像特写，主要是利用横向三分法构图来安排模特眼睛的位置，画面整体简洁、主体突出。

光圈：F2.8　焦距：55mm　曝光时间：1/400s　ISO：160

九宫格构图——安排人物在画面的位置

下图是利用长焦镜头拍摄的。画面中的模特的斜站状态摆姿，以绿色背景为依靠，加上灯光的利用，将人物背影反射到背景布上形成了阴影。把人物安排在画面的右下角位置，符合人的视觉习惯。大光圈的利用，不仅使画面得到一定程度的虚化，而且提高了抓拍的速度，而长焦镜头的利用则使抓拍动作进行得更加顺利。

光圈：F2.8
焦距：100mm
曝光时间：1/500s
ISO：400

对称构图——利用反光物作为道具抓拍人像

右图主要是利用对称图形式实现的。选择一款具有明亮大光圈的标准变焦镜头（比如17～55mm F2.8），搭配一个外置闪光灯，不仅可以更好的交代场景，保证画面有一定的虚实层次感，而且能够在很大程度上保证镜头的进光量，降低噪点和提高快门速度。在构图上，选择牵着的双手，双手共同捧起一束玫瑰花，平静地传达出拍摄者所营造出的爱情浪漫格调。

光圈：F2.8　　焦距：135mm
曝光时间：1/125s　　ISO：400

下图是在室内场景中拍摄的，主要是通过玻璃的反射作用来实现画面的对称效果。由于室内场景拍摄范围的局限性及灯光布局的灵活性，选择一款标准变焦镜头或者标准定焦镜头（如17～40mm F4或者50mm F1.2），即可满足拍摄的需要。模特紧贴在反光玻璃上，实体与倒影合二为一，整幅图画面清新明朗。

光圈：F4　　焦距：17mm
曝光时间：1/640s　　ISO：200

均衡构图——保持画面平衡感

均衡是人象摄影中最普遍、最基本的构图原理，也是最常见的人像摄影构图。下图主要是以手持风车的模特为拍摄对象。把模特放在画面的左侧位置，为了保持画面基本的平衡感，模特手中拿着一个

光圈：F2.8　　焦距：55mm
曝光时间：1/400s　　ISO：160

风车，不仅使画面左右均衡，而且使画面色彩更加丰富、更加具有故事性。摄影师进行人像拍摄时，可以考虑使用定焦镜头，这个焦段的镜头可以实现对漂亮的模特进行完美抓拍，而且越是在其不备的情况下，拍摄的照片越具有意义。当然，还要保证一定的快门速度，这样才能保证不错过任何精彩画面。

控制景深构图——拍摄俯身模特

右图主要是通过人物自身的景深控制来实现画面虚实对比的效果。要得到这种完美的景深效果，大光圈和长焦镜头是必不可少的。大口径的远摄变焦镜头或者擅长于拍摄人像的中远摄定焦镜头（如70～200mm F2.8或者135mm F2），都可以满足摄影师的需要。画面中的模特浅浅地弯下了腰，把焦点对准模特面部，利用大光圈F2.8，不仅增加镜头的进光量，保证了快门速度，而且使模特的面部显得自然白皙。另外，合理安排画幅的裁切位置，更好地表现了眼睛的位置，突出了人物妩媚性感的眼神。

光圈：F2.8　　焦距：100mm
曝光时间：1/150s　　ISO：100

风景构图

三分法构图和水平线构图——巧用地平线拍出亮丽风景

在风光摄影构图中，常常会遇到如何安排地平线在画面中的位置问题。地平线位置安排得合理与否，对于突出主体、加强视觉冲击力及平衡画面的构图，都有直接的关系。我们可以从以下三方面探讨究竟该将地平线安排在画面中的什么位置上。

首先，根据表现内容确定地平线的位置。尽管地平线是客观存在的，但在构图时可以完全将它看成是划分天地的界线，拍摄时，地平线位置是高还是低，要以所表现的内容而定。如果表现的主要内容是天空（如旭日、彩霞），那么可将地平线位置降低，使画面中地面的成分减少，天空的范围扩大；相反，如果画面的趣味中心在下方，就应该让地平线的位置升高，以充分展示地面的情景。

光圈：F9　焦距：70mm　曝光时间：1/200s　ISO：200

上图主要表现的是出现了奇异现象的天空。厚重的云层漂浮在空中，抽象地实现了椭圆形构图，光线汇集在天空四周，有一种把云层拨开散尽的趋势。此时把地平线安排在画面较低的位置，较暗的地面与天空云朵周围的暗部相呼应，共同衬托出天空的奇特感。

右图是把地平线安排在日落下方，重点表现海边沙滩的局部曲线。此时需要把镜头的角度放低，通过画面的远近对比来表现海边沙滩的纵向延伸感，并利用C形的构图方式来表现海边沙滩的弧度。

其次，依据视觉舒适感确定地平线的位置。人们在长期生活中逐渐形成了一种欣赏习惯，即当画面中天空占1/3、地面占2/3时，感觉最为悦目。因此，在所要拍摄的景色中，若是没有特别需要强调的地方，建议在构图时着重安排这种画面比例，以达到令人惬意和愉悦的视觉效果，使画面氛围轻松、舒适。

光圈：F9　焦距：20mm
曝光时间：1/500s　ISO：200

左图采用横向三分法的构图方式来表现江面惬意的场景。作为主体的大桥在画面中由左至右横跨江面，水面占据画面的2/3位置。

再者，从特别需求上确定地平线的位置。对地平线位置的安排有很多忌讳。比如地平线不宜位于画面正中，以免造成分割画面的感觉；地平线水平轴不宜倾斜，否则有倾覆之感。其实，任何规则都有其局限性和片面性，若能突破常规，以艺术创新为出发点，往往能创作出令人耳目一新的照片。

下图把地平线放在了画面中间位置，岸边的绿草与水中倒影交相呼应，高山与蓝天相得益彰，整幅画面给人一种和谐对称之感。

光圈：F10　　焦距：18mm　　曝光时间：1/200s　　ISO：200

水平线构图和中央构图——拍摄日落美景把握最好时机

虽然朝阳和夕阳用肉眼可以分辨得很清楚，但在照片中却难以区分，因此拍摄时需下一点工夫。例如，如果拍摄朝阳，取景时就要把天空拍得广阔一些，用稍微明亮的曝光来拍摄。相反在拍摄夕阳时，可以试着将前景的景物剪影拍得更大一些，在构图中融入夕阳西沉的感觉，给人沉静的印象。橘红色的天空部分推荐使用

光圈：F7.1 焦距：75mm 曝光时间：1/4000s ISO：200

光圈：F10 焦距：86mm
曝光时间：1/8000s ISO：200

曝光不足产生的黑红感来修饰。

拍摄日出日落的最佳地点之一是高原，把高原的风景融入到画面中，会让画面更加美丽。但不同的构图方式，产生的画面效果也不一样。这里以同一地点拍摄四幅不同的照片作为例子来详细讲解不同的构图方式所带来的不同视觉效果。

第一幅图是以横幅的构图方式来表现高原日落的情景。将大量的建筑剪影纳入画面，给人一种强烈的夕阳西沉之感。被日落染红的天空与远山交相呼应，利用减少曝光补偿的方式来实现画面稍微的曝光不足，从而加强明暗对比和展现画面的黑红感。

第二和第三两幅图都是利用长焦镜头采用竖幅的构图方式拍摄。但是两幅图在地平线的安排上具有一定的差异，从而产生不同的画面效果。

光圈：F9　焦距：135mm
曝光时间：1/1000s　ISO：50

第三幅图选择把地平线放在了画面下方1/3的区域内，天空所占据的画面面积较大，云彩的层次感比较明显，在视觉上给人一种更加广阔的感觉。

第四幅图则选择把地平线放在靠近整幅画面1/3的区域内，为了活用上下方向的延伸感，地面所占的画面面积较大，因此地面表现得更加广阔。将地面上的建筑物纳入画面，并采用远近对比的手法，使近处建筑物与远处建筑物剪影相互呼应，太阳反射的落日余晖与地面的地平线结合构图，增强了画面的观赏性。

任何精彩的画面都不是唾手可得的，都需要敏锐的观察力和足够的耐心，找到最佳的拍摄位置，等待最佳的拍摄时机。下图最大的亮点就是将太阳置于画面的中央位置，此时在构图方面，把远处山峰放置在画面下方1/3的位置，充分地体现了画面的神圣感。

光圈：F7.1　焦距：200mm
曝光时间：1/100s　ISO：50

光圈：F11
焦距：200mm
曝光时间：1/8000s
ISO：320

日落景象就是给人一种安定和谐之感，海边的日落更是让人心旷神怡。下图在构图上把画面分成三等份。泛红的上部天空和落日、泛灰的下部天空和隐隐约约的远山、宁静的大海和人物、小亭，分别在画面中占据3个不同的层次，把太阳放在画面的左上角，醒目和谐。同时小亭和画面左下角的人物以对角线的形式依次排开，使画面具有一定的协调性。

光圈：F9 焦距：20mm
曝光时间：1/1000s ISO：200

九宫格构图和中央构图——让太阳成为取景主题

除了表现较大的日落场景外，还可以把太阳单独作为表现对象，细腻地刻画具有意境的小景。以右图为例，用长焦镜头拍摄，以太阳为主体，利用九宫格构图方式把太阳安排在画面的右下角。远山作为前景，加深了画面意境。虽然山脉遮挡了大部分的落日，但画面整体呈现出“犹抱琵琶半遮面”的效果，占据画面一小部分的太阳起到了画龙点睛的作用。

下图同样以太阳作为拍摄主体，但无论构图还是效果都与右图有一定的差异。图片采用中央构图形式，利用长焦镜头对太阳进行特写，恰巧太阳被山脉遮住一半，在逆光环境下，太阳周围光圈格外光亮，形成一条弧形。太阳不仅和天空形成了一定的层次感，同时与山脉剪影形成了一定的对比效果。要得到此类画面并不容易，需要摄影师耐心地观察和等待。

明暗对比构图和放射线构图——拍摄清晨和傍晚的景象

在拍摄日出和日落的风景时，还要注意表现清晨和傍晚的特点。尤其是日出时刻，朝阳被厚厚的云层遮住，无法看到它的真面目，但此时，被温暖的朝阳光线穿透的云层反映出来的色彩层次确实是非常壮观的。

以右图为例，中长焦镜头的利用，使得画面远近适宜，不仅注意了清晨光线的明暗差异，而且在画面中可以隐约地看见好像不愿露面的太阳。较小光圈的使用，使太阳以一种星状的效果呈现，同时可以看到从云层中投射下来的呈放射状分布的光线温暖而鲜明。画面主要分为3个层次，画面上部的云层还没有完全得到太阳光芒的照射，以冷色调和波浪状的形式呈现；画面中间部分则呈现出温暖的橙红色，并且有一种向上扩散的趋势；而下方的山脉占据画面较小的部分，与山脉上部的天空形成了较强烈的明暗对比。同时，地平线在三分线下方的位置，更加强调了天空的变化和画面之外朝阳的存在。

右中图同样是在清晨拍摄的，但色彩效果与上幅图相比具有一定的差异。这幅图所使用的镜头焦距较长，所以画面压缩感更强。从画面中可以看到，还没有露面的太阳正努力地从厚厚的云层中拨开一道裂缝，光线从裂洞散射下来，下方

是沉寂一晚的海面，被清晨的光线唤醒，给人一种黎明破晓、万物复苏之感。

上页右下图主要是通过上方树叶和下方山石的阴影进行隧道式构图，以及呈现放射状的太阳光线所共同描绘出的日落景象。画面鲜明的明暗对比不仅衬托出晚霞的瑰丽，同时增加了画面的神秘感。

形态构图和放射线构图——天空、云彩和光线

天空和云都是风景摄影中不可缺少的元素，有时候云的形状会很奇特，使人产生一定的遐想。

左上图对蓝天和白云作出了强调，蓝天占据了大部分画面，摄影师通过手中的广角镜头，采用横幅构图方式，对具有独特形状和抽象意义的云进行一定角度的刻画。云的形状横跨天空，并在蓝天上呈带状，仿佛一条巨龙俯冲山脉，非常具有视觉冲击力。

左下图中天空同样具有一定的抽象意义。同上一幅图一样，画面中的云以曲线的形式从远处的山中盘旋而出，仿佛一只凤凰冲向云霄，极具动感，与下方安静的山脉形成动与静的对比。

下图主要是通过三分法来安排画面的，即岸边道路、海面和天空浓重的云朵分别占据画面三分之一。此时的天空主要分成3个具有层次感的色调，浓重阴沉的云层占据着主要的部分，残余的晚霞和上部泛黄的天空起着一定的调和作用，使天空不至于太压抑。

光圈：F2　焦距：135mm
曝光时间：1/20s　ISO：1600

下页左上图主要是以旗帜为拍摄主体，为了表现旗帜自身的造型和色彩及在空中自由盘旋的线条，

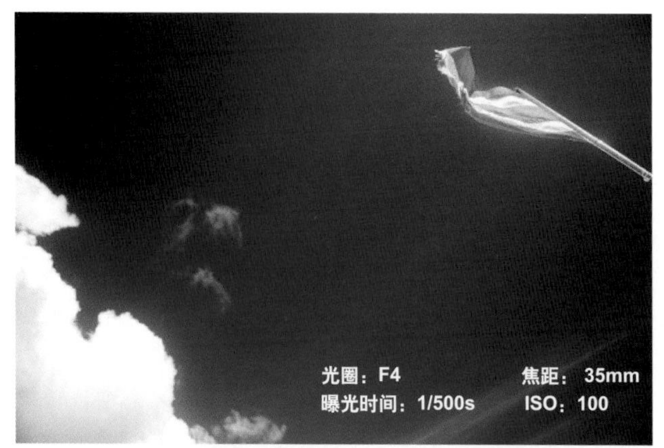

利用广角镜头以仰拍的方式，把蓝天作为画面背景，加上飘渺如纱的云的点缀，即使主体占据的画面面积较小，但也足以吸引观者的眼球。这里有个拍摄小窍门，为了更好地表现画面的整体颜色，可以把曝光值调得比眼睛所见的稍微暗些。这样，旗杆细长的线条会更加突出。

接下来这幅非常具有欣赏性和记录价值的图，不禁让人想起梵高的油画《星空》。星月之夜，梵高将自己深埋在灵魂深处的世界，画面的星云与棱线宛如一条巨龙不停地游动，暗绿褐色的柏树像一股巨形的火焰，由大地的深处向上旋冒，一切似乎都在回旋、转动、烦闷和动摇，在夜空中放射出绚丽的色彩。这幅名画一方面表达高亢压抑的感受，另一方面画面构图又经过精确计算。画中以树木衬托天空，从而获得构图上微妙的平衡。从这点来看，就可以明白绝非是光靠激情就可做出来的。

梵高《星空》

左下图无论是从构图的方式、色彩的运用，还是情感的表达，都可以说是匠心独具。首先从构图上来说，天空占据画面约2/3的面积，海边的道路、沙滩和海面占据画面约1/3的面积。图片下方的黑色阴影衬托了迷幻的天空，海面沙滩所呈现的C字形曲线构图活跃了整幅画面。选择20mm的焦距拍摄，压缩了要表现的空间，使画面更紧凑和更具节奏感，充分地表现了海岸夜景由近及远的关系和不同物体由大到小的对比。其次从曝光上讲，选择小光圈F13、2s的快门速度及ISO为50，不仅能够得到星状灯光效果，为夜景增添魅力，更重要的是把天空五彩斑斓的颜色真实再现。再者在情感的表现上，虽然天空给人一种扑朔迷离之感，但是照片想表达的意义不同于梵高的《星空》，而是给人一种夜晚的静美、和谐之感。这种情感，更重要的是通过海边悠然自得人群所传递的。

下图主要是运用放射线构图来表现光线透过云层照射海面的情景，画面中大部分呈暗色调，与被光线打亮的局部海面形成强烈的明暗对比，使人充分地感受到了日出前的黑暗状态。但是再浓重的乌云也遮挡不住阳光的照射，光线还是透过云的缝隙慢慢地散射开来。画面的色调整体偏暗，却给人一种乌云挡不住阳光的感觉。

光圈：F4　焦距：20mm
曝光时间：1/50s　ISO：200

下图是采用逆光方式拍摄的。在构图方面利用广角镜头以画面中心的太阳为基准点，从前至后向画面内侧延伸，形成一定的远近对比效果。在曝光方面，利用小光圈来实现太阳光的"星芒"，被光线照射的云彩以太阳为中心，同时呈放射状向四周散开。太阳照射在海面上，光线以垂直形式存在，打亮的水面和阴暗剪影形成的态势及画面尽头的远山，三种物体由近及远、由高到低依次排开，非常具有节奏感。

光圈：F9
焦距：20mm
曝光时间：1/1000s
ISO：200

第 4 章 拍摄手法

人像肖像

人像肖像是用摄影表现被摄者相貌和神态的影像写真。摄影师运用适合的光影和精致的构图，捕捉人物完美的瞬间。人像肖像拍摄的核心目的是通过人物外形表达出被摄者的气质、性格、思想和感情等内在的特征。

成功展示人物性格

拍摄人物肖像与日常抓拍不同，需要对拍摄过程提前做设计规划或创意构思，而且之前需要对被摄者做一定的了解。如果是熟悉的人，要考虑拍摄中要表现被摄者哪些个性；如果彼此陌生，可以在拍摄前与拍摄对象做一些交流，让被摄者看看你以往的照片，聊聊最近的新闻，问问对方的业余爱好或者告诉被摄者一些你的经历等，彼此能够建立一定的信任基础，在拍摄中让拍摄者面对镜头比较放松，表现得比较自然。

左图：突出了模特清澈的眼神，自然的表情搭配回眸一笑的表情，烘托了人物清纯优雅的气质。

光圈：F/2.8
焦距：88mm
曝光时间：1/160s
ISO感光：100

技巧：

适合的拍摄角度对人物肖像拍摄的完美化有很大作用。角度稍高，让瘦的人变得丰满一点；

角度稍低，让胖人秀丽一些；方脸型适合侧一点拍摄；高颧骨、高鼻梁的最好正一点拍摄；五官比较平坦的不宜正拍。要使人物肖像能充分体现人物性格，还要注意人物的特写、近景、中景及全景镜头的场面调节，利用情节把气氛、色调、空间、环境与人物结合起来。

技巧：

优秀人像包含几个重要要素包括焦点精准，构图协调，色彩和谐，光影色调紧扣主题，人物内心表现生动，主题鲜明。

右图是一幅整体人像图，清晰的焦点让被摄者婉约的目光格外动人；夸张的姿势展现了模特姣好的身材，红色的礼服突出了模特的热情奔放。

光圈：F3.2　焦距：32mm　曝光时间：1/1000s　ISO：100

人像摄影通常有4种标准模式：特写人像、半身人像、七分身人像和全身人像等不同的拍摄模式，在拍摄技巧上需要考虑不同的构图和用光。

人像摄影的构图

构图——表现作品的主题思想和体现画面的美感效果。在一定的空间安排和处理人、物的关系和位置，把个别或局部的形象组成艺术的整体。一幅人像摄影作品，是由人物形象的大小、线条及光影、色彩、影调层次、远近和虚实的对比等因素所组成的。

学习一项技能关键是打好基础，这一点同样适用于摄影中的构图练习。很多摄影者不知道把人物放在取景器的哪个位置，按快门前只是凭借自己的感觉，结果大多数情况下把人物放在了画面中央，那会让人物显得非常呆板。如果拍摄者掌握了如何运用三分法则和黄金分割法则两种经典的人像构图原则，并通过不断实践培养，形成潜意识的构图习惯，一定会让你在以后的拍摄操作中受益无穷。

三分法则【左】

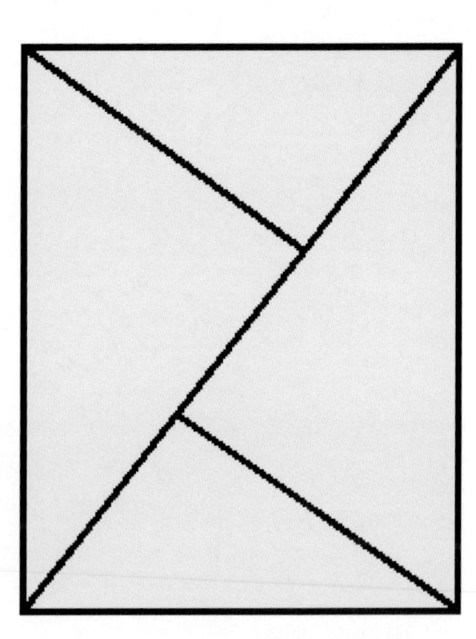

黄金分割法则【右】

三分法则是把被摄者放在三等分画面的任意两条直线的交叉点上，可让人在视觉上形成平衡和生动的视觉感受；黄金分割法则是把焦点（一般是眼睛或脸颊）放置在构图的交叉点上，或者交叉点附近沿着分割线的方向上。一般情况下拍摄半身人像时眼睛是焦点，在七分身像或者全身人像时，脸颊是焦点。

右图采用的是黄金分割法则：模特的头与手臂构成对角线，双眼放在了分割线的焦点附近，整体构图让画面既稳定又活泼，实现了一种动态的平衡。

快门速度：1/60S
F值：F/4.5
ISO感光：200
焦距：40mm

下图采用三分法则：模特在右侧1/3竖线位置，脸部位于上部1/3横线位置，为画面的视觉中心，这样可以使模特姿态更生动，画面令人愉悦。

光圈：F2.8
焦距：88mm
曝光时间：1/160s
ISO：100

技巧：

近景人像构图多用竖画幅，因为比较符合人们的视觉习惯。横画幅构图特点是可纳入更多的环境因素，特别适合表现人像与场景联系密切的画面。

人像摄影的用光

人像摄影中光线的作用是塑造被摄者的脸部形状及表现脸部细节，通过明暗反差表现皮肤质感和掩盖皮肤的缺陷。这主要靠控制光线来设计高亮区和阴影区来实现。

在室内比其他地方更容易控制高亮区和阴影区，而且还能控制光影的布局和强度。室内人像拍摄有其用光的基本形式，“先主后辅再修饰”——这是一般的布光步骤，如果加轮廓光和背景光，需要提前布置。

右图采用分割式照明，主光只照亮模特右半边脸，这是把对象拍得苗条最理想的光线。

室内人像摄影基本的灯光布局有以下5种设置。

光圈：F19　焦距：50mm
曝光时间：1/125s　ISO：100

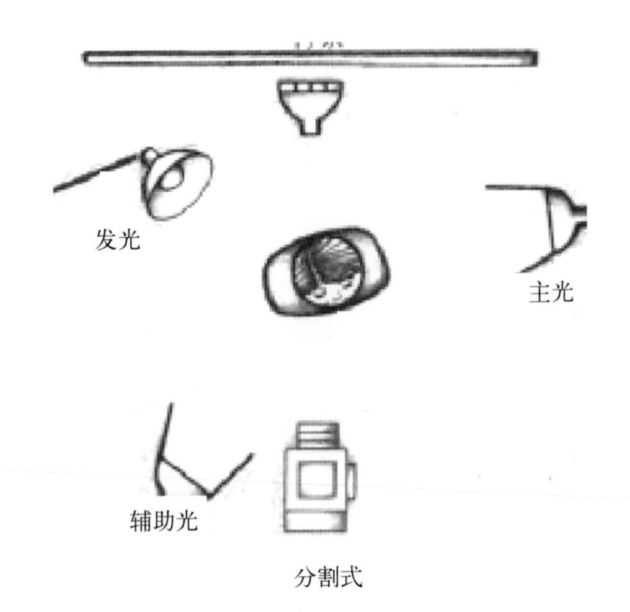

技巧：

室内人像肖像摄影有各种照明布置方法，目的是模仿各种自然日光，应用灯光效果营造画面意境。

系统的照明布置包括以下几种光源：

- 主灯
- 辅助灯（照明暗部或控制反光）
- 效果灯
- 背景灯（由主体后面或下面照射背景）

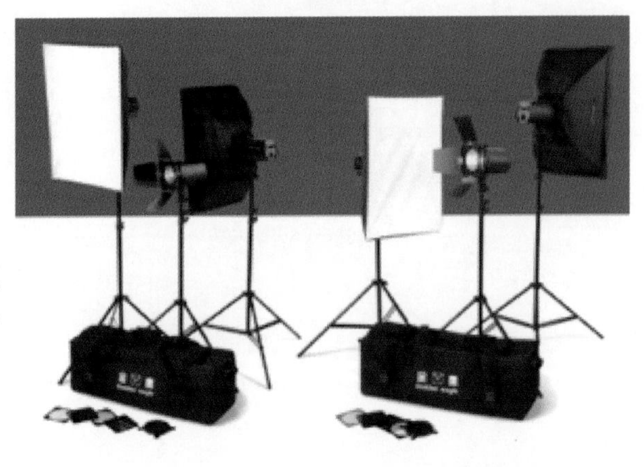

这些灯可以是专业电子闪光灯装置，也可以是普通灯，对于初学者最好选择普通灯，因为可以直接看到灯光的效果。

1. 派拉蒙式

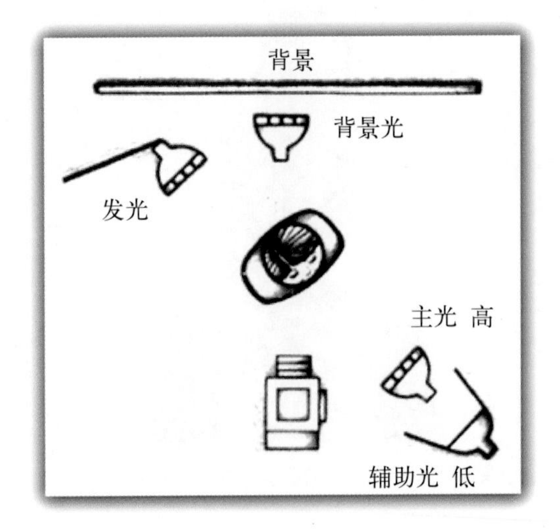

派拉蒙布光采用正面光，这是好莱坞拍摄剧照常用的布光方法，能够在被摄者鼻子下投出对称的，类似蝴蝶般的阴影，表现人物脸部层次，多用于突出女性的面颊和肌肤。

2.环形式

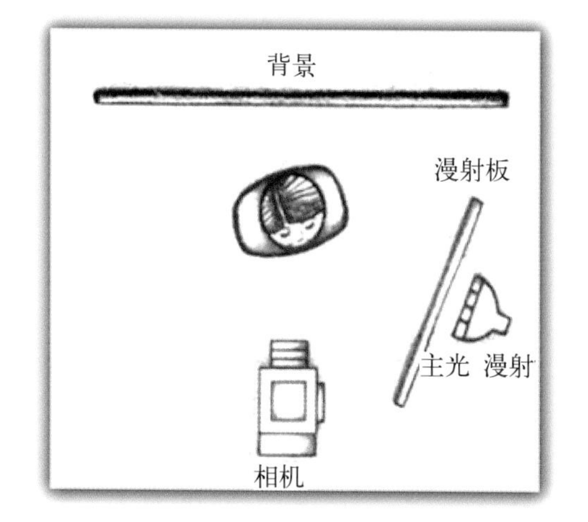

主光位置略低偏向被摄者侧面，要求主光要在与之相对的一侧面颊上投射出一个向下的弧线形鼻阴影，这种布光适合公共照，尤其适合椭圆形脸的人。

3.伦勃朗式

伦勃朗布光也称45°角布光，特点是在主体面部阴影处形成小型三角形高光。这种布光富有戏剧效果，酷似伦勃朗人物肖像绘画，为女性拍摄时经常采用。要注意辅助光的亮度要低一些，以便更好地突出阴影面上的高亮三角区。

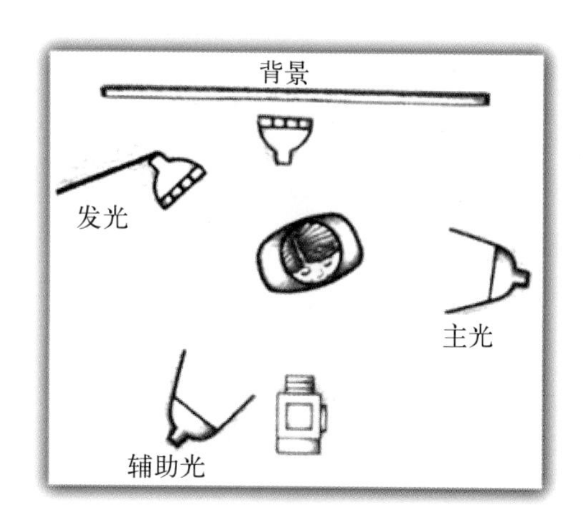

左图采用的就是伦勃朗式布光，暗部形成了侧三角，使被摄者两侧脸部看上去各不相同，用反差的对比突出面部的细节。

光圈：F2
焦距：100mm
曝光时间：1/20s
ISO：100

4.分割式

分割式主光更低，只照亮被摄者半张脸，会营造出变瘦的效果。

5.轮廓式

在轮廓式布光中，相机与被摄者成90°，着重突出被摄者侧面优美的形体轮廓。

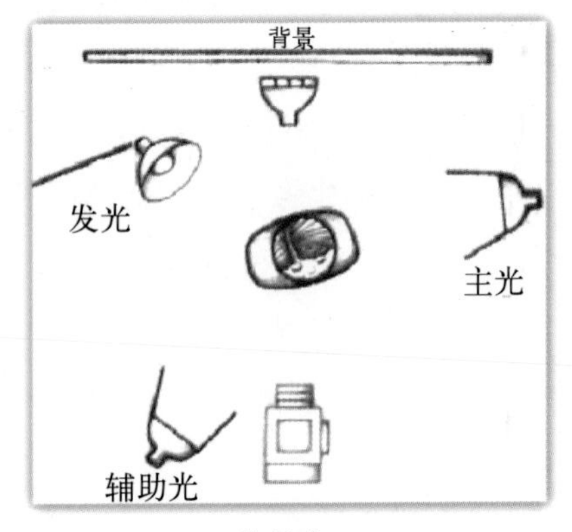

分割式

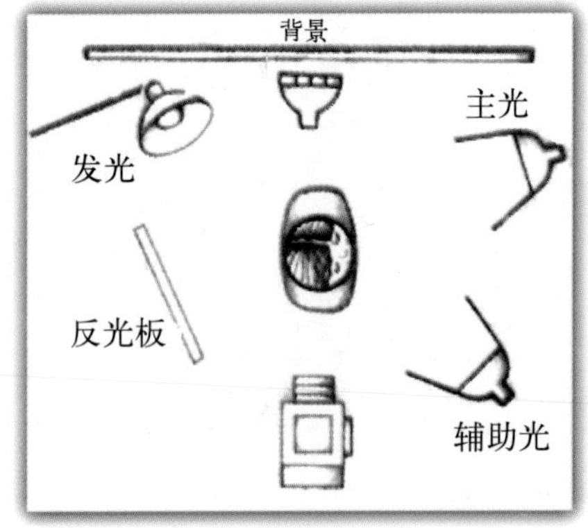

轮廓式

左图采用轮廓式照明，勾画了模特额、睫毛、鼻子、下颌、手指、小臂、肩膀、背部和头发组成的优美线条，有一定的艺术性。

光圈：F11
焦距：32mm
曝光时间：1/125s
ISO：100

从派拉蒙式到分割式，主光在模仿落日的轨迹，起初很高然后逐渐降低，但不会低于被摄者头部，每一次递进都让脸看起来更瘦，让皮肤看起来更有质感。拍摄者在实践中参考这种人像用光的原理，结合被摄者的个性和气质进行创作，人像摄影的水平一定会有很大的提高。

旅行纪实

纪实摄影是拍摄者以发现生活、感受生活为诉求的摄影方式。在出游时拿起相机记录旅程故事，把

人生中经历的精彩瞬间永久地定格，地方特色、景点、奇特的民俗、现实的社会及精彩的表演都是拍摄者不容错过的聚焦时刻。下面为大家介绍纪实摄影常规的拍摄思路和技巧。

左图是一个名胜古迹的小景观特写。在构图中特意关注了左下角的“一线天观”，文景交融，让人更易辨识。

快门速度：1/125s
光圈：F/2.8
ISO感光：100
焦距：50mm

快门速度：1/125s 光圈：F/2.8
ISO感光：100 焦距：50mm

上图皮影人不仅代表一个地方特色的文化，而且一个个姿态各异，色彩艳丽，让照片纪实性与艺术性兼具。

多捕捉具有地方特色的元素

技巧：

纪实摄影一般是日常记录，18~105变焦镜头基本够用，纪实题材需要快速记录，避免频繁换镜头，错过时机。

广角端虽然可以拍摄更丰富的内容，但也容易造成画面杂乱无章，需要较高的拍摄技巧。初学者开始时不要试图拍太多，多利用中长焦训练你的想象力、观察力，通过视角抓取精彩细节，让照片更有说服力和故事性。

快门速度：1/125s 光圈：F/2.8 ISO感光：100 焦距：50mm

上图中，青瓦白墙的民居楼、碧水微漪的水道和轻舟绿树下的渔民描绘出了诗情画意般的江南水乡惬意的田园生活。

纪实摄影拍的画面都是真实影像，拍摄者用相机来描绘这个世界，借以表达内心的感受。我们到了一个陌生的地方要拍些什么呢？特色的人文景观、民族特色的着装、特别的建筑风格及典型的花草树木等很多地方风貌都可以作为拍摄素材。应提前多搜集一些旅游目的地的信息，研究哪些地方有特别之处。随着不断的积累，你会逐渐发现自己已经积累了无数关于不同地域的自然、人文和社会知识，拥有了一种拍摄者独具的犀利眼光，这使你在旅行中享受更多的快乐。

好景还需要人或物加以点缀

当遇到一处激起你拍摄欲望的景物时，景物本身就成了画面的主题，而选择恰当出现的人物正好可作为装饰性的构图要素，这种情与景交融的构图方法比起单独的景物照片蕴含了更丰富的“故事”，更容易拨动观赏者的心弦，引出或多或少的感动、思考和回味。

快门速度：1/125s　光圈：F/2.8　ISO感光：100　焦距：50mm

上图引起拍摄者兴趣的主体是世博园专门为游人提供的“到此一游”涂鸦墙，旁边恰巧走来的老外看着墙上密密麻麻的各国文字，若有所思：原来大家都“好”这个啊！

当我们在旅途中被异地风情深深吸引住时，往往异常地兴奋，总想拿起相机拍下一切自己感兴趣的东西，然而回到家中才发现这些没有经过考虑的抓拍，让人找不出当时想要表达什么，观赏者更是不知怎样理解，总结原因发现其中大部分都是构图上的失误。纪实拍摄经典的方法：确定好一个场景，调整好相机参数，选好构图方式，将画面里需要的要素恰到好处地安排妥当的时候再进行拍摄。

左图在西湖边上，背景是阳光照耀下斑驳的树叶和碧绿的湖水，采用对角线分割，长椅上窃窃私语的情侣，让整个画面充满了生机与惬意。

快门速度：1/125s　光圈：F/2.8
ISO感光：100　焦距：50mm

在游览中发现了吸引你拍照的场景，多站一会儿，选择拍摄角度；多想一想，构思如何捕捉到一个令人心动的画面；要时刻准备着拍摄，尽量快速抓拍，不要太引人注意，让照片中的人物呈现出完全自然的状态，让观赏者觉得画面如同生活中偶然的一个场景。

技巧：

抓拍时，可采用长焦距从远处拍摄，在被摄者发现你之前，你有足够的时间去构图测光，从容地捕捉你想要的画面。即使被发现了，要礼貌地微笑，招招手或友好地打打招呼。

亨利·卡笛尔布勒松将纪实抓拍精彩一刻的瞬间称为——“决定性瞬间”。这个瞬间凝聚了拍摄者的智慧、激情及摄影技能等多方面的因素。要得到一幅瞬间完美的影像需要耐心、机智、思维和不断地训练。

观看演出也是摄影的好时机

随着娱乐文化的日益丰富，游者观看文艺演出的机会也越来越多，在观看演出的同时，把舞台上演员们动人的表演拍摄下来，对拍摄者来讲也是一种很好的艺术享受。

快门速度：1/125s
光圈：F/2.8
ISO感光：100
焦距：50mm

上图在构图上采用了三分法，人物占据左侧1/3，喷出的火焰引导了观赏者的视觉方向，影调干净鲜明，人像摄影的特点同样适合舞台拍摄。

舞台摄影在基本的艺术处理上与人像摄影大体相同，但仔细分析，由于舞台的光差较大、拍摄位置局限及人物动作变化快等因素，使拍摄表演要在短时间内构图和快速拍摄，对拍摄者摄影技术有一定的要求。

首先要选择理想拍摄位置和视角。初学者喜欢在舞台前中央位置拍摄，由于舞台正面光较强，很容易使人物造型平淡，缺乏空间感和层次感，光影的效果也很乏味。而选择侧一点的角度，可以让人物造型有正面光、侧面光和逆光，不仅光影效果丰富而且还能体现出画面的层次感。

其次要保持相机的稳定。舞台摄影通常不考虑使用闪光灯：一是影响观众；二是闪光灯也不是理想光源；三是局限的空间要不断地移动选择角度，很多时候靠手持相机。演员优美的造型转瞬即逝，所以通常设定快门的速度在1/60s左右，这个时候快门瞬间的稳定性是决定画面是否清晰的关键。

右图拍摄角度偏左光影勾勒的线条使演员形象非常饱满，同时1/30s速度配合稳定的曝光，画面动静搭配比较理想。

快门速度：1/125s　光圈：F/2.8　ISO感光：100　焦距：50mm

技巧：

采用大光圈镜头不仅可以提高快门速度，还能控制景深虚化杂乱的背景。

拍摄前检查、设定好白平衡，才能得到正确的色彩还原。

运动场景

器材的选择

体育摄影具有特殊性，要受到比赛场地、现场光线、运动员的速度和相关赛事规定的限制，对器材和技术要求较高。就器材来说，70～200mm的变焦镜头是体育摄影中常用的镜头，基本能应付大多数体育项目的拍摄。400mm F2.8的定焦镜头被称为是体育摄影记者的标准镜头。而当拍摄大场面时，广角镜头也是会用到的。如果可能的话，配备两台机身省去换镜头的时间是个不错的选择。

选好拍摄地点

拍摄体育赛事，选择适当的拍摄点十分重要。选择拍摄地点时，要综合考虑以下几个方面：首先，要尽量避开杂乱的背景，尽量选择干净简单的场地作为背景，如果要表现赛事的壮大也可直接把观众席作为背景；其次，要选择能反映出所拍运动项目的特点和运动员的技术特点的地点；另外还要考虑到光线，选择最有利于营造气氛的地点。

光圈：F5.6　快门：1/50s　ISO感光：400　焦距：24mm

在拍摄体育赛事时，要灵活选择快门速度，表现不同的形态。使用高速快门拍摄，能将运动的瞬间清晰地凝固下来，可用来拍摄起步或是冲刺的瞬间，但这样拍出来的照片动感稍显不足。

使用低速快门能再现赛事中快速运动的运动员在我们眼前飞驰而过的场景，但是模糊程度不好把握，过慢的快门甚至会使照片变得一团模糊。要根据运动员运动速度的不同而灵活选择。

体育运动的拍摄技巧

体育运动既然是以快速和动作多变为其特点，拍摄时就应当努力在照片上表现这些特点。

凝固瞬间是最常用的方法。清晰而真实地再现出运动员的面部和身体轮廓，能够拍到人眼无法识别的瞬间。使用高速快门即可达到。

右图拍摄时可以顺着目标的运动方向，平稳地移动相机，使目标在取景框中的位置始终不变，并在移动的同时按下快门。这种方法可用来拍摄行进中的短跑运动员、骑手和驾驶员。这种拍摄手法的效果是运动员的形象清晰，而背景一片模糊。可以避免杂乱的背景破坏画面，同时，模糊的背景能衬托出动作的快速。追随法的快门速度通常为1/15～1/60s。在没有把握的情况下，可对同一目标用不同的快门速度拍摄几张，以供选用。

还有一种拍摄手法就是在按下快门的同时推动变焦镜头变焦，使镜头焦距由长变短。用这种方法能使较慢的动作出现"加速"效果，极富于戏剧性。主体的轮廓沿对角线方向从画面中心向四周扩展，好像朝着相机爆炸开来。这种效果只能用较低的快门速度（1／15～1s）获得，所以最好使用三脚架。在按动快门的同时，根据动作的方向使相机向上、向下或向一侧迅速移动，也能获得类似的效果。

田径比赛是很常见的比赛项目，尤其是径赛，最为常见。在拍摄田径赛时，用到最多的就是长焦镜头，如拍摄运动员起跑，可以使用长焦端迎面拍摄，这样既能缩短透视，也能虚

化掉多余的景物。

户外景物

大自然多姿多彩的景物是广大拍摄者非常喜爱的拍摄题材。户外摄影的范围非常广泛，从路边的花草到壮丽的河山，从山间潺潺的溪流到天空悠悠的云朵，都可作为拍摄者镜头里描绘的世界，让人体味其中无限的乐趣。

拍摄自然景观时，构图上既要确保主体明确，又要考虑整幅画面的立体搭配。例如拍摄山川湖泊，可选择小草、花卉、枯木、青苔及岩石等景物作前景搭配，在前景陪衬下不但可使画面产生远近感，也给人视觉透视功效。

左图在拍摄湖光山色时，利用岩石作为前景，上面的树梢和右侧的树干组成了天然的取景框，颜色次第变化，整体画面立体感非常强。

快门速度：1/80s　　光圈：F/8
ISO感光：200　　焦距：20mm

技巧：

（1）精心地挑选前景可以增加照片的层次感。

（2）利用小光圈得到大景深让图像整体保持清晰。

（3）拍摄风景照片的最好条件是早晨和傍晚。因此时的光线为低斜光，其光影使被摄体表现出很强的立体感。

下图是山间小镇的早晨，阳光倾斜地铺洒在广阔的大地上，照亮了山间的云海和晨雾，景象蔚为壮观。

快门速度：1/320s　光圈：F/9
ISO感光：200　焦距：100mm

如何拍摄水景

在游览中来到一处山间溪流或瀑布的场景，总是让人眼前一亮，它们流动的旋律与跃动的光影自然而然地成为广大拍摄者喜爱的题材。

右图山上融化的雪水非常充足，倾泻而下，湍急地流过浅浅的河床。拍摄者利用近、中、远3处及其水花的部分拉开了图

快门速度：1/320s
光圈：F/9
ISO感光：200
焦距：100mm

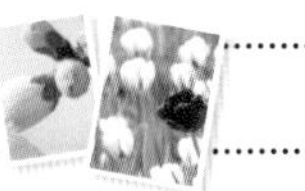

片的层次，选用较慢的快门速度表达了溪流律动的效果。

横拍能够展现溪流之宽阔与澎湃的水势，竖拍则可以突出溪流深度感。拍摄前应先仔细观察以选取最佳构图。

左下图利用直拍逆势取景，利用流水颜色的跳跃和形态的变换，构建了深层次的立体场景。图中的溪流部分位于山谷中，晨昏时均不容易照到阳光，选择接近正午顶光时拍摄能提升其丰富的色彩。选用较快的快门速度来凝结溪流的瞬间景致，使跃动的水珠在阳光下呈现出清新亮丽的画面。

右下图利用长时间曝光拍摄瀑布，追求一种丝带般朦胧的感觉。

快门速度：1/320s　光圈：F/9
ISO感光：200　焦距：100mm

快门：1/2s　光圈：F/22
ISO：200　焦距：80

拍摄水景长时间曝光时要采用小光圈或者加中灰色滤镜，目的是减少进入镜头的光线，防止出现曝光过度，为了稳定相机必须使用三脚架。

如何拍摄雪景

雪景是冬季最有代表性的景物，由于数码相机白平衡的特殊性，程序默认的白色其实是18%灰，拍摄雪之洁白时，以雪面为测光点，要增加0.3～2档曝光补偿。

雪地由于温度较低，电池续电能力会大大下降，宜尽量备妥预备电池，为了防止数码相机长时间暴露风雪中，可以携带透明的塑料袋，拍摄时将其剪一个洞套在镜头前，并以橡皮筋绑紧，防止风雪侵害。

下图采用的是侧光近距离拍摄，挂雪的树枝与雪地背景斑驳地融合成一幅特写。

技巧：

树挂是冰雪世界特有的形态，晶莹的白雪与深色的植物形成鲜明的反差，雪景中树挂独特的魅力可以弥补色彩和光线的不足。

拍摄时优先选取细条枝干或者茂盛低矮的林木，无论是采用全景还是特写都会呈现鲜明而独特的画面表现力

快门速度：1/320s　光圈：F/9　ISO感光：200　焦距：100mm

下图采用的是顺光近距离拍摄，更能突出雪花晶莹剔透、洁白无瑕的特点。

快门速度：1/320s　光圈：F/9
ISO感光：200　焦距：100mm

如何拍摄云景

云是善变的，有时悠闲，有时豪放，有时诡异，有时沧桑，它不分季节，任何气候都可以拍摄。学习和掌握一些云景的拍摄方法，灵活应用，拍摄者一定能够收获令人叹为观止的照片。

左图在日出前约30～40分钟，天空逐渐透露出橘红色光线，照片中纳入了大量被晨光渲染的云朵，同时还以剪影的方式描绘了大地上风力发电机组的景色。

快门速度：1/320s　光圈：F/9
ISO感光：200　焦距：100mm

在山岳风景中，云的姿态对整体构图非常重要。上图在借云势的同时也捕捉了风，表现了一种苍苍茫茫的意境，提升了风景照片的内涵。

快门速度：1/320s　光圈：F/9
ISO感光：200　焦距：100mm

左图拍摄蓝天白云采用偏光镜让天空蓝色更深一些，增加了与白云颜色的对比。

快门速度：1/320s　光圈：F/9
ISO感光：200　焦距：100mm

技巧：

（1）拍摄云景切忌曝光过度，否则将破坏色调及质感，也会减低画面之气氛。

（2）拍摄云彩的最佳时机通常是气候有明显变化的时刻，是指好天气将要变坏或坏天气正要变好的时候。

要想把云的气氛营造得动人，正确地运用光线非常重要。若选择正午时分拍摄，云受顶光照射为白色一片；而阴天则色彩平淡，呈现灰蒙蒙的景象，缺乏明暗层次，故应少按快门；早晨和黄昏阳光低斜，采取逆光或半逆光拍摄。由于色温变化使云彩千变万化，能够表现出绚烂艳丽的云彩气氛，还能表现出云霞通透的质感与层次。

若以顺光拍摄蓝天白云，因太阳角度会产生偏光，画面亦显得色调平平，最好能加偏光镜，加深蓝天的浓度，并衬托出云的洁白，以获得强烈的对比效果。

夜景拍摄

一张好的夜景照片，首先要保证画面清晰，由于晚上的光线要比白天弱很多，相机要进行长时间的曝光，为了保持相机的稳定，在拍摄时，要将相机固定到三脚架进行拍摄。而快门的启动，也最好使用快门线或利用相机的自拍功能。如果实在需要直接按动快门时，要尽量地轻按，以减少机器因为人为原因造成的晃动。另外，拍摄夜景一般是不需要打闪光灯的。因为闪光灯的有效距离有限，无法将所要拍摄的全景照亮。

进行准确的测光

拍摄夜景时，由于明暗反差很大，所以测光比较不好掌握，不同的测光模式会直接影响照片的曝光，因此要根据实际情况选择对应的测光模式。在拍摄时，如果使用快门优先或光圈优先模式，往往会出现欠曝或过曝的现象，因此就要加入适当的曝光补偿或者使用手动模式。

快门速度：1/2s
光圈：F8
ISO感光：100
焦距：18mm

掌握好曝光

夜景拍摄的曝光，没有固定的模式和规律。因为明暗程度不同，所以曝光也就不好把握。但有个不变的原则就是宁欠勿过。一般情况下，要使用较小的光圈值来获得较大的景深，这样可以使远景与近景都保持清晰，而曝光时间也随之延长。经过一段时间的曝光以后，行驶在路上的车灯会形成一道道美丽的光线。

快门速度：1/4s
光圈：F8
ISO感光：400
焦距：18mm

灵活选择白平衡

拍摄夜景时，白平衡的设定是非常重要的环节。夜晚的灯源主要是霓虹灯，且明暗反差较大，白平衡的不同设定会对画面色调产生很大的影响，因此，在拍摄夜景时最好不要使用自动白平衡，应选择手动设定白平衡。

如果要获得暖色调效果，可把白平衡设为日光模式，因为日光模式在这种光源条件下强调橙色的暖色调。

如果想要获得冷色调效果，可把白平衡设定为白炽灯模式。

不同的白平衡设置会有不同的效果，需要在实际拍摄中慢慢积累经验。

光圈F8　快门1/2s
ISO 400　焦距24mm

使用最佳光圈拍摄

拍摄夜景车流时，要使用镜头的最佳光圈，这样才能使镜头达到最佳解像度。一般为F8或者F11。

拍摄时，先把ISO调到100来减少噪点。然后确定测光模式，一般用平均测光即可，尽量不要使用点测光。接下来要确定拍摄模式，全手动模式最佳，使用光圈优先或快门优先也可以。另外，拍摄夜景，必不可少地就是三脚架了。

快门速度：4s　光圈：F11
ISO感光：400　焦距：18mm

快门速度决定光轨长短

要想拍出漂亮的夜景车流，一般需要较长的曝光时间，通常在3s以上，这样车灯才能留下清晰的轨迹。拍摄时注意要将相机固定在三脚架上，把光圈收到F8或者更小。

快门速度：5s
光圈：F11
ISO感光：400
焦距：18mm

快门速度：1s
光圈：F8
ISO感光：400
焦距：17mm

拍摄星芒效果

星芒效果需要两个条件：一是要有比较强烈的点光源；二是要求镜头的光圈结构为多边形。另外，在镜头上加星芒镜也能拍出星芒效果。

拍摄时，尽可能地缩小光圈。一般来说，光圈收到F8，就已经很明显了。如果使用广角镜头拍摄，效果会更加明显。

不同相机的星芒效果也会不同，一般为六角星、多角星形或者米字星等。具体形状和镜头光圈叶片数和叶片形状有联系，并且星芒的形状效果随镜头品牌和相机型号的不同而有所不同。

快门速度：4s
光圈：F8
ISO感光：400
焦距：17mm

拍摄五彩缤纷的烟花

拍摄烟花时，首先要选择最佳的拍摄地点。注意不要选在风尾方向，否则风吹散烟雾会影响照片效果。找到最高点，占好位置。可选在楼顶或小山顶等较高的位置。另外，一定要提前到达拍摄场地，准备好器材，等待拍摄时机。

拍摄烟花时，要抓住一定的规律设定光圈和快门。光圈一般选用最佳光圈F8或F11。快门的选择要根据实际情况来判定，一个烟花从升起到散开大概需要5～6s，而最美的一瞬应该是散开前后。所以一

定要把握好这个时间段，大概2s。另外，在拍摄烟花时，可适当提高ISO到400。

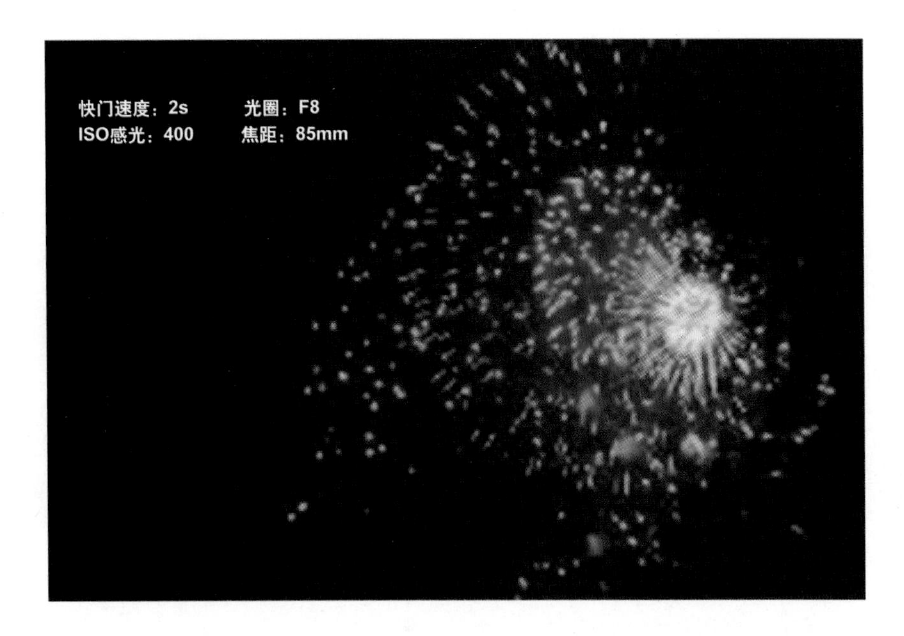

烟花最美的一瞬间是在散开的那一刻。拍摄烟花就是要记录下这最美的一刻。画面中的烟花形状要多样化，最好要有一个较大的主体，周围有几簇小的烟花作为陪衬。可在烟花上升到顶点散开时拍摄。在拍摄烟花时要尽量在燃放的前阶段拍摄，因为那时的夜空还没有太多烟，因此把握好拍摄时机十分重要。

拍摄夜空中的明月

拍摄月亮一般要选择天气晴朗的晚上进行，最好没有浮云。在这样的高能见度的情况下，拍出的月亮会清晰一些。

要拍出月亮的立体感首先要注意曝光。拍摄时，第一是设定正确的光圈，不要使用最大光圈，通常使用F8左右的最佳光圈。另外，尽量使用点测光，对着月亮最亮的部分测光，如果使用平均测光，得到的曝光数据常常会曝光过度。

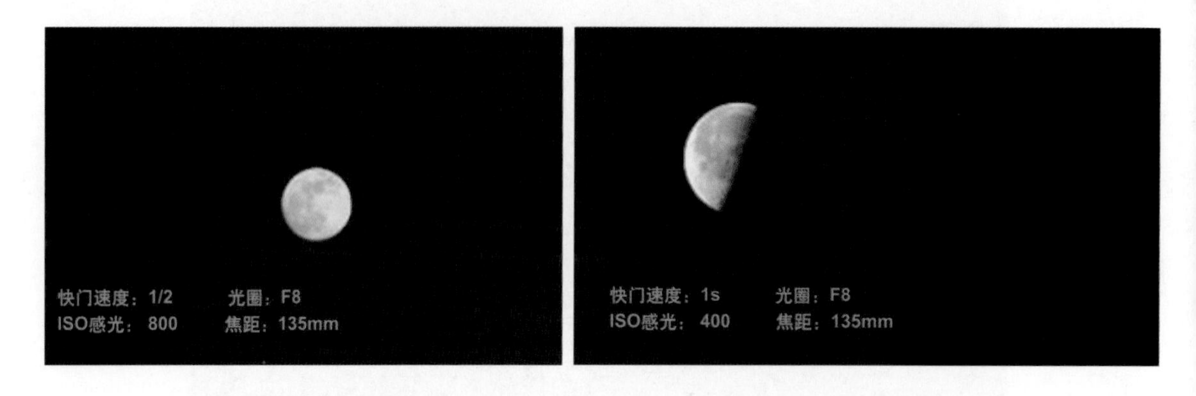

拍摄月亮时，要考虑到快门速度，尽量不要使用过慢的快门。一是为了防止曝光过度；另外还有一个原因，就是月亮是在不断运动的，如果使用的快门速度太慢，很容易拍糊。

拍摄月亮就要拍出月亮上的脉络和层次感。使用长焦段拍摄就比较有利，但是焦段越长，也越容易发生抖动，所以拍摄月亮时最好使用三角架。

第5章 图像处理常用软件及基本应用

在平面设计领域，较为常用的图像处理软件有Photoshop图像处理软件、ACDsee看图软件、Easy Recovery图像恢复软件、Adobe Camera Raw文件处理工具，另外还有光影魔术手、美图秀秀等。这些软件分属各个不同的领域，并且有着各自的独特之处以及很强的互补性。

Photoshop图像处理软件

Photoshop是集图像扫描、编辑修改、图像制作、广告创意，图像输入与输出于一体的图像处理软件，在平面设计领域占有极其重要的地位，同时也深受广大平面设计人员和电脑爱好者的喜爱。Photoshop作为专业的图像图形处理软件，具有强大的绘图、校正图片及图像创作功能，被广泛应用于各大广告公司、平面制作公司、图书出版公司、图像图形处理公司及婚纱影楼等。

在学习使用Photoshop CS5处理照片之前首先要了解对Photoshop CS5的基本操作，要初步掌握使用方法，才能快速地运用该软件对照片进行处理，先了解Photoshop CS5的基本操作，主要包括对工作界面的认识，然后了解其基本使用方法，最后再讲述图像的基本处理，使读者对Photoshop CS5的照片处理技术有初步的认识。下面来讲述Photoshop CS5相关的基本操作。

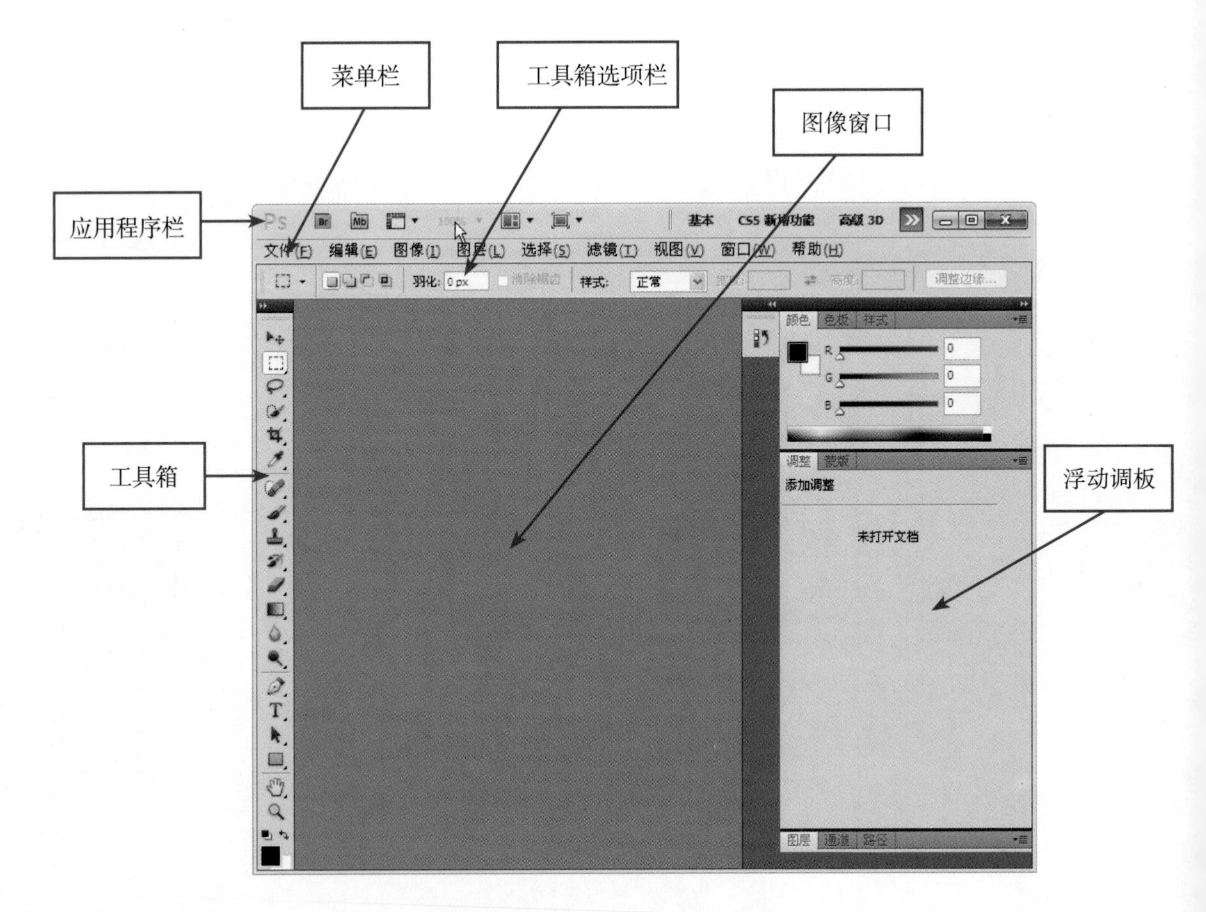

使用界面

在对Photoshop CS5的基本操作进行了解之前先来认识一下Photoshop CS5的工作界面。启动Photoshop CS5应用程序，打开的Photoshop工作界面如上图所示，主要有“应用程序栏”、“菜单栏”、“工具箱选项栏”、“图像窗口”及浮动调板组成。

应用程序栏：主要包括Bridge启动、屏幕模式、缩放级别及一些工作区域。

菜单栏：包括文件、编辑、图像、图层、选择、滤镜、视图、窗口及帮助9个菜单，可以根据需要来选择每个菜单的内置命令。

工具箱：包括选区工具、绘图工具、文字工具、缩放工具及颜色工具等5大工具。

工具箱选项栏：在选择某种工具时，显示出相关的设置选项。

图像窗口：该区域会显示打开的图像。

浮动调板：该区域包括路径、图层及动作等窗口，让图片在处理过程中更加方便。

创建图像

在Photoshop CS5中，创建图像的基本操作包括新建和基本图像处理。

1. 新建文件

应用快捷键Ctrl+N。

执行文件菜单中的“新建”命令，会打开一个新建的对话框。

名称：命名新建文件的名称，Photoshop中默认的为“未标题-1”。

预设：指提前设定好的尺寸。

宽度/高度：设置此文件的宽度/高度。

分辨率：设置文件的分辨率，有两种选项分别为像素/英寸和像素/厘米，一般以像素/英寸为准。

颜色模式：设置此文件的模式，包括灰度、位图、RGB颜色、CMYK颜色以及Lab颜色。

背景内容：设置文件的背景颜色，包括白色、背景色以及透明。

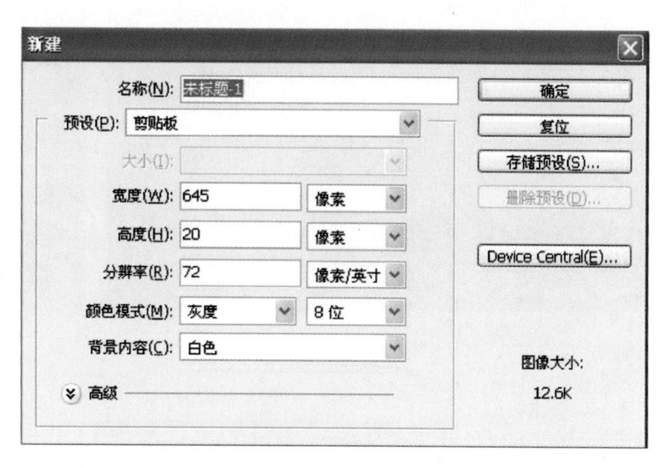

2．基本图像处理

1）移动

移动是Photoshop中重要的基本图像处理操作，在大部分的图像处理过程中，都缺不了移动处理。其操作步骤如下。

首先要有移动的图片和移动目标图片，需要同时打开两幅图片。在Photoshop CS5中，在其工具栏下有两幅照片的标题，选择其一打开，如下图。

XUH_5347.JPG @ 12.5%(RGB/8) ☒ XUH_5352.JPG @ 12.5%(RGB/8) ☒

打开要移动的图片，使用“魔术棒”工具建立所要移动的蜜蜂选区（图一），执行编辑菜单中的“复制”命令。

图一

图二

使用工具箱中的“移动”工具，将对象拖至目的图像的标题上（如图二），这样将目标图片打开（如图三），并将之移动到需要的地方，进行调整（如图四）。

图三

图四

2）复制

复制功能也是Photoshop中不可或缺的基本图像处理操作，其步骤如下。

选择将要复制的对象，如图一所示。选择编辑菜单中的“复制”命令或通过快捷键Ctrl+C将对象复制，如图二所示。

使用工具箱中的“移动”工具，将图像进行移动，如图三所示。

图一

图二

图三

3）撤销

在处理图像的过程中，如果对处理后的效果不满意，就需要进行撤销操作，撤销的方法有以下4种。

- 通过编辑菜单中的“前进一步”、“后退一步”进行撤销。
- 通过编辑菜单中的“还原”进行撤销。
- 使用窗口菜单中的历史菜单，可以撤销到具体的某一步，最多可撤销前20步。
- 使用快捷键Ctrl+Alt+Z键进行撤销。

关于通道

通道是Photoshop强大功能的体现，与图像的模式、颜色密不可分。图像的的模式决定了通道的数量，RGB模式和LAB模式的通道数量为3个；CMYK模式下有4个通道。在通道中，记录了图像的大部分信息，而这些信息都可以在“通道”调板中直观地看到。

1．通道的分类

在Photoshop CS5中，通道分为颜色通道、专色通道以及Alpha通道。专色通道可以保存专色信息，同时专色的色域很宽并且准确性非常高，它可以用来替代或补充印刷色。

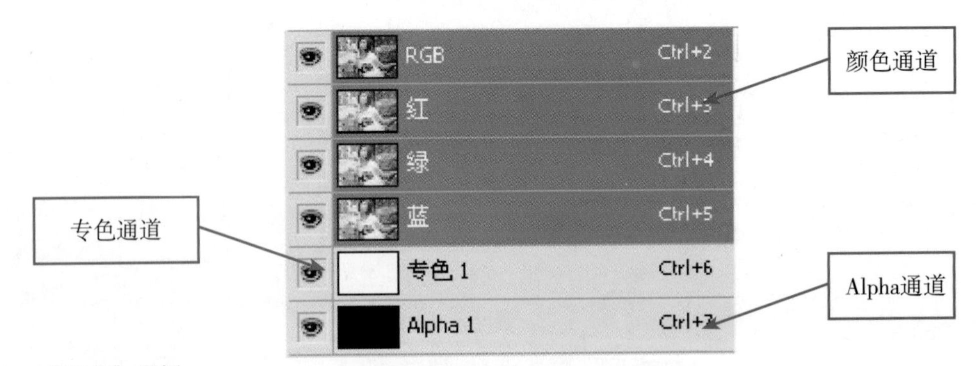

2．“通道”调板

打开一个图像，选择窗口菜单中的“通道”命令，便打开“通道”调板。

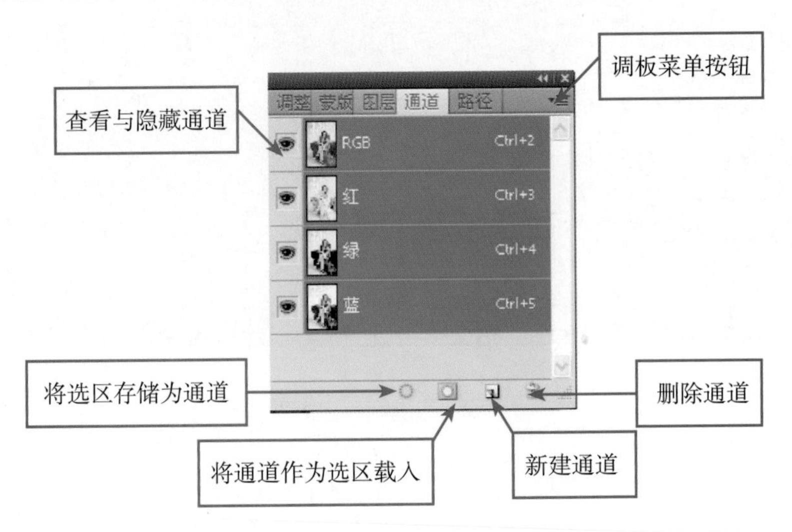

3．新建通道

在“通道”调板中单击“新建通道”可以快速创建Alpha通道。按住Alt键的同时单击“新建通道”按钮即可设置新建Alpha通道的参数，如图一所示；如果按住Ctrl键并单击新建通道按钮，即可创建专色通道，如图二所示；颜色通道是无法通过颜色图标创建的。

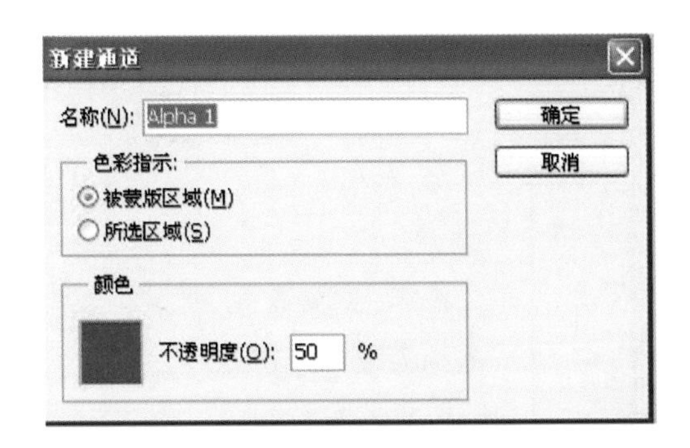

图一

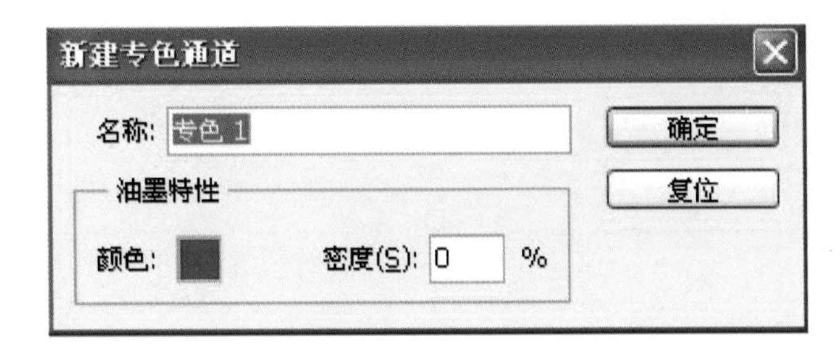

图二

4．复制通道

选取所要复制的通道，然后将该通道拖到“通道”调板的“新建通道”按钮上即可进行复制，具体操作步骤如下。

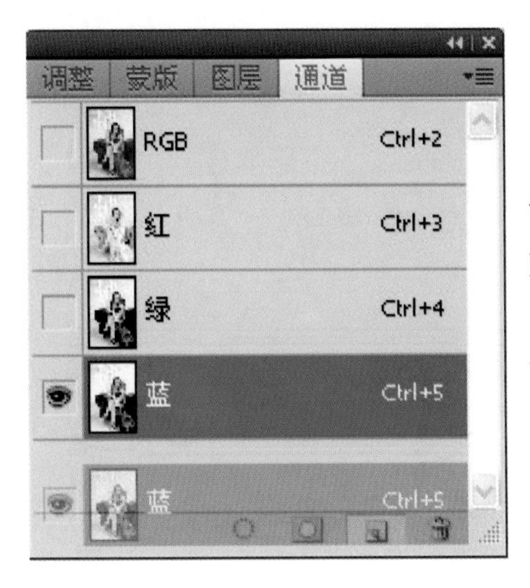

将选取的蓝色通道拖到“新建通道”按钮上（如左图），即可复制蓝色通道（如右图）。

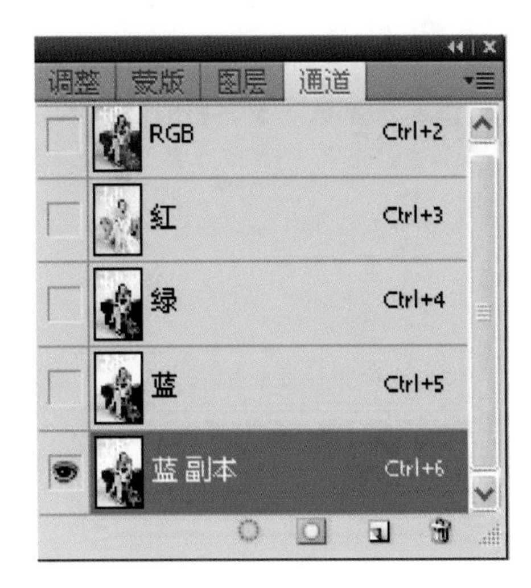

5．删除通道

在Photoshop CS5中有两种删除通道的方法：第一种是选取所要删除的通道，使用“通道”调板中的“删除通道”按钮，将不需要的通道删除；第二种是右键单击“通道”调板菜单中所要删除的通道，通过“删除”命令将不需要的通道删除。

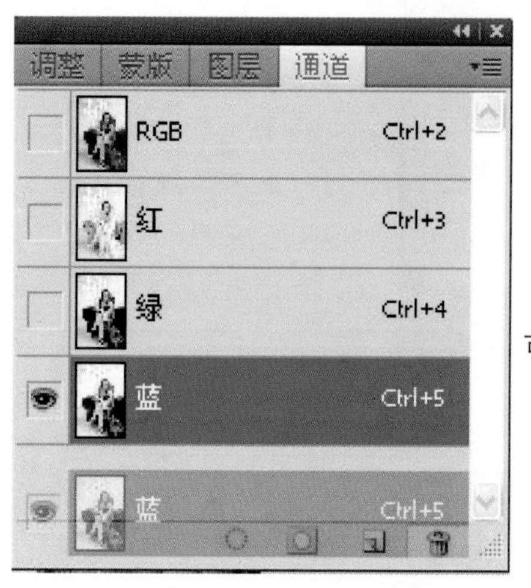

将蓝色通道拖到“删除通道”按钮上即可删除蓝色通道。

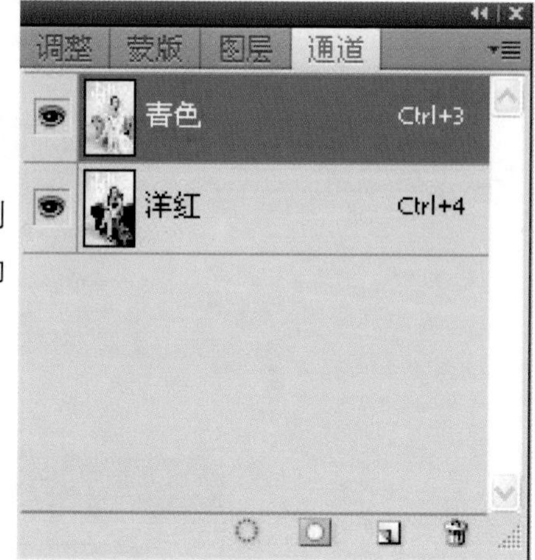

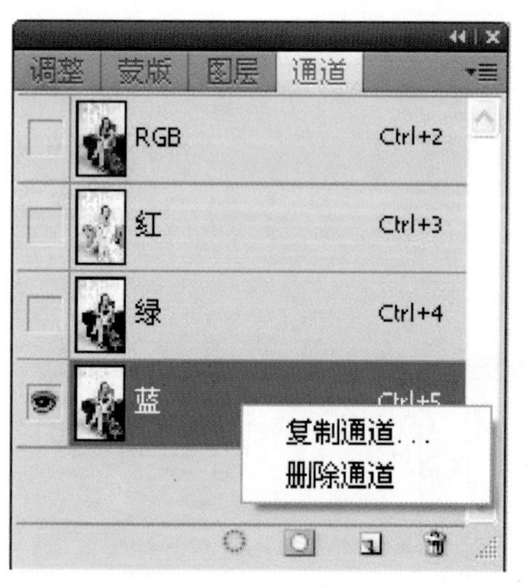

单击选中的蓝色通道即可删除蓝色通道。

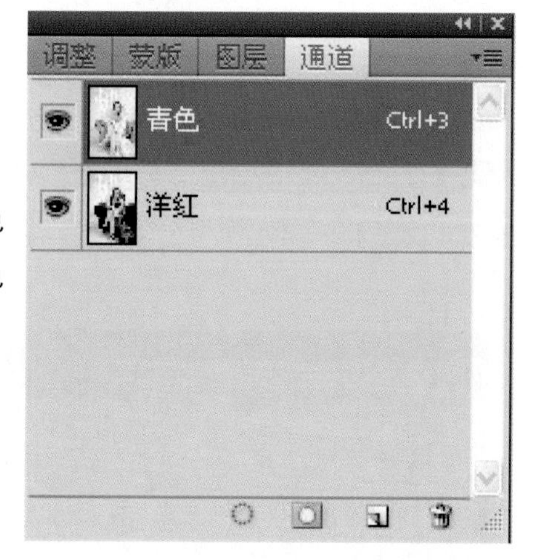

6．Alpha通道

Alpha通道是计算机图形学中的术语，是一个8位的灰度通道（无彩色信息），其中黑表示全透明，白表示不透明，灰表示半透明。创建Alpha通道的步骤如下。

左图为打开的图片，使用矩形选框工具，在图片上创建选区。

上图在“通道”调板上单击“将选区载为通道”按钮，即可创建Alpha通道。

7. 分离通道

分离通道可以简单地说是分离颜色，它可以将图像的各个颜色通道分离成独立的灰色8位图片，其原图片文件将被关闭，在需要保存单个通道时，分离通道的作用是很大的。具体操作步骤如下。

（1）打开图片的“通道”调板。

（2）单击“通道”调板上右上角的三角按钮，会弹出下拉菜单，选择“分离通道”命令。

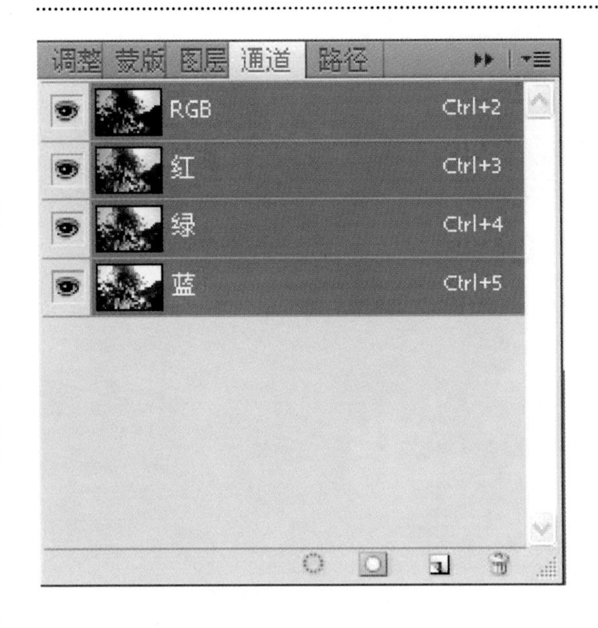

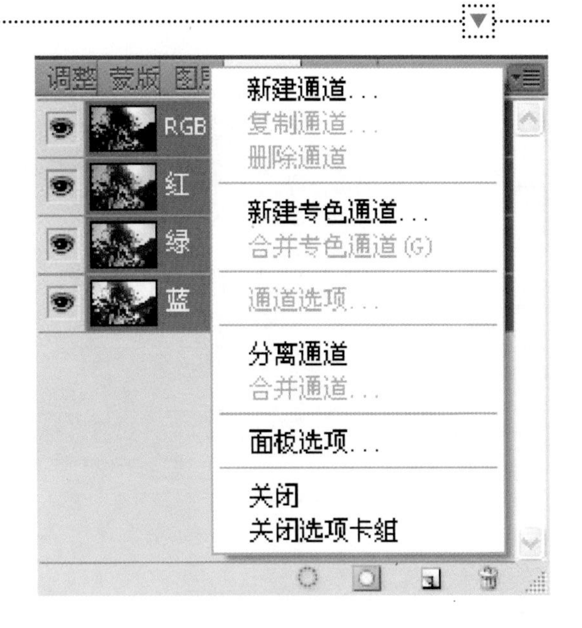

（3）分离出1个单独的灰色通道，下图为分离后的“通道”调板。

（4）下图为蓝色通道分离后的灰色效果图。

8．合并通道

在分离通道后，对图片处理完之后，也可以再合并通道。具体操作步骤如下。

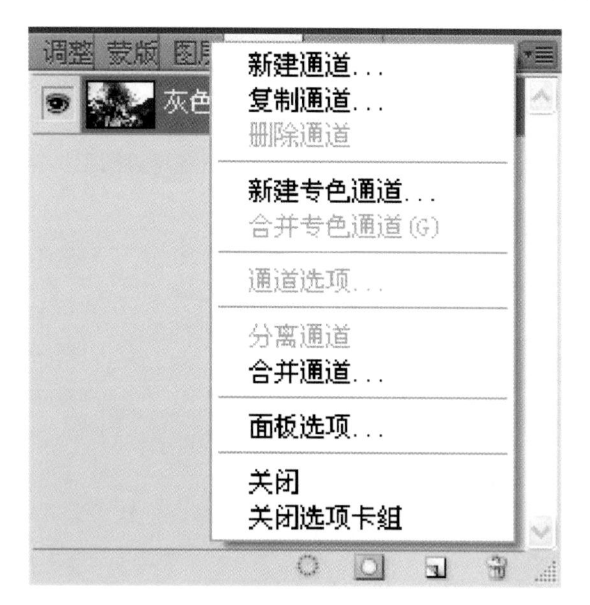

（1）选择分离后的一个图片，在其“通道”调板中，单击右上角的三角图标，选择“合并通道”命令。

（2）弹出“合并通道”对话框，选择模式和通道的数量。

（3）选择单独的通道进行合并。

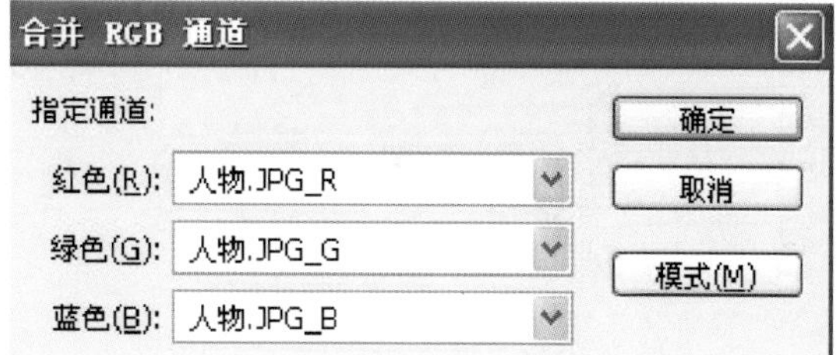

（4）合并后的效果如下图所示。

合并通道模式有RGB颜色、CMYK颜色、LAB颜色以及多通道颜色，模式选择由原图像模式决定。

关于蒙版

图层蒙版可以理解为在图层上盖了一个遮罩，这种遮罩有透明的和不透明的，用各种绘图工具控制图层不同的区域来显示和隐藏，并且不影响图层上的像素。

1．“蒙版”调板

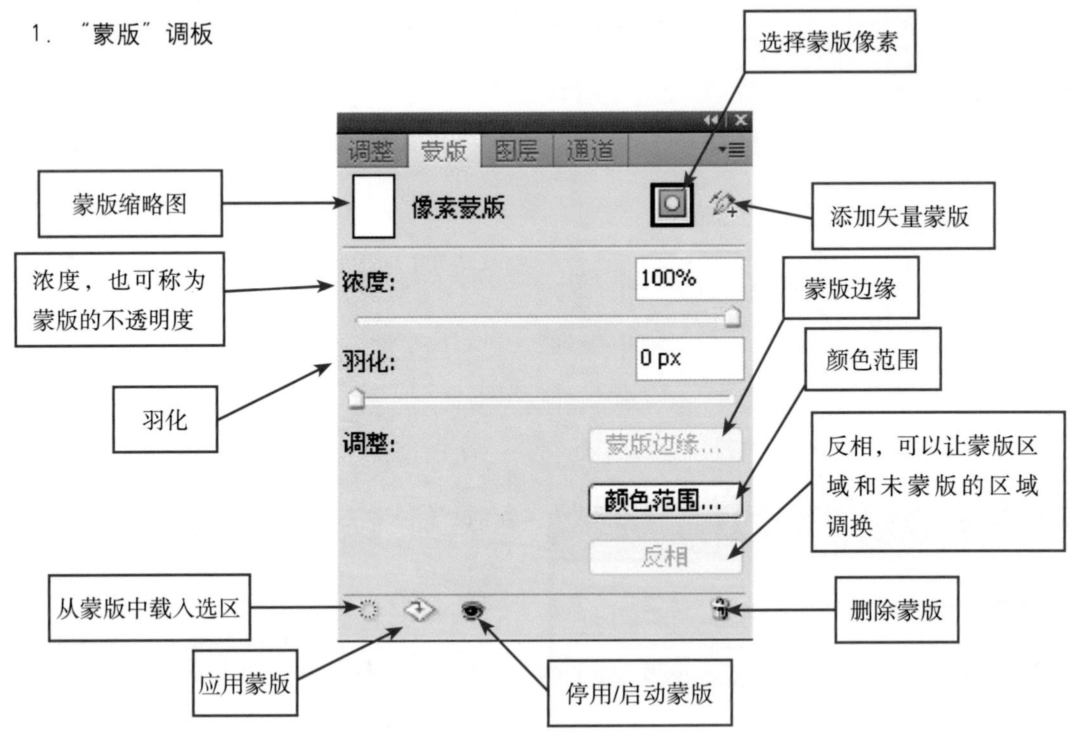

2．快速蒙版

打开图像并让图像解锁或创建新的图层，单击工具箱中的“快速蒙版”按钮，进入快速蒙版编辑模式。若双击“快速蒙版”按钮，会弹出“快速蒙版选项”对话框。

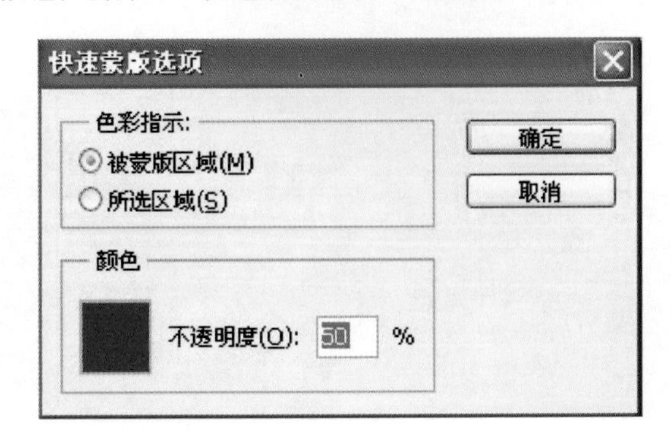

颜色选项在Photoshop CS5中默认的是红色，透明度为50%，在这里只是一种样式，颜色可以随意调

整。在色彩指示选项区有“被蒙版区域”和“所选区域”两个单选按钮，若选择“被蒙版区域”单选按钮，则覆盖色彩的地方不是选区；若选择“所选区域”所选按钮，则覆盖色彩的地方为选区（如下图所示）。

红色区域为蒙版区域

选择被蒙版的效果

选择所选区域的效果

3．图层蒙版

图层蒙版可以控制图层中某一区域的隐藏和显示，并且添加一些效果，不会影响图片本身像素。

1）图层蒙版菜单

在图层菜单中有“图层蒙版”命令，如下图所示。

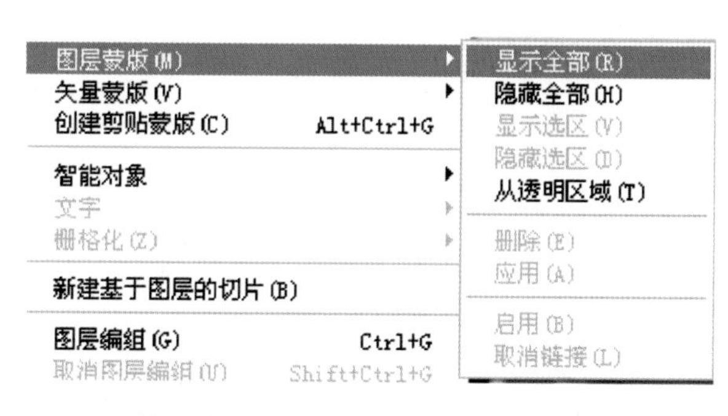

若选择“显示全部”命令则创建一个显示全部的蒙版。

若选择“隐藏全部”命令则创建一个隐藏全部的蒙版。

若选择“删除”命令则删除当前蒙版。

若选择“应用”命令则将蒙版应用于图片，并去掉蒙版。

若选择“启用”命令则将蒙版再次使用。

若选择“取消链接”命令则取消蒙版的链接。

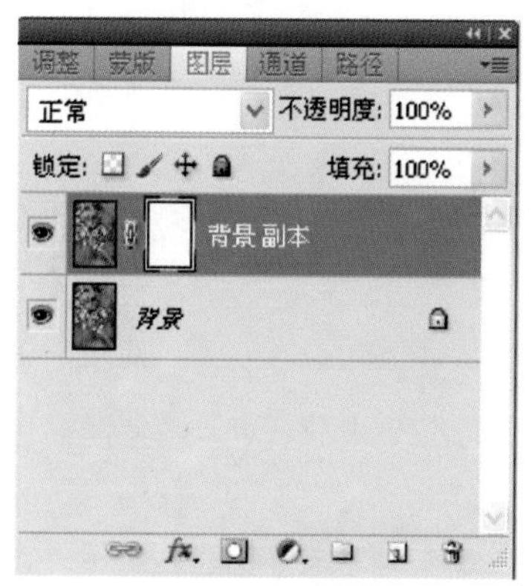

图片蒙版显示所有的效果

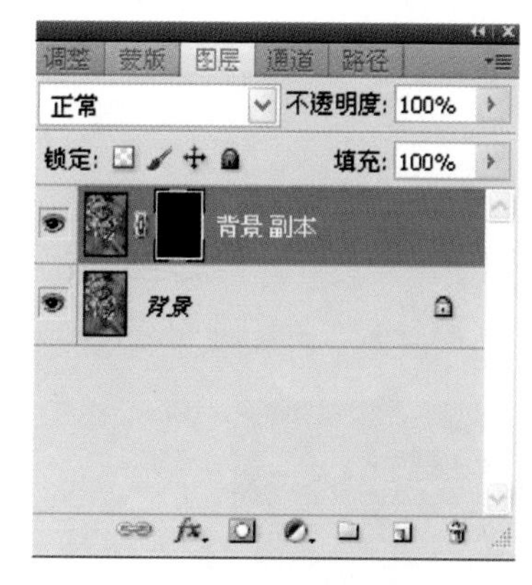

图片蒙版隐藏全部的效果

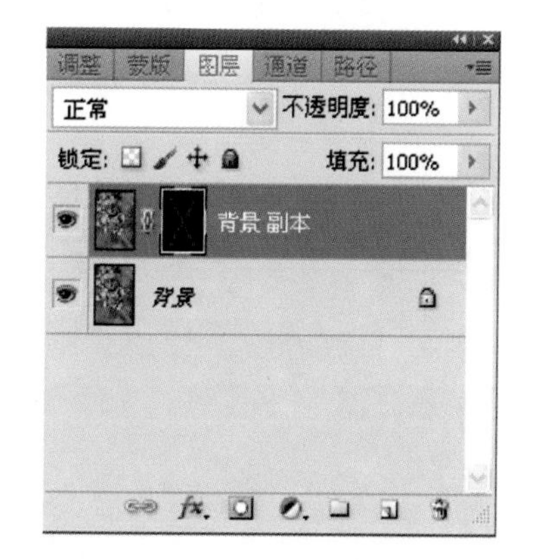

图片蒙版停用的效果

2）删除蒙版

删除蒙版有3种方法：一种是选择蒙版菜单中的“删除”命令（图一）；第二种是单击“图层”调板的蒙版缩略图选择“删除图层蒙版”命令（图二）；第三种是将蒙版拖入“通道”调板右下角的“删除”按钮上（图三）。

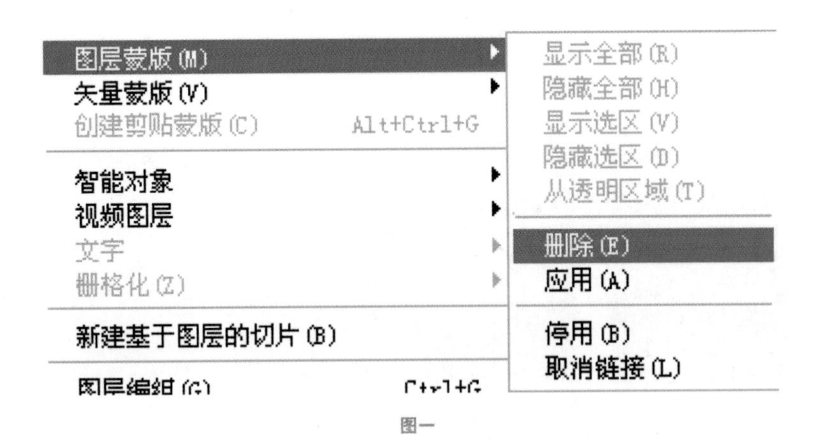

图一

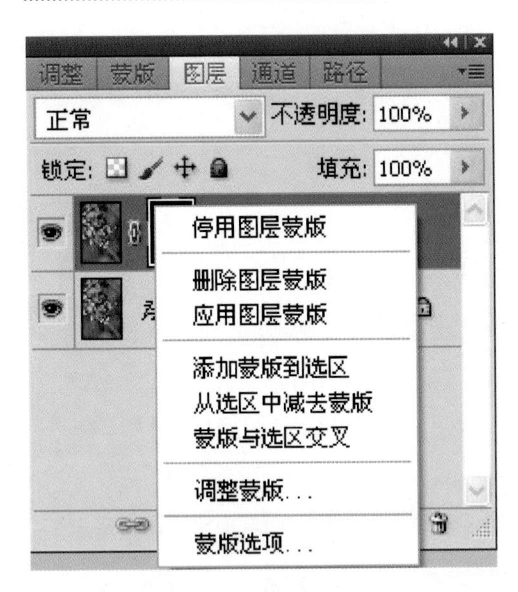

图二

图三

4．矢量蒙版

矢量蒙版和图层蒙版大同小异，选择矢量蒙版可以为图像添加矢量蒙版，矢量蒙版是以路径作为蒙版的。路径内部的图像将保留，路径以外的将被隐藏。

左下图为添加矢量蒙版，用钢笔工具添加路径。右下图路径内部的图像将保留（已放大），外部的隐藏。

绘图工具和文字工具

下面对Photoshop CS5中的绘图工具的作用进行介绍。

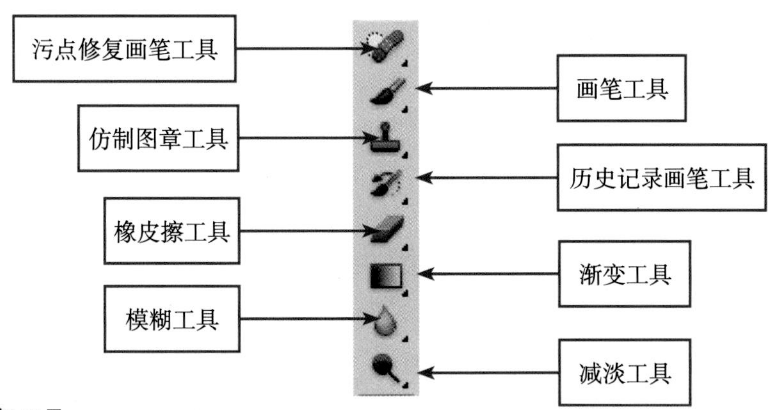

1. 污点修复工具

右键单击该图标右下角的三角按钮，打开其下拉菜单，包括“污点修复画笔工具”、“修复画笔工具”、“修补工具”以及“红眼工具”。

“污点修复工具”主要进行修饰图像，可美化人物脸部，除去粉刺、雀斑以及皱纹等；“修复画笔工具”类似于“仿制图章工具”，但是“修复画笔工具”比“仿制图章工具”有更加智能的嵌入效果；“修补工具”可以直接克隆，自带套索工具，有“源”和“目标”两种模式；“红眼工具”即修复红眼效果。

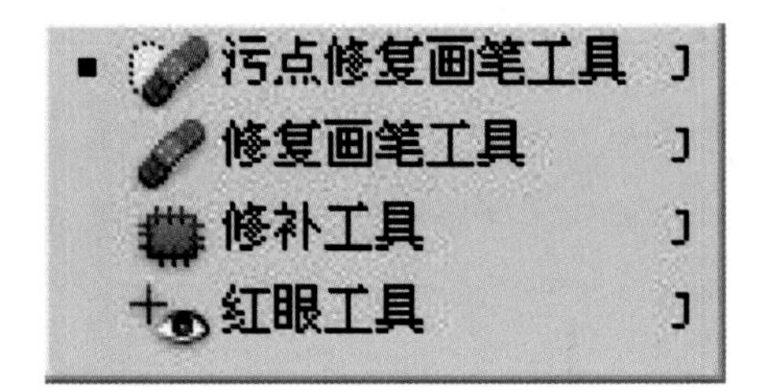

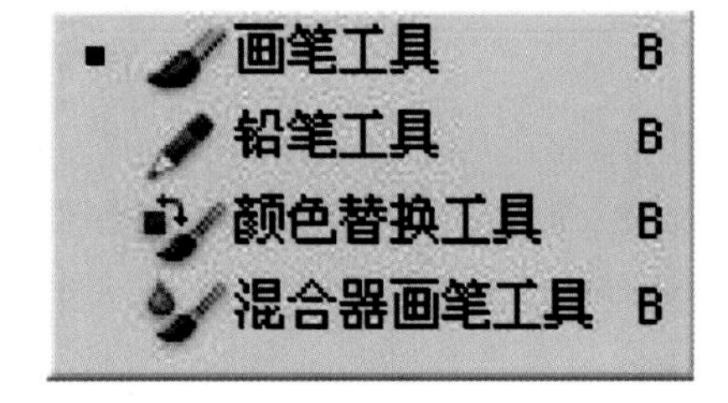

2. 画笔工具

右键单击该图标右下角的三角按钮，打开其下拉菜单，包括“画笔工具”、“铅笔工具”、“颜色替换工具”以及“混合器画笔工具”。

“画笔工具”可根据需要选取画笔，使用该工具可以绘制线条以及设置画笔效果；“铅笔工具”主要用来绘制硬边直线；“颜色替换器”可以简化图像中特定颜色的替换；“混合器画笔工具”可将周围的像素混合，形成一种绘图工具对图像进行涂抹的效果。

3. 仿制图章工具

右键单击该图标右下侧的三角按钮，会打开其下拉菜单，包括“仿制图章工具”和“图案图章工具”，如下图。

仿制图章工具 S
图案图章工具 S

“仿制图章工具”能够用来复制取样，复制图像；“图案图章工具”也是用来复制图像，前提要求是先选择需要复制的图案，再在图像中进行复制图案的操作。

4. 历史记录画笔工具

右键单击该图标右下侧三角按钮，会打开其下拉菜单，包括“历史记录画笔工具”和“历史记录艺术画笔工具”，如下图。

历史记录画笔工具 Y
历史记录艺术画笔工具 Y

“历史记录画笔工具”用于恢复历史记录，需要配合历史控制面板来使用，用于恢复最近保存或打开图像的原来的面貌；“历史记录艺术画笔工具”可以创建一些特殊效果。

5. 橡皮擦工具

右键单击该图标右下侧三角按钮，会打开其下拉菜单，包括“橡皮擦工具”、“背景橡皮擦工具”及“魔术橡皮擦工具”，如下图。

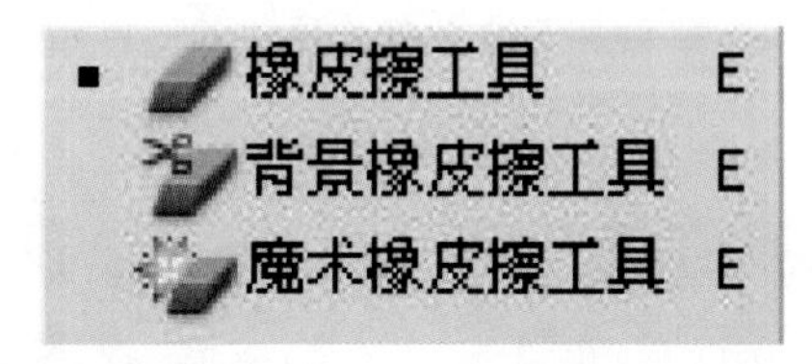

“橡皮擦工具”可将图片中不需要的部分擦除；“背景橡皮擦工具”可将图片的背景变为透明，而保持前景色不变；“魔术橡皮擦工具”可以将图片中类似的像素改为透明。

6. 渐变工具

右键单击该图标右下侧三角按钮，会打开其下拉菜单，包括“渐变工具”和“油漆桶工具”。如下图。

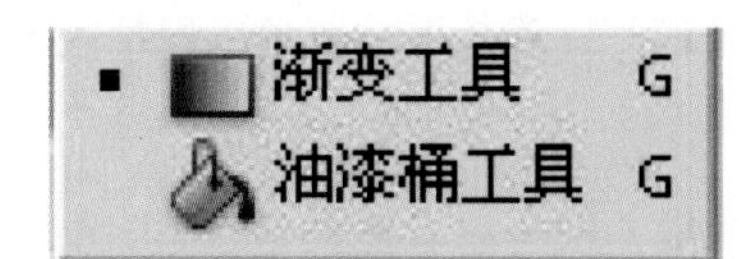

“渐变工具”在填充颜色时，可以将颜色变化为从一种颜色到另一种颜色的渐变颜色；“油漆桶工具”可以对图片的部分或全部区域进行填充。

7．模糊工具

右键单击该图标右下侧三角按钮，会打开其下拉菜单，包括“模糊工具”、“锐化工具”及“涂抹工具”，如下图。

“模糊工具”可将图像变得模糊柔和，涂抹部分进行模糊处理；“锐化工具”与“模糊工具”正好相反，让画面模糊部分变得清晰；“涂抹工具”可以将图片部分区域进行涂抹。

8．减淡工具

右键单击该图标右下侧三角按钮，会打开其下拉菜单，包括“减淡工具”、“加深工具”及“海绵工具”。如下图。

“减淡工具”可将涂抹的区域进行颜色减淡；“加深工具”将涂抹区域进行颜色加深；“海绵工具”主要改变涂抹的色彩饱和度。

下面对Photoshop CS5中的文字工具的作用进行介绍。

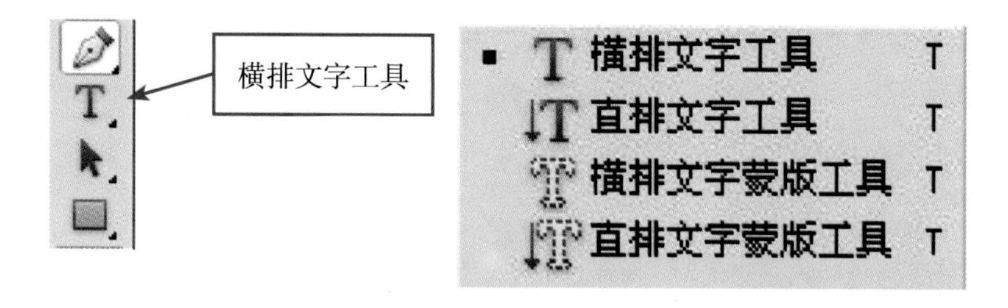

在Photoshop CS5中对文字进行编辑时，可以使用工具箱中的文字工具。右键单击文字工具右下侧的三角按钮，即可打开下拉菜单，包括“横排文字工具”、“直排文字工具”、“横排文字蒙版工具”及“直排文字蒙版工具”。

图像填充和渐变

1．填充前景色和背景色

（1）首先选择图层或部分选区，然后打开编辑菜单下的“填充”命令，会打开下面这个对话框。

可以通过这个窗口来设置填充前景色还是背景色及模式和不透明度。

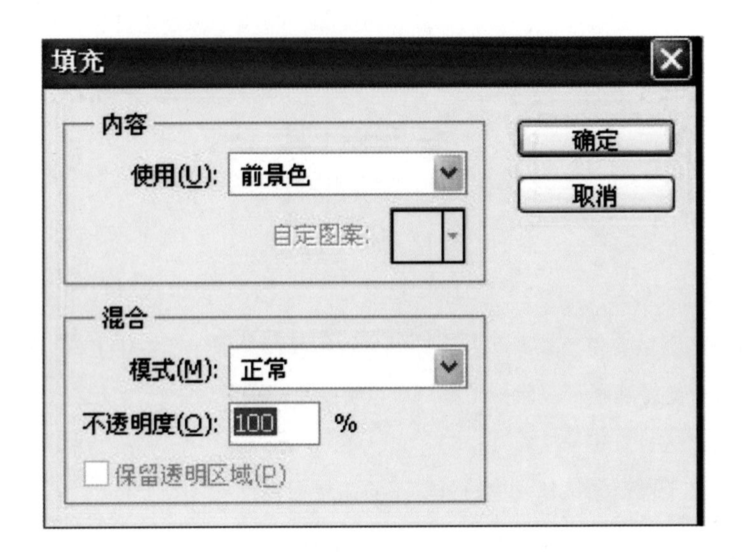

（2）使用“油漆桶工具”。

使用工具栏中的“油漆桶工具” 进行填充前景色和背景色。其工具栏如下图所示。

上图是“填充工具”栏，可以选择填充前景色或图案，“不透明度”的数值在0～100之间来设置填充的不透明度；“容差”的数值在0～255之间来进行设置填充的范围，其单位为像素，如果输入100，表示鼠标选择的颜色和填充的颜色有100色差就会被填充；“消除锯齿”即将图片的边缘处理得平滑；“连续的”则是选择图片相邻的区域，选择此选项会填充较为整体的图像；所有图层则会将所有图层进行填充，不勾选只对当前涂层有效。

2．渐变填充

渐变颜色是一种颜色到另一种颜色的过渡。

上图为渐变工具栏，其包括“渐变颜色预览图”、“渐变方式”、“模式”、“不透明度”、“反向”、“仿色”及“透明区域”。

1）渐变颜色预览图

渐变颜色预览图能简单看到颜色渐变，单击 按钮，即可弹出“渐变编辑器”对话框，进一步来编辑。在“预设”选项中，可以选择要渐变的颜色，把鼠标指针移到色标的下面停留即可看到此色标的渐变名称；单击“色标”按钮，即可得到菜单，如右下图，可新建渐变、重命名渐变及删除渐变。

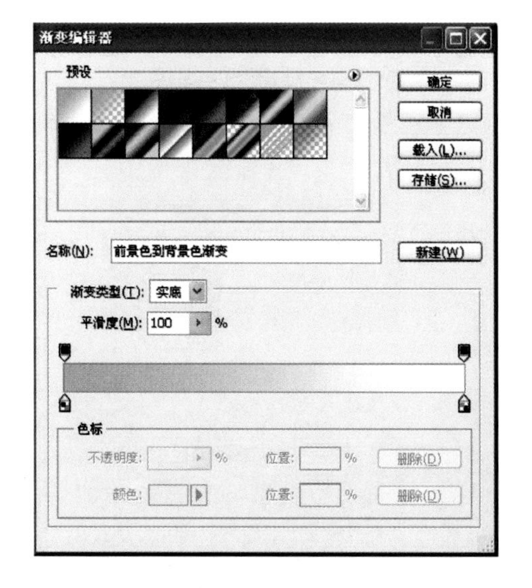

2）编辑渐变

若是系统的渐变样式不适合自己的需求，也可以对渐变进行编辑。打开左上图所示的“渐变剪辑器”对话框，如下图所示。

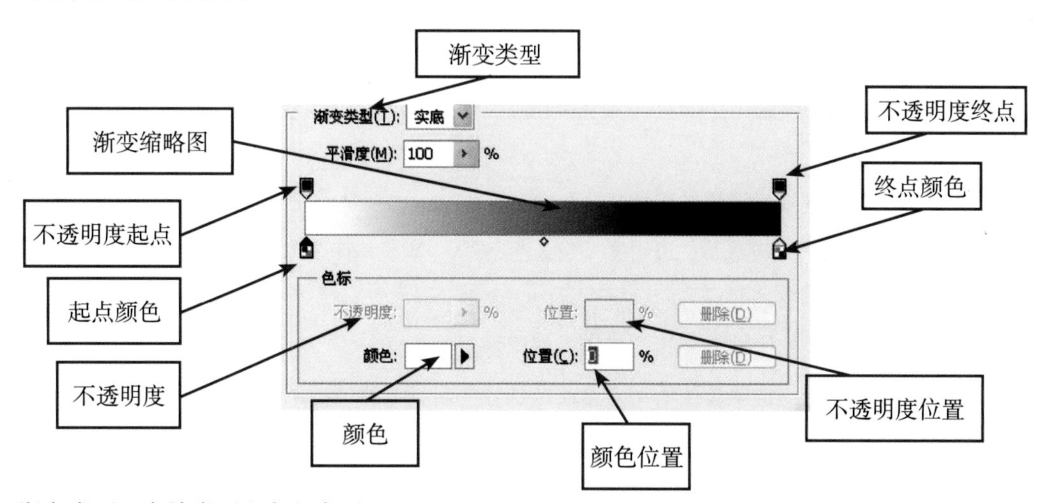

渐变类型：实地类型和杂色类型。

渐变缩略图：编辑该渐变的缩略图。

不透明度起点/不透明度终点：此渐变不透明度起点色标/不透明度终点色标。

起点颜色/终点颜色：选取起点/终点的颜色。

不透明度：设置不透明度的数值。

不透明度位置：设置不透明度位置的参数。

颜色：设置渐变的颜色。

颜色位置：设置颜色位置的参数。

3）渐变样式

渐变样式包含线性渐变、径向渐变、角度渐变、对称渐变及菱形渐变。下图分别是以上样式的渐变。

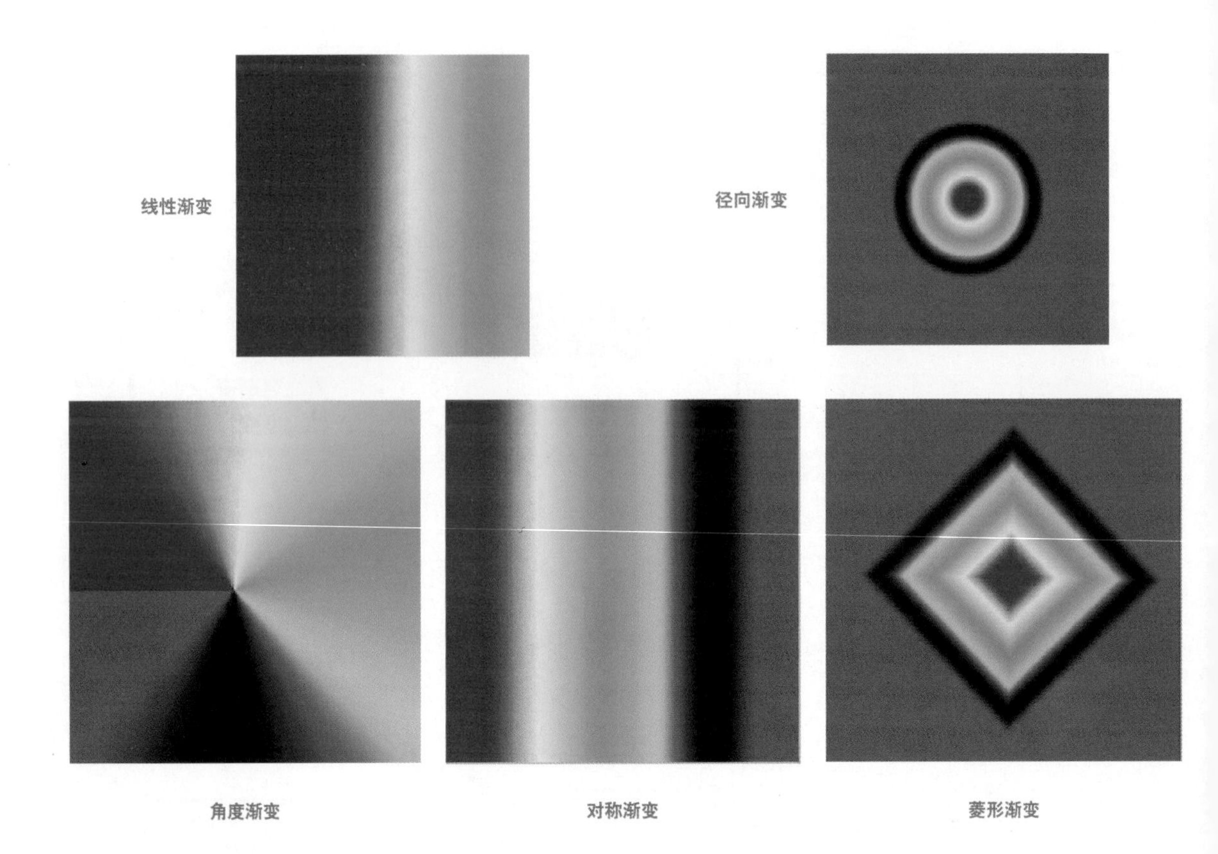

（1）模式下拉菜单是指所要填充图像的颜色方式。

（2）“不透明度”是指填充图像的透明度，数值为0～100，前提是在选择了透明区域的选项下才生效。

（3）反向是指掉转渐变的颜色方向。

（4）仿色是指在渐变的区域增加相仿的色彩使图像更加平滑。

（5）透明区域是配合不透明度使用，勾选此选项才能看到渐变的透明度。

保存图像

有3种方法可以进行对图像的保存，具体操作步骤如下。

（1）使用快捷键Ctrl+S来进行对文件的保存，如左下图所示。

（2）在文件菜单中选择“存储”命令，可以及时将图像进行存储，以防图像的丢失，并且存储的图像格式为原格式。

（3）在文件命令菜单中选择“存储为”命令，若是新建文件或打开原图像，文件菜单中只有“存储为”命令，如右下图，也可以使用此命令将文件的格式另外存储为其他格式。

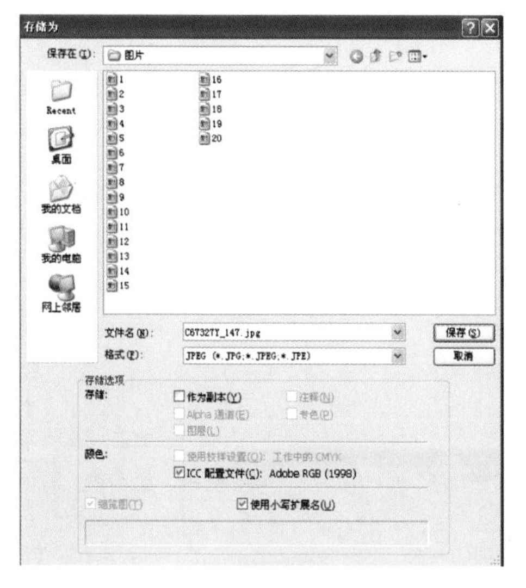

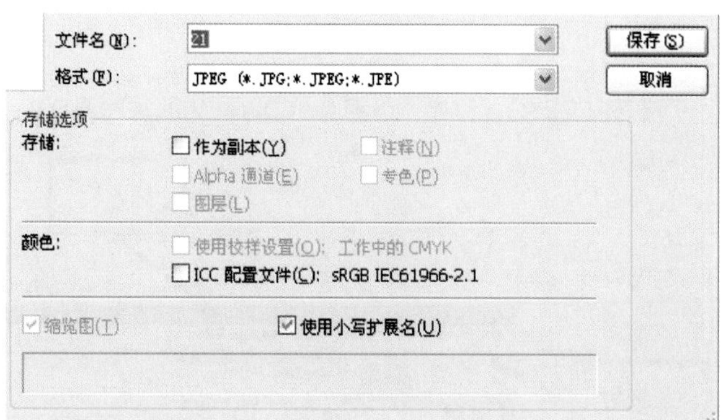

在对话框的存储选项区，有以下几个对图像存储的设置，如右上图所示。

作为副本：若勾选此选项，文件将存储为文件的副本，不影响文件原件。

注释：在文件中若有注释时，通过此选项来选择存储或放弃注释。

Alpha通道：在文件中若存在Alpha通道，此选项可以选择或放弃对Alpha通道的存储。

专色：在文件中若存在专色通道时，此选项可以选择或放弃对专色通道的存储。

图层：在文件中若存在多图层时，若勾选此选项，则可以对各个图层进行独立的存储；若不勾选，则将所有图层进行合并存储。

颜色选项区的各项设置则用于对图像的颜色进行配置。

缩略图：此选项是给文件存储创建缩略图。若此选项为灰色，则为自动。

使用小写扩展名：若勾选此选项，则用小写字母来存储文件的扩展名。

ACDSee看图软件

ACDSee是当今最流行的图像浏览软件，它提供了良好的操作界面，简单人性化的操作方式，强大的图片浏览及编辑功能，大多数计算机爱好者都把它作为Photoshop辅助工具来浏览图片，它能打开和转换包括JPG、BMP、ICO、PNG及XBM在内的二十余种格式的图片。本节以ACDSee 10为例，讲述其功能。

操作界面

打开ACDSee 10程序，下图为ACDSee 10的操作界面。

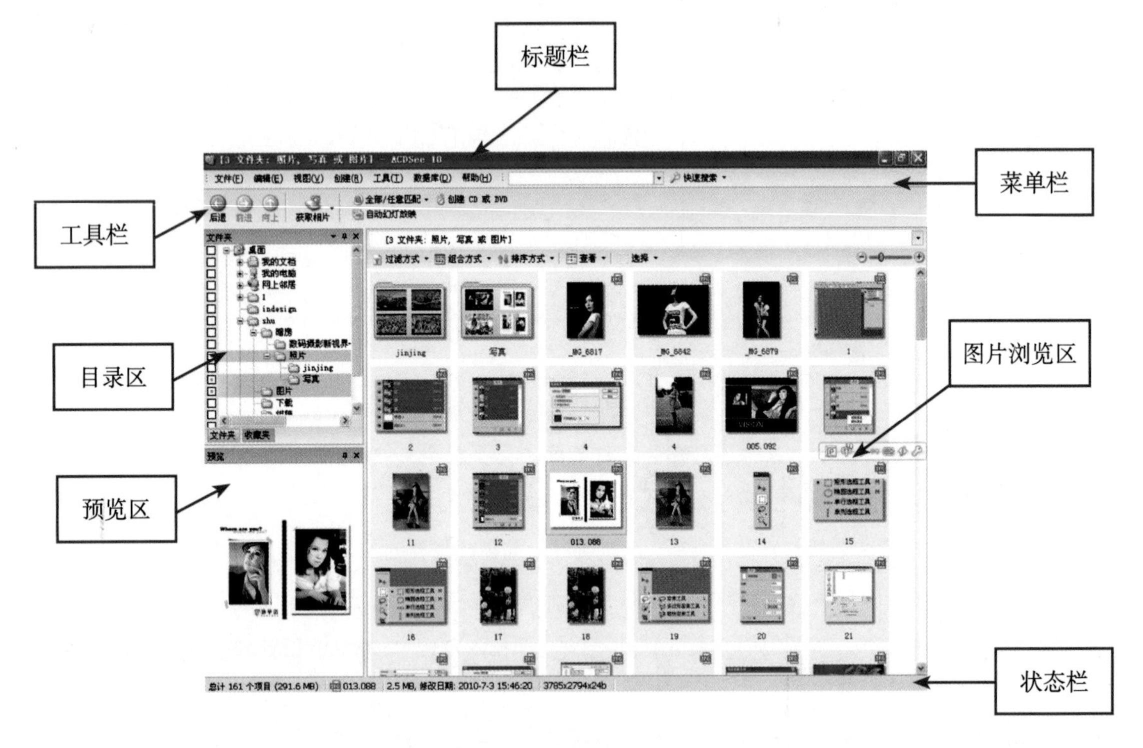

标题栏：打开文件的名称及该程序的名称，另外有“最小化”、“最大化”和“关闭”图标。

菜单栏：一些常用的下拉菜单及搜索功能。

工具栏：图片处理的一系列工具。

目录区：计算机系统下的图片文件夹列表。

预览区：在这个区域可以预览所选择的图片。

图片浏览区：在某一图片文件夹下的所有图片的列表。

状态栏：在这里可以看到图片的一些属性，包括图片的名称、大小及修改时间等。

查看EXIF资料

1．什么是EXIF资料

EXIF是Exchangeable Image File Format的缩写，其意思是可交换图像文件，在1994年由富士公司提出

的数字图像文件格式，在1996年由日本电子工业发展协会制定，是专门为数码相机的照片定制的，可以记录数码照片的属性信息和拍摄数据。

2. 怎样查看EXIF资料

单击图片的“属性”按钮，在图片浏览区的右侧会出现属性栏，属性栏包括“数据库”、“文件”、“EXIF”及“IPTC”属性面板。下图便是EXIF属性面板。EXIF属性包括了文件的注释、相机的信息和图像的信息各类资料，方便用户精确地看到图片的拍摄和处理情况。

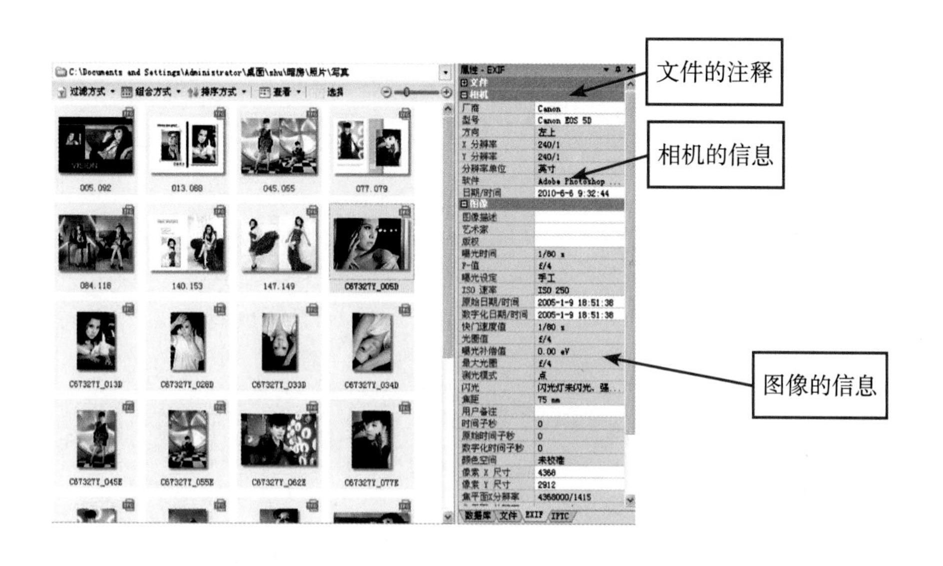

放大镜

双击所要看的图片，会将图片单独打开，在视图菜单下选择放大镜，在图片上会弹出“放大镜”窗口，如图一所示。放大镜窗口中包含了放大倍数、固定及平滑选项，如图二所示。

图一

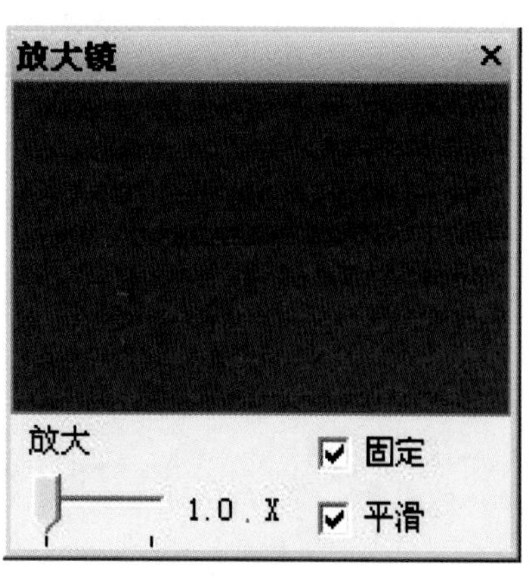

图二

图像编辑功能

打开一幅图片，在工具栏上选择编辑模式，会打开一个全新的画面，如下图所示。

在编辑模式里面，会有曝光、阴影/高光、颜色、红眼消除、相片修复、清晰度、杂点及裁剪等一系列图片编辑功能。

特效的使用

在ACDSee 10中为照片提供许多特效，可以增加照片的丰富度。选择“修改”→“效果”命令会进入效果的编辑状态，下面介绍3种特效。

1. 刮风效果

刮风效果会让图片产生被风吹的效果，可以通过调节强度、阈值、刮风几率、风的颜色及风向等来调整风的一些特殊效果。

2．水滴效果

水滴效果让图片有在雨中拍摄的效果。可以通过设置密度、半径和高度来调整画面效果。

3．雨水效果

雨水效果让图片添加下雨的特效，可以通过设置强度、阻光度、数量、角度偏差、强度偏差及背景模糊来调整图片的整体效果。

Easy Recovery图像恢复软件

Easy Recovery是一款非常强大的数据还原软件，由Ontrack公司研发而成的著名软件，其包含4大部分：磁盘诊断、数据恢复、文件修复及邮件修复。Easy Recovery是在内存中重建一个虚拟的文件分区表，这个文件分区表包含所有的文件和目录信息，虽然是不可见的。

Easy Recovery具有修复主引导扇区（MBR）、修复BIOS参数块（BPB）、修复分区表、修复文件分配表（FAT）或主文件表（MFT）、修复根目录、受病毒影响、格式化或分区、误删除、由于断电或瞬间电流冲击造成的数据毁坏及由于程序的非正常操作或系统故障造成的数据毁坏的功能。

下图是Easy Recovery的主操作界面。

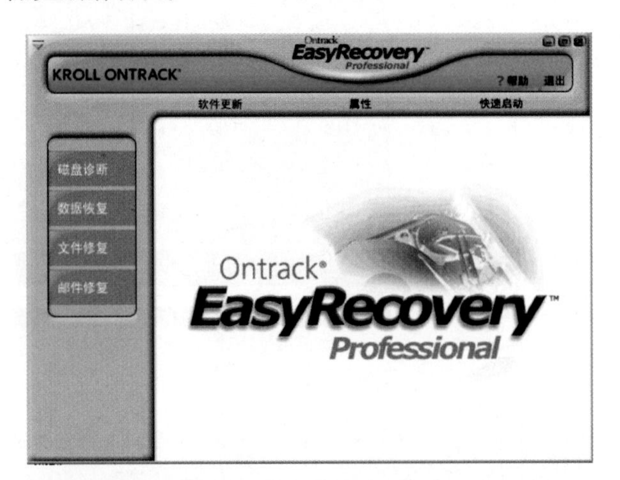

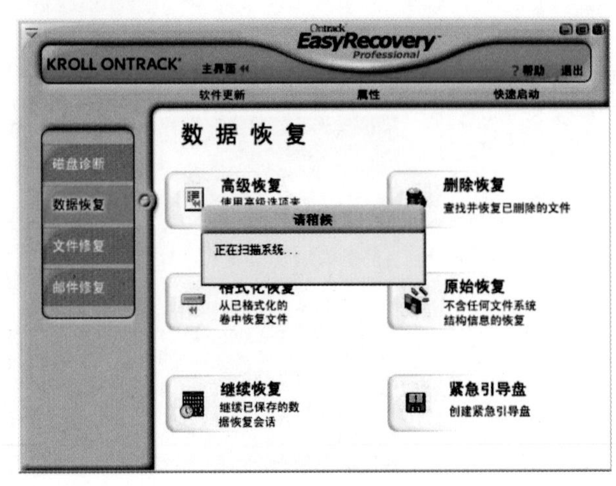

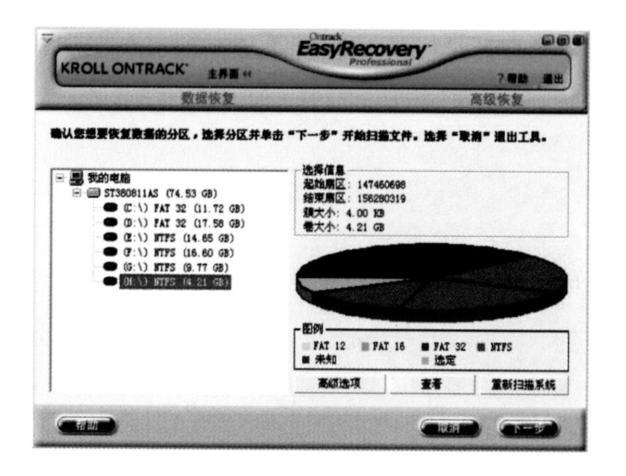

第1步：确认要恢复的分区

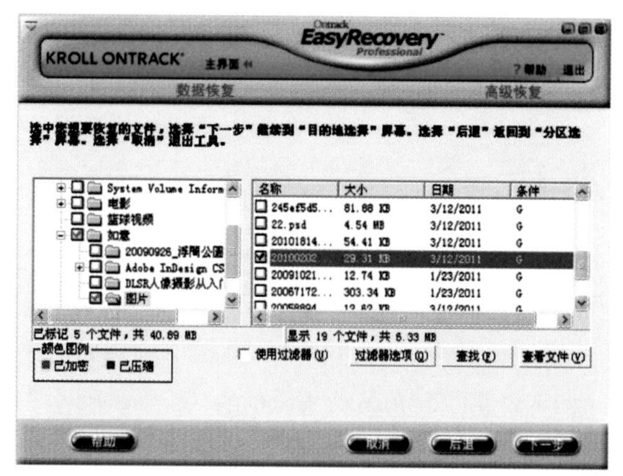

第2步：找到要恢复的文件

第3步：选择恢复的目的地

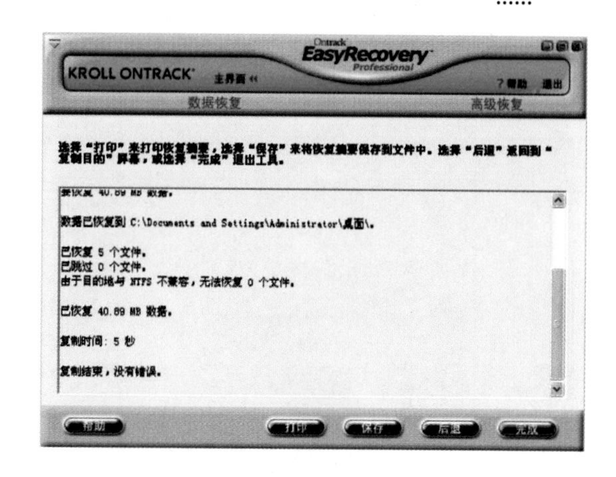

第4步：恢复成功

Adobe Camera Raw文件处理工具

Adobe Camera Raw软件是一个增效工具，包含在Adobe After Effects和Adobe Photoshop中，并且还为 Adobe Bridge增添了功能。Adobe Camera Raw为其中的每个应用程序提供了导入和处理相机原始数据文件的功能，也可以使用 Camera Raw 来处理JPEG和TIFF文件。

使用Camera Raw及其首选项设置

Camera Raw的使用方法如下。

1．在Adobe Camera Raw中打开图像文件

可以通过Photoshop、Bridge的 Camera Raw打开相机原始数据文件，也可以通过Bridged的Camera Raw打开JPEG和TIFF文件。

2．Camera Raw使用界面

下图为Camera Raw的使用界面，下面详细介绍其中的控件。

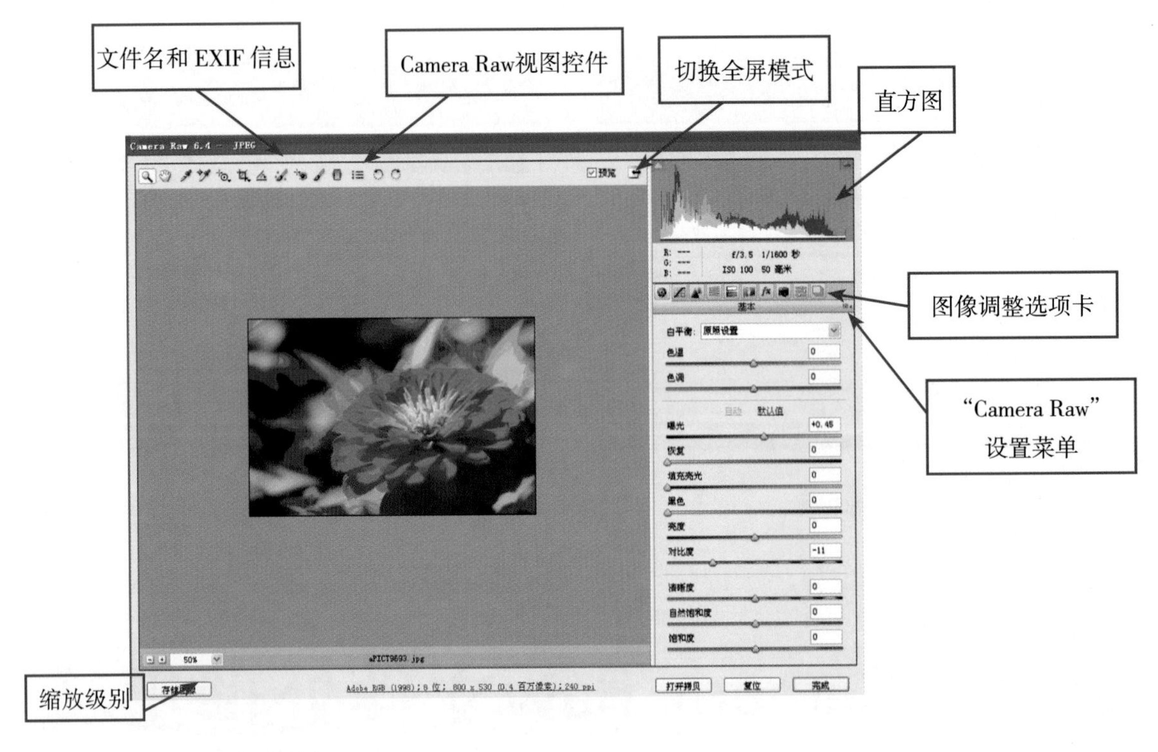

1）Camera Raw视图控件

缩放工具：调整预览图的缩放，选择此工具单击图片为放大；按住Alt键单击图片为缩小。要恢复到 100%，需要单击两次“缩放工具”按钮。

抓手工具：若预览图像的缩放级别为大于100%时，用于在预览窗口中移动图像。在使用其他工具的同时，按住空格键可暂时激活“抓手工具”。

白平衡工具：调整图片的白平衡。

颜色取样器工具：在图片中选取所需要的颜色。

目标调整工具：也称“TAT工具”，支持直接在照片上拖动来校正色调和颜色，而无须使用图像调整选项卡中的滑块。

裁剪工具：对图片进行裁剪。

拉直工具：在预览图像中拖移拉直工具以确定水平或垂直基准。

污点工具：消除图片的污点。

红眼工具：消除图片的红眼效果。

调整画笔：快捷方便地使用画笔工具来处理图片，鼠标右键可以调节画笔的大小。

渐变滤镜：快速地新建和编辑渐变效果。

打开“首选项”对话框：可以直接打开“首选项”对话框。

逆时针旋转90°/顺时针旋转90°：可以逆时针旋转90°/顺时针旋转90°旋转图片。

2）图像调整选项卡

基本：调整白平衡、颜色饱和度及色调。

色调曲线：使用“参数”曲线和“点”曲线对色调进行微调。

细节：对图像进行锐化处理或减少杂色。

HSL/灰度：使用“色相”、“饱和度”和“明亮度”调整对颜色进行微调。

拆分色调：为单色图像添加颜色，或者为彩色图像创建特殊效果。

镜头校正：补偿相机镜头造成的色差和晕影。

相机校准：校正阴影中的色调及调整非中性色来补偿相机特性与该相机型号的Camera Raw配置文件之间的差异。

预设：将一组图像调整设置存储为预设并进行应用。

3）Camera Raw首选项

在Bridge中，选择“编辑——Camera Raw首选项”命令，打开“Camera Raw首选项”对话框，如右图所示。

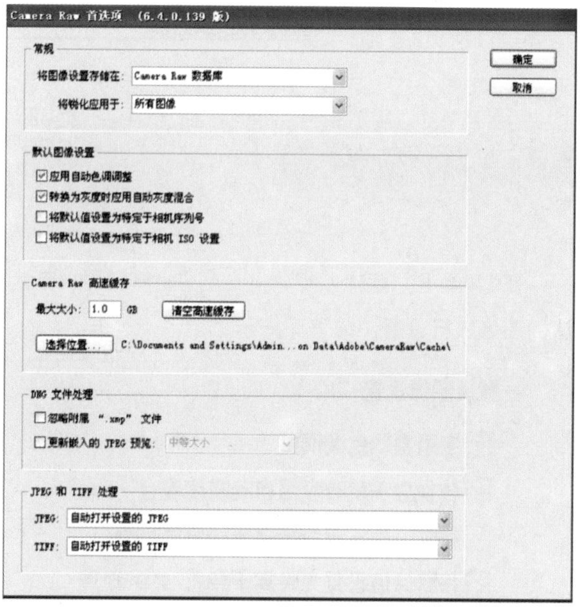

在Camera Raw首选项中，包括“常规”、“默认图像设置”、“Camera Raw高速缓存”、“DNG文件处理”和“JPEG和TIFF处理”5个选项组。

常规

在Bridge中，选择“编辑”→“Camera Raw首选项”命令，打开“Camera Raw首选项”对话框。在“常规”选项组中，包括“将图像设置存储在”和“将锐化应用于”两个设置，如下图所示。

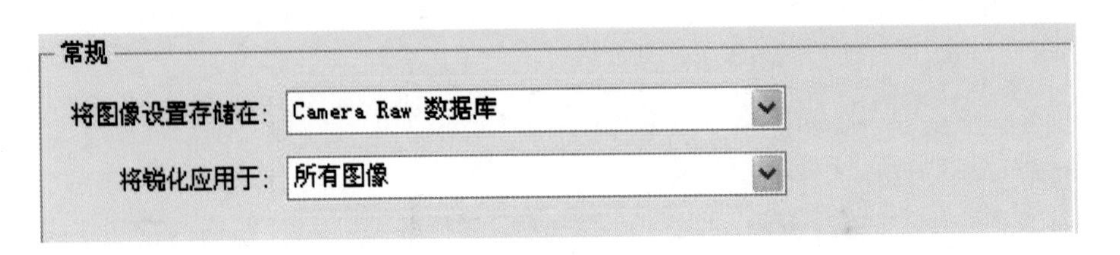

（1）“将图像设置存储在”选项的下拉列表中有“Camera Raw数据库”和“附属‘.xmp’文件”两个选项。可以将图像的设置存储在上面两种文件中。

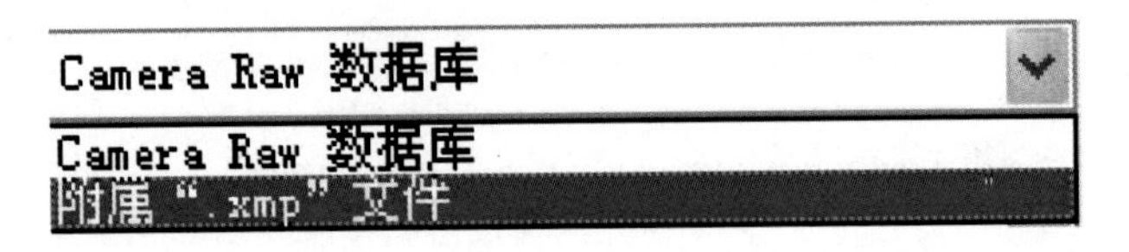

（2）“将锐化应用于”选项的下拉列表中包括“所有图像”和“仅限预览图像”两个选项。可以将图像的锐化处理应用对象进行选择。

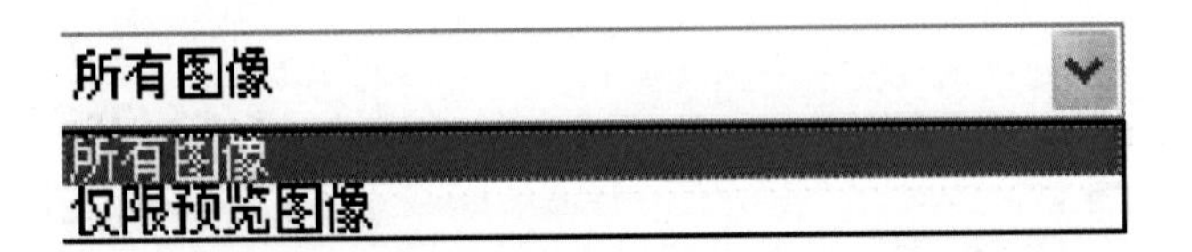

默认图像设置

在Bridge中，选择“编辑”→“Camera Raw首选项”命令，通过“默认图像设置”选项组可以对默认的图像进行设置，如下图所示。

默认图像设置

☑ 应用自动色调调整

☑ 转换为灰度时应用自动灰度混合

☐ 将默认值设置为特定于相机序列号

☐ 将默认值设置为特定于相机 ISO 设置

应用自动色调调整：勾选此项可以对图像自动调整色调。

转换为灰度时应用自动灰度混合：勾选此项可以在图像转换成灰度时自动设置为灰度混合。

将默认值设置为特定于相机序列号：勾选此项可以将默认值指定为特定的相机序列号。

将默认值设置为特定于相机ISO设置：勾选此项可以将默认值指定为特定的相机ISO设置。

相机原始数据高速缓存

相机原始数据包含来自数码相机图像传感器且未经处理和压缩的灰度图片数据及有关如何捕捉图像信息。Adobe Camera Raw软件可以解释相机原始数据文件，该软件使用有关相机的信息及图像元数据来构建和处理彩色图像。

在Adobe Bridge中查看相机原始数据文件时，Bridge中的高速缓存和Camera Raw高速缓存存储文件缩览图数据、元数据及文件信息。通过对这些数据进行高速缓存，可以缩短返回上次查看的文件夹时的载入时间。

在Bridge中，选择“编辑”→“Camera Raw首选项”命令，打开“Camera Raw首选项”对话框。在“Camera Raw高速缓存”选项组中，可以对相机原始数据高速缓存作出以下设置。

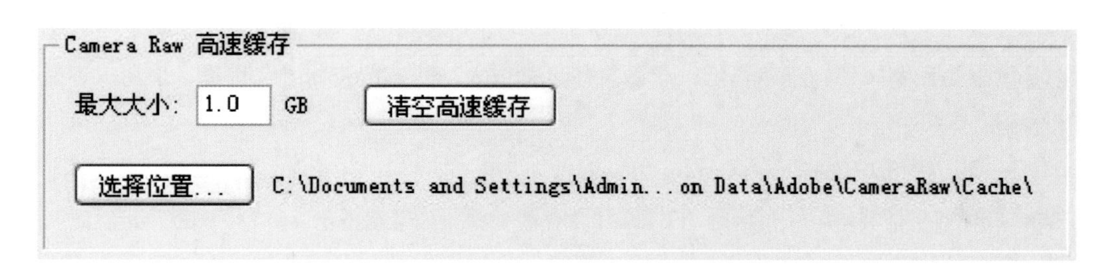

（1）更改高速缓存大小。在“Camera Raw首选项”对话框中可以输入Camera Raw高速缓存最大大小，系统默认最大值为1GB。

（2）清空高速缓存。在“Camera Raw首选项”对话框中，单击“清空高速缓存”按钮，清空高速缓存时，系统将会删除在Bridge中打开相机原始数据文件后添加的缩览图信息和元数据。

（3）更改Camera Raw高速缓存位置。在“Camera Raw首选项”对话框中，单击“选择位置”按钮，可以更改Camera Raw高速缓存位置。

DNG文件处理

DNG文件为数码相机原始数据的公共存档格式。这是一种非专有的、公开发布得到广泛支持的格式。

在Bridge中，选择“编辑”→“Camera Raw首选项”命令，打开“Camera Raw首选项”对话框。在“DNG文件处理”选项组中，包括“忽略附属‘xmp’文件”和“更新嵌入的JPEG预览”。

忽略附属“xmp”文件：若勾选此项，则忽略附属的.xmp文件。

更新嵌入的JPEG预览：若勾选此项，则可以更新对JPEG文件的处理中的预览图。

JPEG和TIFF格式文件处理

JPEG文件缩写为JPG或JPE，全称为Joint Photograhic Experts Group，是一种带压缩的图像文件格式，其压缩率是目前各种图像文件格式中最高的。

TIFF格式全称为Tag Image File Format，文件扩展名为.tif 或.tiff ，标志图像文字格式，是由数码相机内影像生成器生成的照片格式，它们是由照相机完成的影像。TIFF格式的画质要高于JPEG格式。但因为是无损的压缩文件，压缩率低，所以文件量就很大，所占的空间大，传输、使用、存储都没有JPEG快捷。

在Bridge中，选择“编辑”→“Camera Raw首选项”命令，打开“Camera Raw首选项”对话框。在“JPEG和TIFF处理”选项组中，包括对JPEG和TIFF文件的处理，如下图所示。

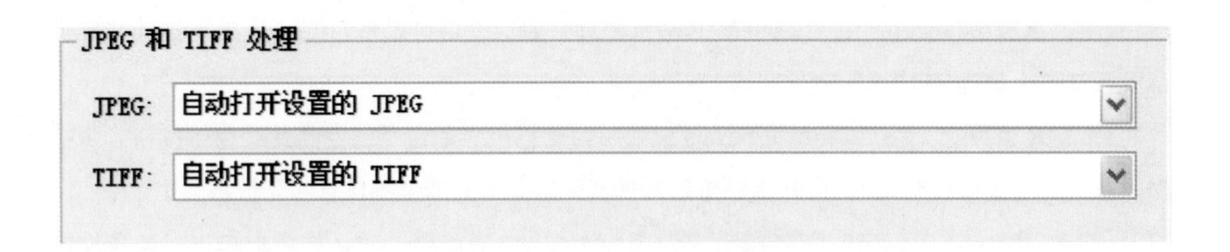

（1）JPEG格式文件处理。打开JPEG下拉列表框，如下图所示。

JPEG: 自动打开设置的 JPEG
禁用 JPEG 支持
TIFF: 自动打开设置的 JPEG
自动打开所有受支持的 JPEG

包括“禁用JPEG支持”、“自动打开设置的JPEG”及“自动打开所有受支持的JPEG”。

（2）TIFF格式文件处理。打开下拉列表框，如下图所示。

TIFF：自动打开设置的 TIFF
禁用 TIFF 支持
自动打开设置的 TIFF
自动打开所有受支持的 TIFF

包括“禁用TIFF支持”、“自动打开设置的TIFF”及“自动打开所有受支持的TIFF”。

白平衡工具和颜色取样工具

1．白平衡工具

调整白平衡是指确定图像中应具有中性色（白色或灰色）的对象，然后调整图像中的颜色以使这些对象变为中性色。

选择Camera Raw视图控件中的“白平衡工具”，单击预览图像中应为中性色（灰色或白色）的区域，可以快速地调整白平衡，也可在窗口右侧的“基本”选项卡中调整白平衡，如下图所示。

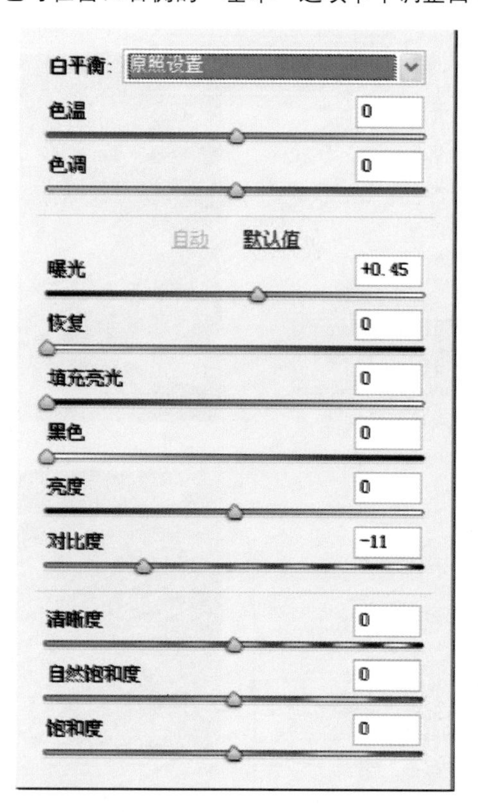

上图中，“白平衡”的设置包括“原照设置”、“自动”和“自定”3个选项。“原照设置”是使

用相机的白平衡设置；“自动”是基于图像数据来计算白平衡的；“自定”是人工设置白平衡的。

“自定”白平衡可以更改“基本”选项卡中的“色温”和“色调”参数大小。“色温”可以白平衡设置为自定色温；“色调”可以设置白平衡以补偿绿色或洋红色色调，效果如下图所示。

原图

向右调整“色温”效果如右图所示。

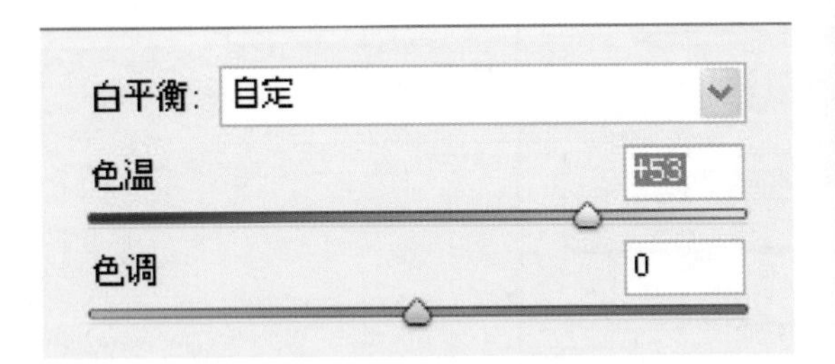

向左调整“色温”效果如右图所示。

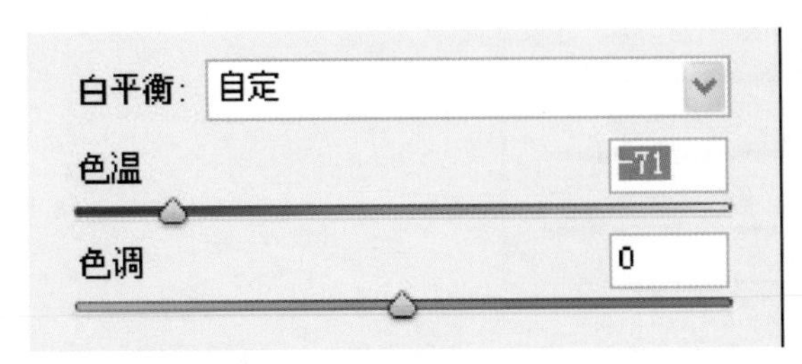

用Camera Raw的色调曲线

在Camera Raw中，通过“色调曲线”对图像的色调范围进行调整。打开“图像调整”选项卡中的“色调曲线”选项栏。在曲线坐标轴中，水平轴表示图像的原始色调值（输入值），左侧为黑色，向右逐渐变亮。垂直轴表示更改的色调值（输出值），底部为黑色，向上逐渐变为白色，如下图所示。

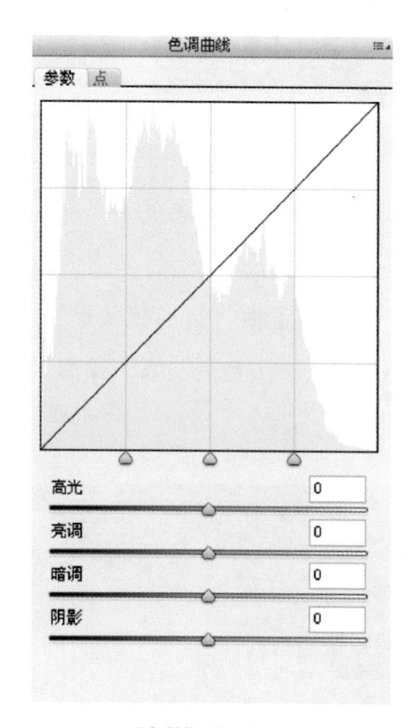

“参数”选项卡

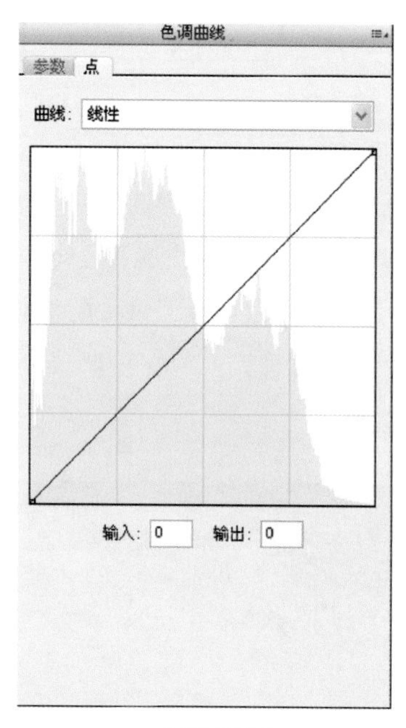

“点”选项卡

如果曲线中的点上移，则输出为亮的色调；如果下移，则输出为暗的色调。若是45°斜线表示没有对色调曲线进行更改。

在“参数”选项卡中，包括对图像的“高光”、“亮调”、“暗调”和“阴影”4个控件的调整。“高光”和“阴影”主要影响色调范围的两端；“亮调”和“暗调”主要影响曲线的中间区域。

镜头校正应用

在“图像调整”选项卡中选择“镜头校正”选项栏。“镜头校正”选项栏包括“配置文件”和“手动”两个选项卡，具体操作步骤如下。

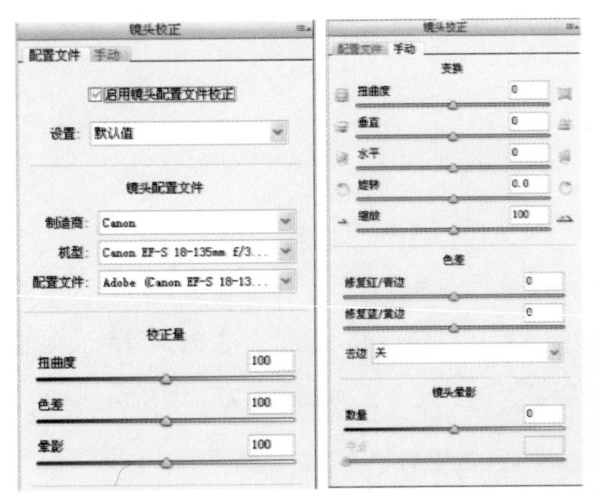

“配置文件”选项卡　　“手动”选项卡

(1) “配置文件”选项卡中，勾选“启用镜头配置文件校正”复选框，“设置”下拉列表框中有“默认项”、“自动”和“自定”3个选项。

选择“自定”选项，可以设置“镜头配置文件”和“校正量”。“镜头配置文件”包括“制造商”、“机型”和“配置文件”；“校正量”包括“扭曲度”、“色差”和“晕影”。下图为“自定”处理前和处理后的效果。

原图

处理后

(2) “手动”选项卡中包括“变换”、“色差”和“镜头晕影”3个选项栏。

“变换”选项栏包括“扭曲度”、“垂直”、“水平”、“旋转”和“缩放”5个选项，可以对照片进行变换调节。

“色差”选项栏包括“修复红/青边”、“修复蓝/黄边”和“去边”3个选项。“修复红/青边”通过调整红色通道相对于绿色通道的大小，可以补偿照片的红/青色边缘；“修复蓝/黄边”通过调整相对于绿色通道调整蓝色通道的大小，可以补偿蓝/黄色边缘。

“镜头晕影”可导致图像的边缘（尤其是角落）比图像中心暗。“镜头晕影”选项栏包括“数量”和“中点”两个参数的调节。

原图

调整数量为−100，中点为100，效果如右图所示。

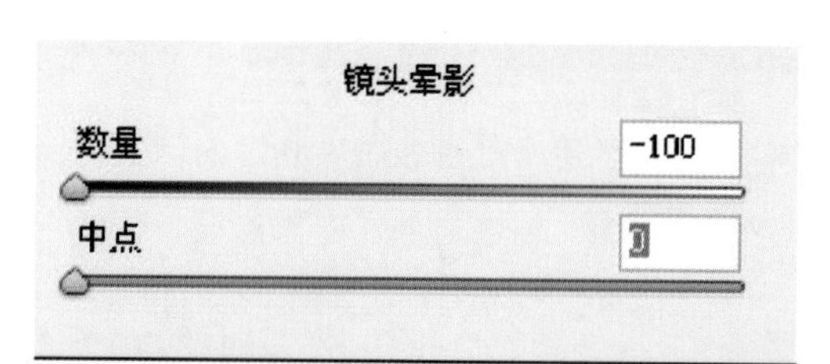

调整数量为+100，中点为100，效果如左下图所示。

镜头晕影
数量
+100
中点
100

其他图像处理软件

光影魔术手

光影魔术手是由nEO iMAGING公司制作而成的，是一款对数码照片画质进行改善及效果处理的软件，其功能强大、操作简单、效果突出及易用，因而被大多数计算机爱好者追捧。其最大的特点是使用者不需要太专业的图像处理技术，就可以制作出自己需要的图片。下面将介绍这个软件的使用方法和各项功能。

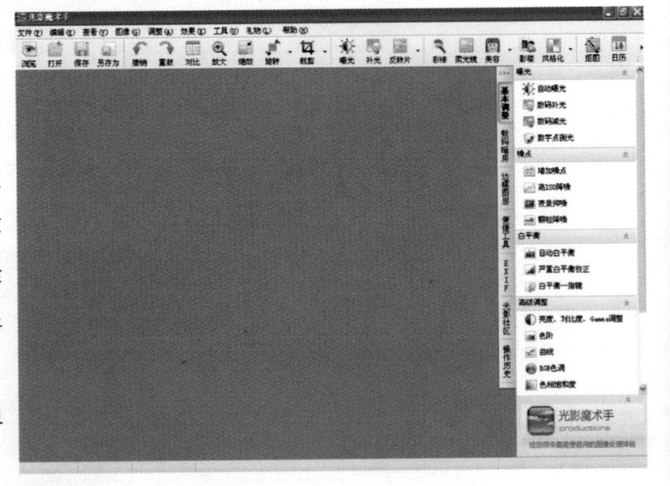

双击打开“光影魔术手”图标，操作界面如右图所示。

操作界面的最上面为菜单栏；下面为工具栏，包含了各种常用的图片处理快捷按钮；中间部分为图片编辑区；操作界面的右侧为图片处理的一些调板，包含了基本调整、数码暗访、边框涂层、便捷工具及EXIF资料等调板。

下图为图片的快捷按钮，其功能一一给大家进行介绍。

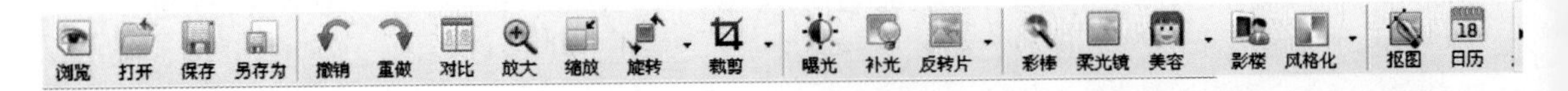

“浏览”：单击“浏览”按钮，会打开全新的界面，界面中可以将计算机的文件夹及图片文件全部显示出来，方便用户的查找与使用。

“打开”：单击“打开”按钮，会弹出“打开”对话框，通过此对话框来打开需要的图片。

“保存”：用于保存图片的快捷按钮。

“另存为”：单击“另存为”按钮，会弹出“另存为”对话框，将图片存放到其他位置或重命名后存放到其他位置。

“撤销”：在作图的过程中，单击此按钮，可以返回上一步的操作。

“重做”：在作图的过程中，单击此按钮，将照片的所有操作全部撤销，还原成原图。

“对比”：在作图的过程中，单击此按钮，可以将处理完的图片与原图进行对比，让用户更方便地看到二者的不同之处。

“放大”：在作图的过程中，单击此按钮，可以放大图片。

“缩放”：在作图的过程中，单击此按钮，可以通过对图片高度与宽度的调整进行缩小和放大。

“旋转”：在作图的过程中，单击此按钮，可以对图片进行旋转，分别有自由旋转、90度顺时针、90度逆时针、转动180度及上下镜像和左右镜像。

“裁剪”：在作图的过程中，单击此按钮，可以随意对图片进行裁剪，也可以单击图标旁边“倒三角”按钮，有很多裁剪样式。

“曝光”：在作图的过程中，单击此按钮，可以自动对图片进行曝光。

“补光”：在作图的过程中，单击此按钮，可以自动对图片进行补光。

“反转片”：在作图的过程中，单击此按钮，可以对图片进行颜色修改，也可以单击图标旁边“倒三角”按钮，会有素淡人像、淡雅色彩、真实色彩、艳丽色彩及浓郁色彩5种选项。

“彩棒”：在作图的过程中，单击此按钮，图片会变成黑白色，再根据用户的需要来上色。

“柔光镜”：在作图的过程中，单击此按钮，图像会变得柔化。

“美容”：在作图的过程中，单击此按钮，会对图片自动磨皮和亮化。

“影楼”：在作图的过程中，单击此按钮，会对图片自动进行冷蓝、冷绿、暖黄和复古处理（每次处理只能处理一种）。

“风格化”：在作图的过程中，单击此按钮，会对图片进行风格化处理，包括有浮雕化、铅笔素描及纹理化等。

“抠图”：在作图的过程中，单击此按钮，可以进行图像抠图。

“日历”：在作图的过程中，单击此按钮，可以将图片做成日历模式，调节日期等。

美图秀秀

美图秀秀也是一款免费、简单及易用的图像处理软件。它独有的图片特效、人像美容、可爱饰品、文字模板、智能边框、魔术场景、自由拼图及摇头娃娃等功能，可以让用户短时间内做出影楼级照片。

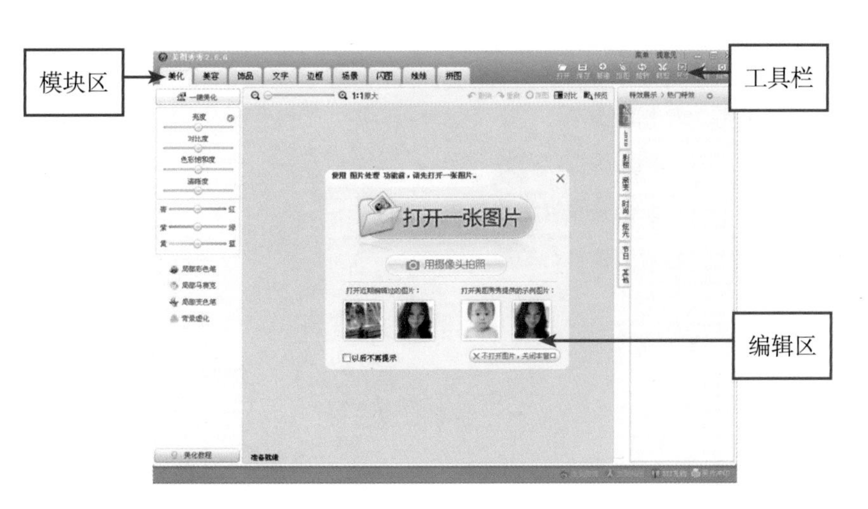

下面主要讲述一下该软件的操作界面及9大模块。

1. 模块区

下图为美图秀秀的模块区，它具有9大功能模块，分别为美化、美容、饰品、文字、边框、场景、闪图、娃娃及拼图。

"美化"：该模块对图片的亮度、对比度、色彩饱和度及清晰度等进行美化。

"美容"：该模块包括对图片人物的瘦脸瘦身、磨皮祛痘及皮肤美白等一系列的美容模块。

"饰品"：该模块对图片添加饰品，如可爱心、服装及非主流印等一系列的饰品模块。

"文字"：该模块对图片添加文字，包含静态文字、动态文字等一些心情的文字模块。

"边框"：该模块对图片添加一些好看的边框，如撕边边框、炫彩边框等。

"场景"：该模块对图片添加场景，包含静态场景、动画场景和抠图换背景等。

"闪图"：该模块对图片添加各类闪图。

"娃娃"：该模块将图片制作成各类摇头娃娃，如搞笑摇头娃娃等。

"拼图"：该模块将图片制作成各类拼图，如自由拼图、照片拼图等。

2. 工具栏

下图为美图秀秀的工具栏，其包含了一些常用的处理图片的工具。

"打开"：可以打开所要处理的图片文件。

"保存"：保存图片。

"新建"：新建图片文件。

"抠图"：将图像所需要部分进行选取。

"旋转"：旋转图片。

"裁剪"：裁剪图片。

"尺寸"：调整视图尺寸。

"涂鸦"：对图片设置涂鸦效果。

"拍照"：对图像进行拍照。

第6章 数码照片的处理

在日常拍照的过程中，会遇到很多问题，当我们拍摄的照片不尽如人意时，怎么样才能通过图像处理软件来提高照片的质量呢？Photoshop CS5为照片的处理提供了更为完善的色彩调节功能。本章主要讲解在Photoshop中对照片的一般处理。

照片文件的打开

打开文件有以下几种方法。

选择要打开的照片文件，右键单击图标，弹出快捷菜单，选择快捷菜单中的“打开方式”命令，如下图左图所示。

在打开程序命令的窗口中，我们可以根据需要选择计算机中的程序来打开文件。

在Photoshop中打开文件有以下3种方法。具体操作步骤如下。

（1）选择“文件”→“打开”命令，会弹出“打开”对话框，如下图右图所示。

（2）在图像窗口双击鼠标也可弹出“打开”对话框。

（3）应用快捷键Ctrl+O。

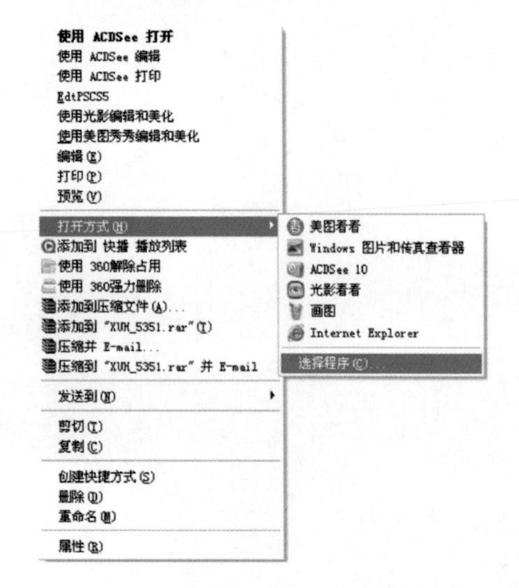

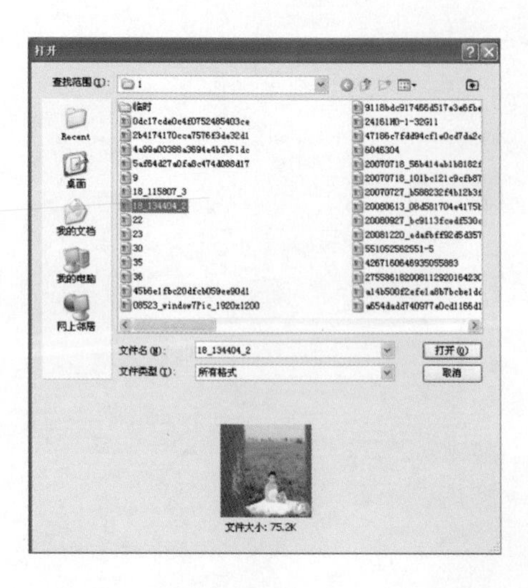

照片画面的旋转

在Photoshop CS5中，可以根据对图像的需求进行图像的旋转，选择“图像—图像旋转”命令，会出现级联菜单（如下图），包括180度、90度（顺时针）、90度（逆时针）、水平翻转画布、垂直翻转画布和任意角度的旋转功能。

图像旋转(G)
裁剪(P)
裁切(R)...
显示全部(V)
复制(D)...
应用图像(Y)...

180 度(1)
90 度(顺时针)(9)
90 度(逆时针)(0)
任意角度(A)...
水平翻转画布(H)
垂直翻转画布(V)

其效果如下各图所示。

原图

180度旋转效果图

90度顺时针旋转效果图

90度逆时针旋转效果图

水平翻转画布效果图

垂直翻转画布效果图

当选择“任意角度”命令时，会弹出下图所示的对话框，包含“度（顺时针）”、“度（逆时针）”单选按钮。

选择“度（顺时针）”单选按钮，单击“确定”按钮，效果如下图所示。

照片画面的剪裁

选择工具箱中的“裁减工具” 按钮，其工具栏相应变换为下图所示。

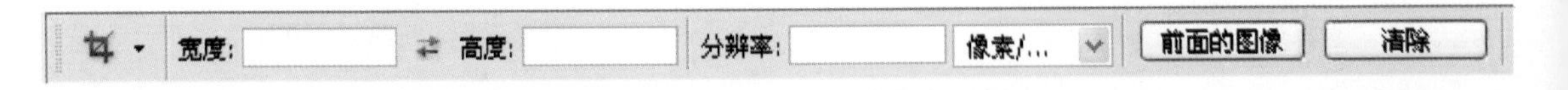

在工具栏中可以设置裁剪的“宽度”、“高度”、“分辨率”，若设置得不合适可以选择清除，重新设置；若裁剪时要交换高度与宽度的数值，可以单击“高度与宽度互换”按钮，即可快速交换宽度与高度的数据。

当在图像上选取了所需要的尺寸后，其工具栏会变换为下图所示。

“删除“和“隐藏”单选按钮：若选择“删除”单选按钮，则将裁剪的区域删除；若选择“隐藏”，则将裁剪的区域暂时隐藏。

“裁剪参考线叠加”下拉列表框：在该下拉列表框中包括“无”、“三等份”、“网格”3个选项，主要作为裁剪区域的“标尺”。

“屏蔽”复选框：勾选此选项，则将裁减区域屏蔽；若不勾选，则不屏蔽。

“颜色”：裁减区域的颜色，若勾选“屏蔽”选项，此选项才生效，可以调为自己要屏蔽的颜色。

“不透明度”：可以调节屏蔽颜色的不透明度。

“透视”复选框：勾选此选项，可以增加透视效果。

下面为3种照片裁剪的效果图。

图一

图二

图三

图一为裁剪为无参考线叠加，屏蔽颜色为黑色，透明度为100%的裁剪图。

图二为裁剪为网格参考线叠加，屏蔽颜色为黑色，透明度为50%的裁剪图。

图三为裁剪为网格参考线叠加，无屏蔽裁剪图。

照片明暗、反差的调节

在Photoshop CS5中，可以将在拍摄过程中拍到的或明或暗的照片处理为色彩、明暗均衡的理想照片。

直方图

一幅照片质量的好坏，有时候并不能用肉眼观察到，我们可以选择通过“直方图”查看图片信息，

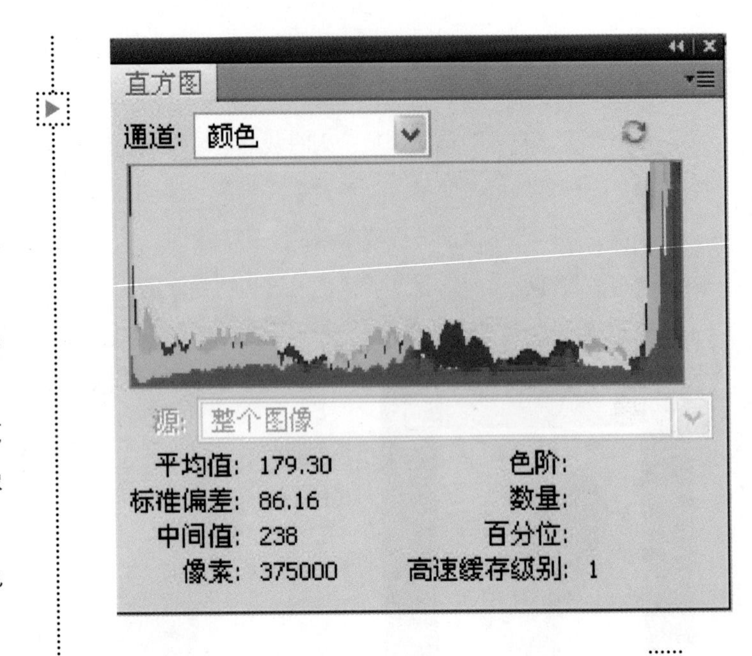

“直方图”提供了照片的诸多数据。

在直方图中，X轴表示亮度范围，Y轴表示像素数量。下方显示的为统计的各项数据。左侧数据为该图像的整体数据，右侧数据为鼠标定位处的信息。

平均值：为整幅图片的平均亮度值。

标准偏差：表示亮度是变化范围，该值越小，说明该图所有的像素分布越靠近平均值。

中间值：显示该图片像素颜色值的中间值。

像素：该图片的像素总数。

色阶：显示直方图上某一处的亮度色阶上的像素数量。

“数量”：显示某一处的像素数量。

“百分位”：显示百分位。

“高速缓存级别”：显示缓存级别。

亮度和对比度

在Photoshop中，可以通过“亮度/对比度”命令来简单调节照片的明暗、反差效果。选择“图像”→“调整”→“亮度对比度”命令即可弹出下图所示的对话框。

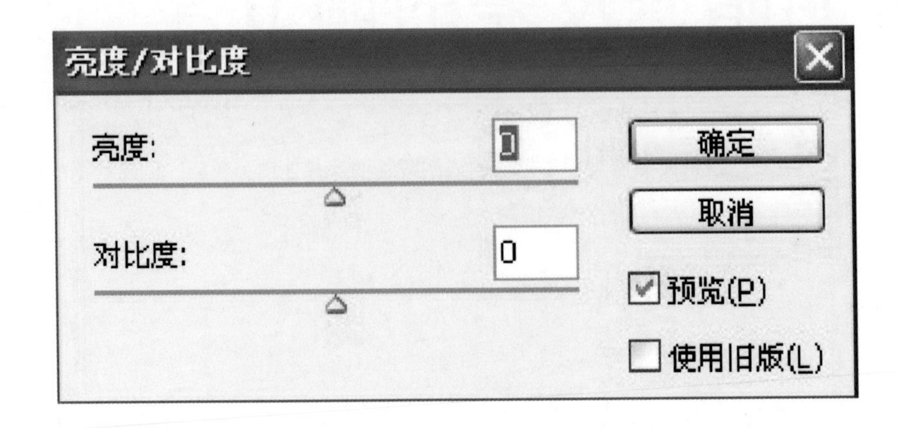

此命令操作简单，但是不够准确，下面为调整前和调整后的照片对比。

调整前

调整后

色阶调整

“色阶”命令可以通过调整图像的暗调、中间调和高光来校正图像。

选择“图像”→“调整”→“色阶”命令即可打开“色阶”对话框。

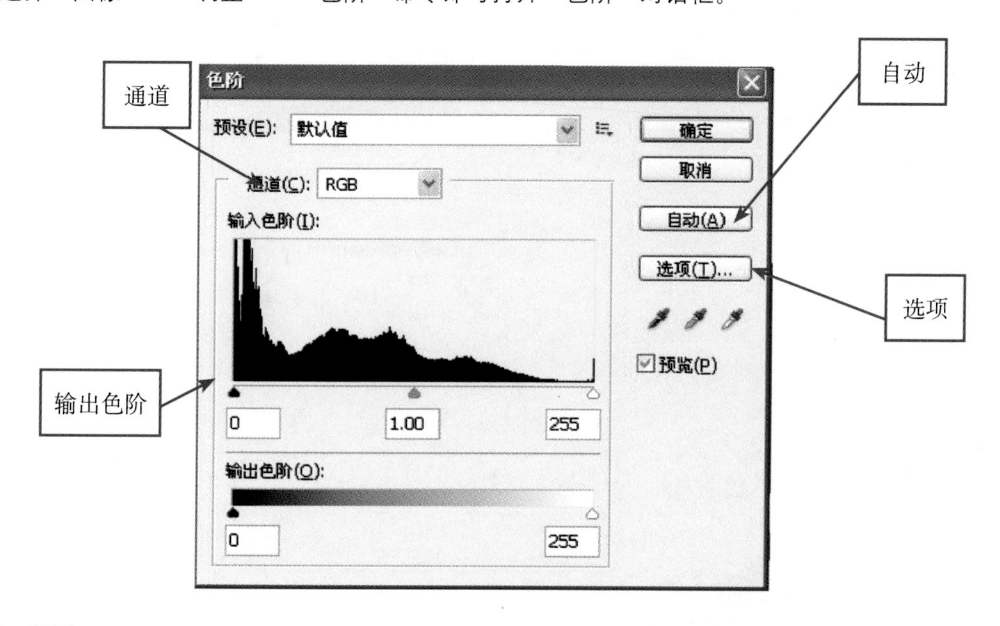

1．通道

打开“通道”下拉列表，图像若是RGB模式，则会有4个选项，分别是RGB、红、绿、蓝，如图一所示；图像的模式若是CMYK颜色，则会有CMYK、青色、洋红、黄色和黑色4种选项，如图二所示；图像若是LAB模式，则会有明度、a、b 3种选项，如图三所示。可以根据对色彩的调整决定编辑整幅图片，还是编辑单独的一个通道。若要对一组通道做调整，那么在选择“色阶”命令之前，先选择所要调整的通道，再选择“色阶”命令，如图四和图五所示。

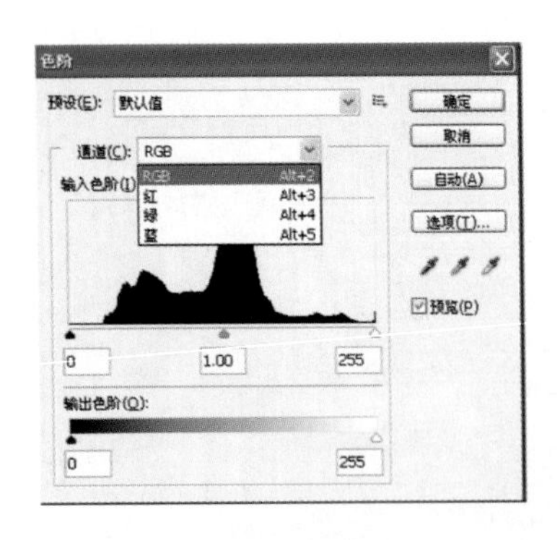

图一

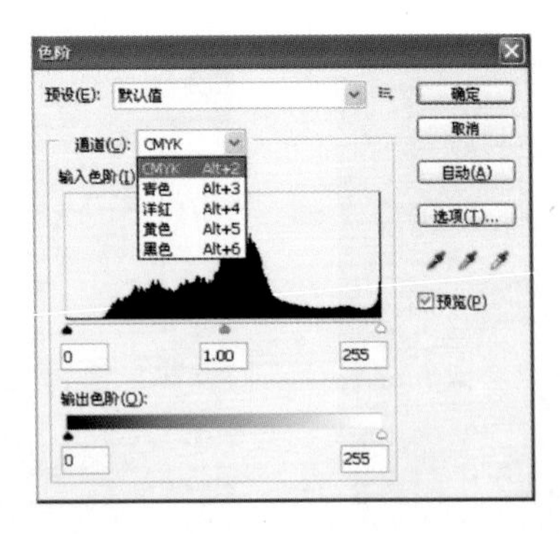

图二

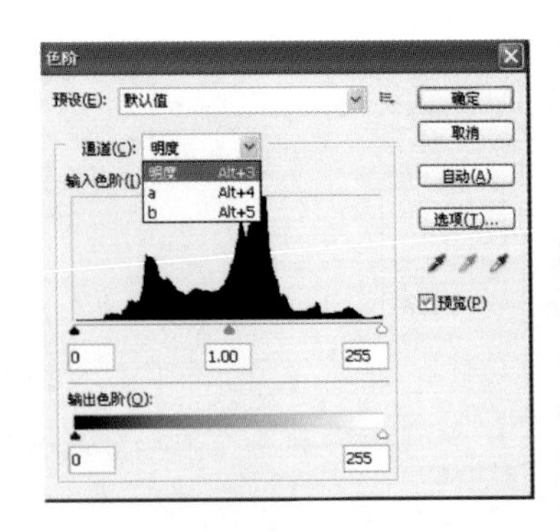

图三

下图左图为按住Shift键选择所要编辑的一组通道。

下图右图色阶中的通道是此组通道。

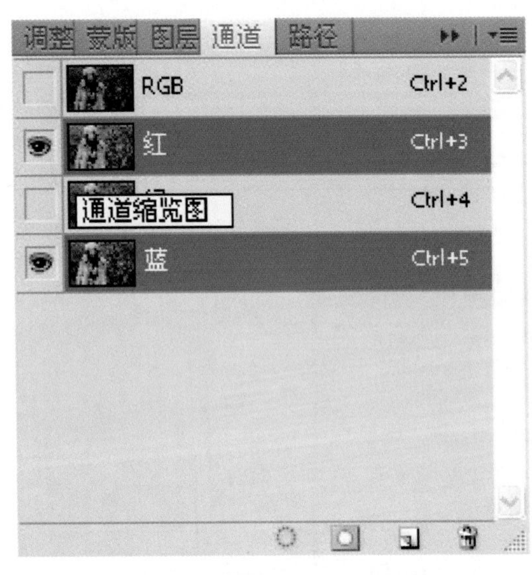

图四

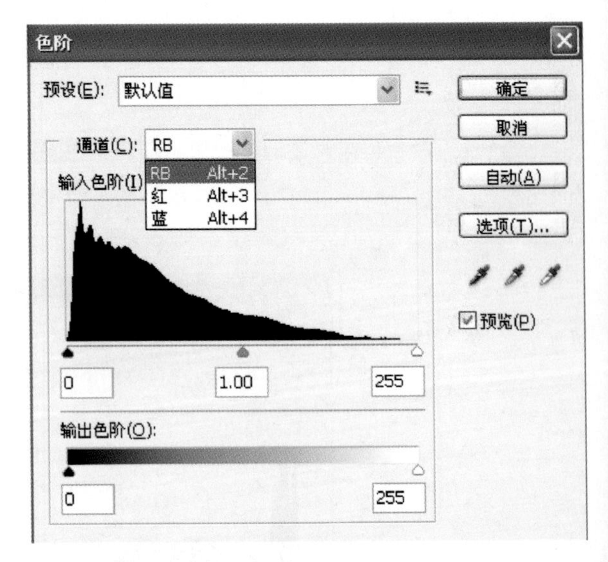

图五

2. 输入色阶

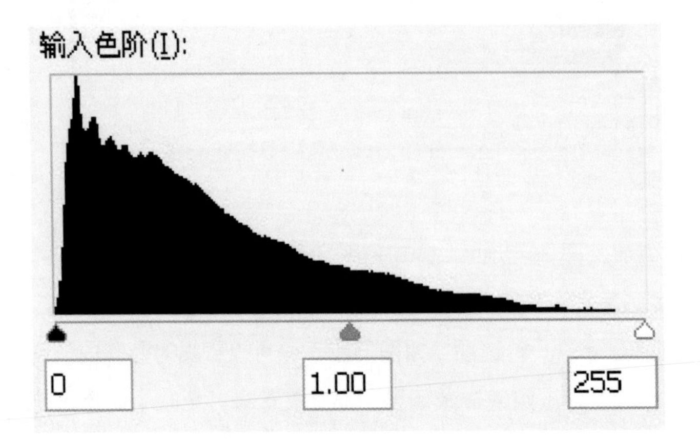

通过调节滑块调节暗调、中间调和高光的参数，完成对照片明暗和反差的调节。

左侧黑色滑块为暗调滑块，右侧为高光滑块，中间为中间调滑块。当暗调滑块向右侧滑动时，图像显示会更暗，颜色更深；高光滑块向左侧滑动时，图像会变得更亮，颜色更浅；中间调可以向暗调修改，也可以向高光修改，主要调节图像的对比度。

3. 自动调节

在“色阶”对话框中，单击“自动”按钮，自动对图片进行颜色校正。单击“选项”按钮，会打开“自动颜色校正选项”对话框。进行对自动颜色校正的设置，快速完成对图片的颜色校正。

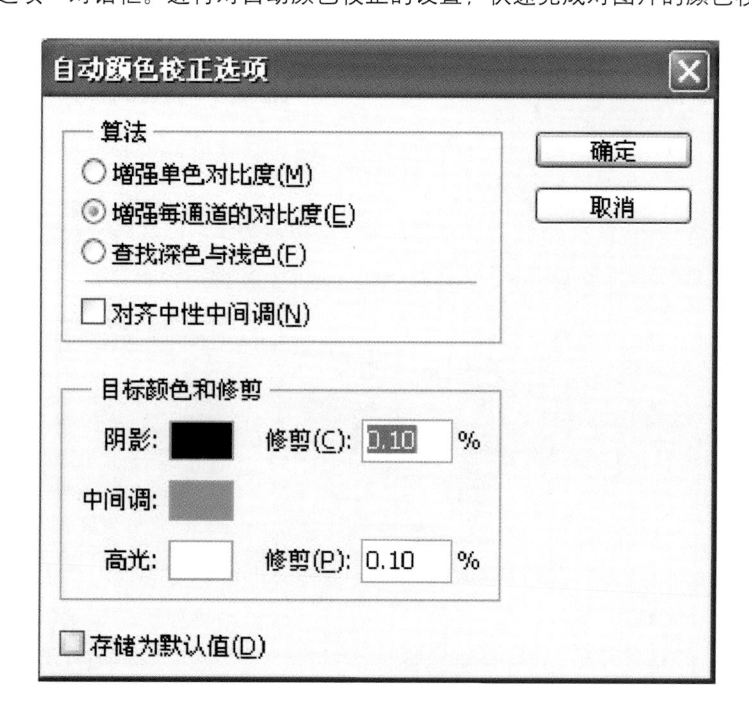

下图左侧照片为平时拍摄到的景物，阳光充足，光线太亮，照片失去了很多颜色，同时也没有层次感。可以通过色阶来校正照片颜色。

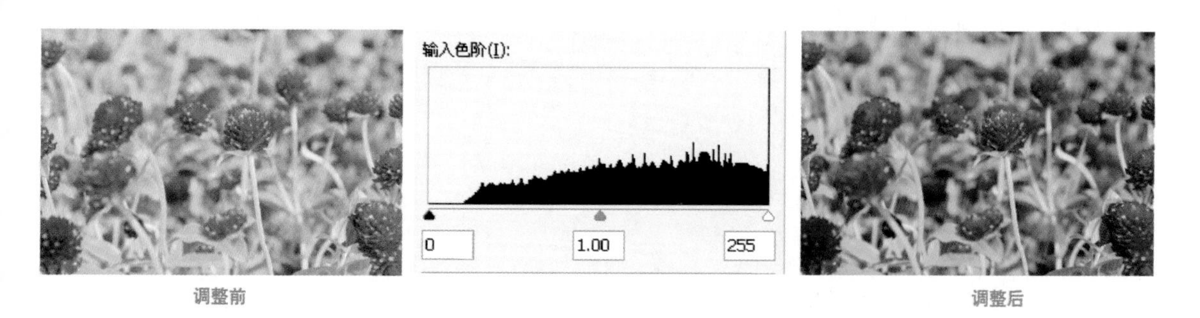

调整前　　调整后

打开“色阶”对话框，让暗光滑块向左移动，通过中间色调来调整对比度，使图片更加鲜亮。上图右侧为修改后的照片。

曝光失误的补救

在日常生活中，由于光线的过强或者不足，导致照片的曝光过度或曝光不足。下面通过实例讲解曝光过度和曝光不足的补救措施。

1. 曝光过度

下图照片的光线太足，整体像素太少，缺少黑色成分，导致人物没有层次感，丢失许多照片的细节。

（1）将照片载入到Photoshop CS5中，创建背景图层副本，如图一、图二所示。

图一

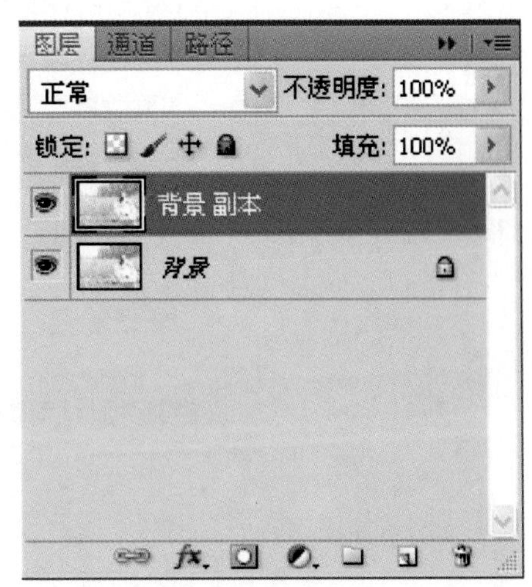

图二

（2）打开“通道”调板，选择反差大的通道，上图的蓝色通道最为明显。选择蓝色通道，单击“通道”调板下的“将通道作为选区载入”按钮，效果如图三、图四所示。

图三

图四

（3）将各个通道调整为可视状态，返回“图层”调板，如图五所示。

（4）单击“图层”调板下方的“添加图层蒙版”按钮，如图六所示。

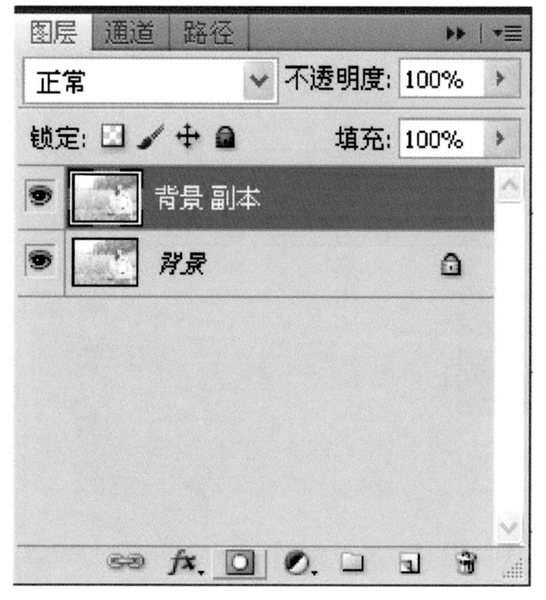

图五

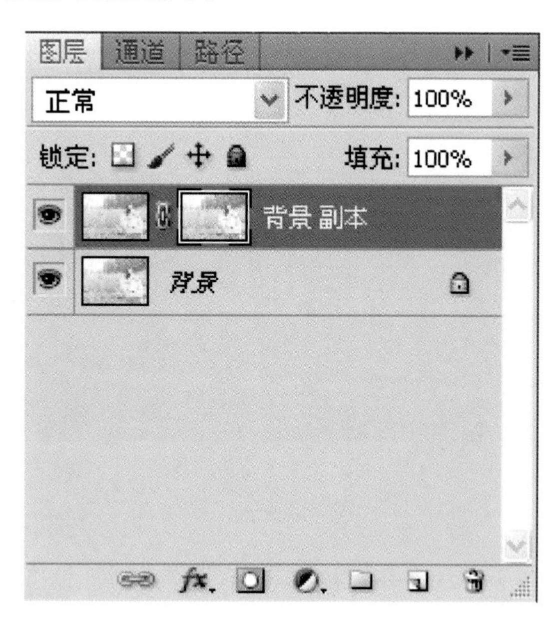

图六

（5）如图七所示，调整图层的混合模式为“正片叠底”模式，效果如图八所示。

图七

图八

若层次感还是不够，则可以修改一下透明度来调节图片的亮度。

2．亮度不足

照片曝光不足，整体给人感觉压抑。同时也丢失了许多照片的细节。

（1）将照片载入到Photoshop CS5中，创建背景图层副本，如图一、图二所示。

图一

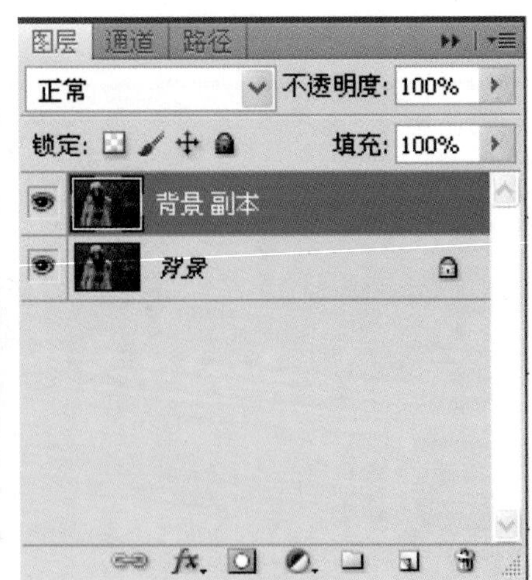

图二

（2）打开“通道”调板，选择反差大的通道，图一的绿色通道最为明显。如图三所示，选择绿色通道，创建绿色通道副本，效果如图四所示。

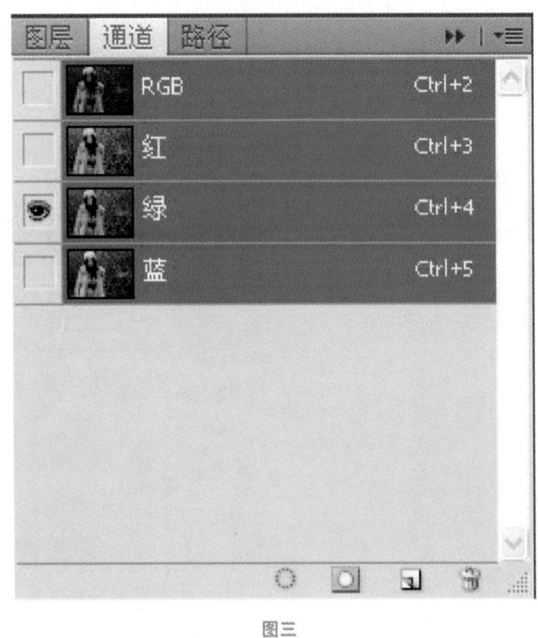

图三

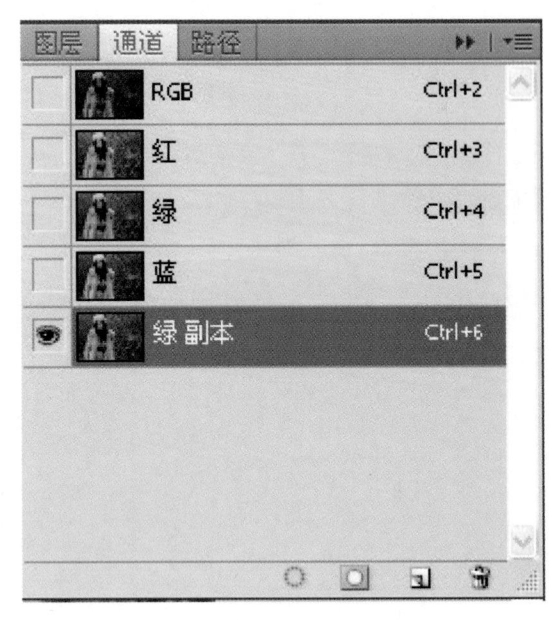

图四`

（3）选择绿色通道副本，单击“通道”调板下的“将通道作为选区载入”按钮，效果如图五所示。

（4）将各个通道调整为可视状态，取消绿色通道副本，返回“图层”调板，效果如图六所示。

图五

图六

（5）如图七，图八所示，单击“图层”调板下方的“添加图层蒙版”按钮，并将图层混合模式调整为滤色，如图九所示。

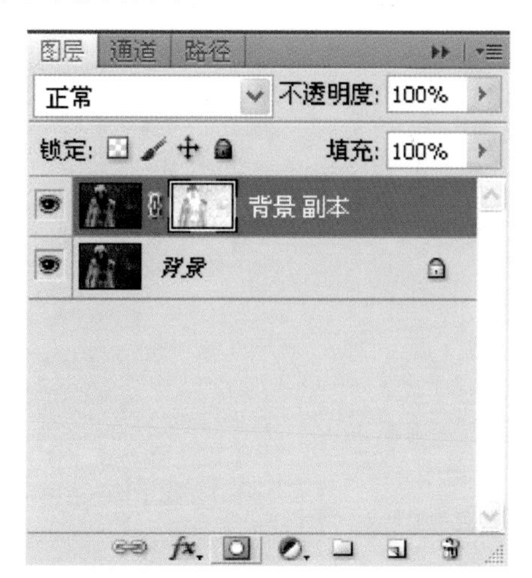

图七

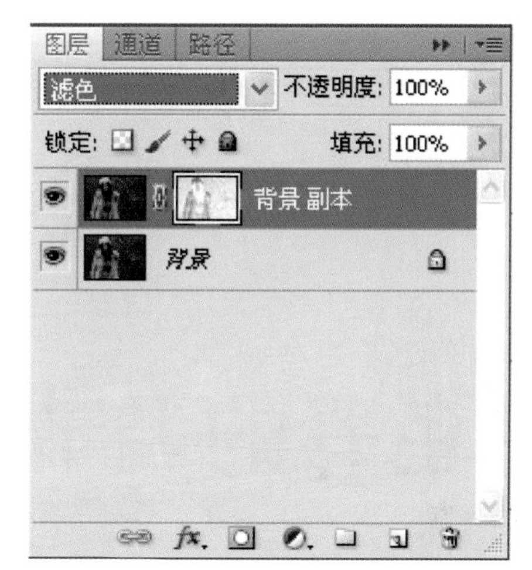

图八

图九

若亮度还是不够，则可以修改一下曲线来调节图片的亮度，如图十所示。

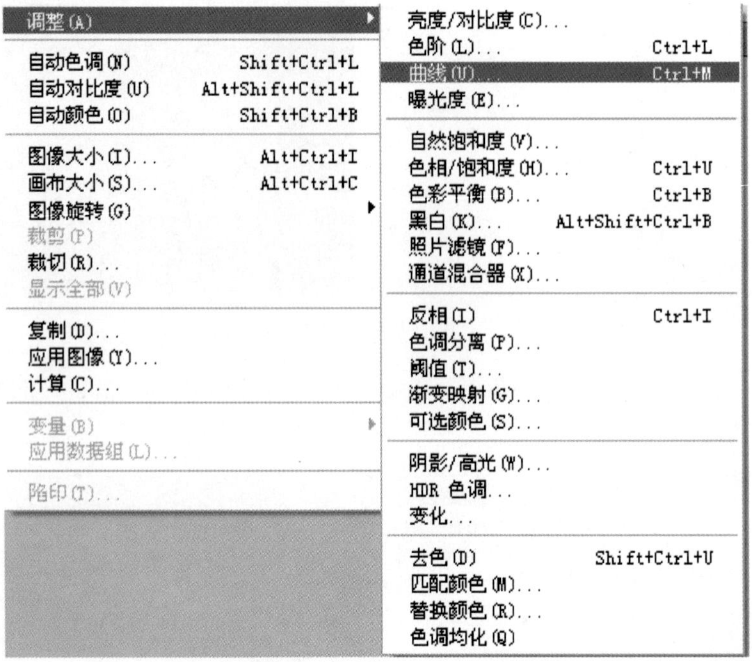

调整(A)
自动色调(N) Shift+Ctrl+L
自动对比度(U) Alt+Shift+Ctrl+L
自动颜色(O) Shift+Ctrl+B
图像大小(I)... Alt+Ctrl+I
画布大小(S)... Alt+Ctrl+C
图像旋转(G)
裁剪(P)
裁切(R)...
显示全部(V)
复制(D)...
应用图像(Y)...
计算(C)...
变量(B)
应用数据组(L)...
陷印(T)...

亮度/对比度(C)...
色阶(L)... Ctrl+L
曲线(U)... Ctrl+M
曝光度(E)...
自然饱和度(V)...
色相/饱和度(H)... Ctrl+U
色彩平衡(B)... Ctrl+B
黑白(K)... Alt+Shift+Ctrl+B
照片滤镜(F)...
通道混合器(X)...
反相(I) Ctrl+I
色调分离(P)...
阈值(T)...
渐变映射(G)...
可选颜色(S)...
阴影/高光(W)...
HDR 色调...
变化...
去色(D) Shift+Ctrl+U
匹配颜色(M)...
替换颜色(R)...
色调均化(Q)

图十

照片色彩的调节

一幅照片从拍摄到调整处理，再从调整处理到最后的成品形成过程中，色彩的调节是处理整张照片的核心部分。色彩调节的好坏，决定着这幅照片质量的好坏。

在Photoshop CS5中，色彩的调节占有非常重要的地位。它对照片处理的各项命令都是不可或缺的。选择“图像”→“调整”命令，其子菜单中包含有关于色彩调整的各项命令。

调整色彩平衡

“色彩平衡”可以通过阴影、中间调和高光区3个区域来控制图像的色彩分布。操作简单方便，可以根据自己的需要，完成对图像色彩的处理。

选择“图像”→“调整”→“色彩平衡”命令，打开“色彩平衡”对话框。

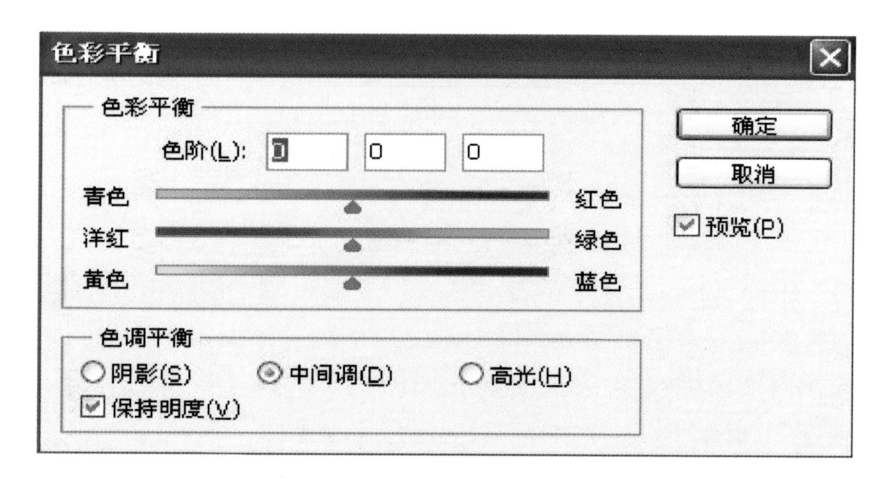

在色彩平衡区域，可以调整参数来完成对照片的色彩补充，达到需要的效果；在色调区域，有“阴影”、“中间调”和“高光”3个色彩区域，可以根据需求选择区域来设置参数；“保持明度”是指照片的明度不会随着照片的颜色改变而改变。

调整色相/饱和度

“色相/饱和度”可以调整图片中特定颜色的色相、饱和度和亮度。

选择“图像”→“调整”→“色相/饱和度”命令，弹出的对话框如下图所示。

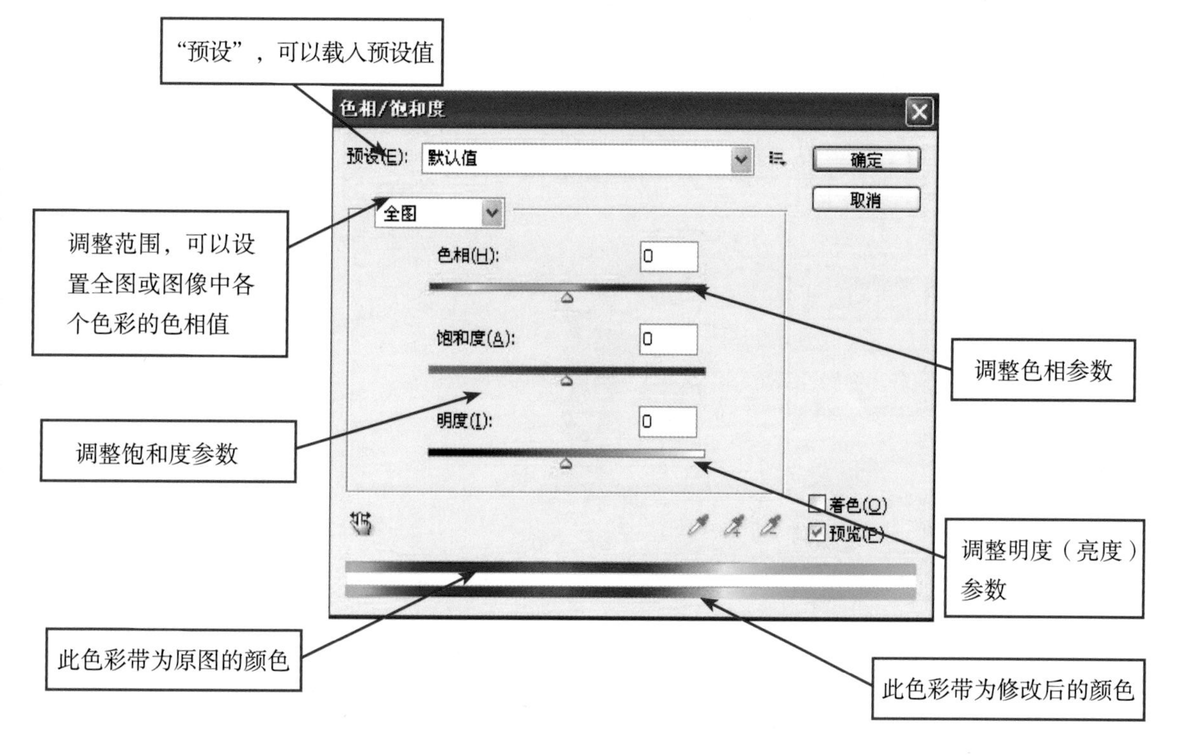

可选颜色

“可选颜色”是Photoshop中另外一种色彩调整命令，它是高档扫描仪和分色程序中的一种技术，通俗地讲，它可以修改单一颜色，修改的同时不会影响其他色彩，其主要应用于颜色校正。

选择“图像”→“模式”→“可选颜色”命令，弹出的对话框如右图所示。

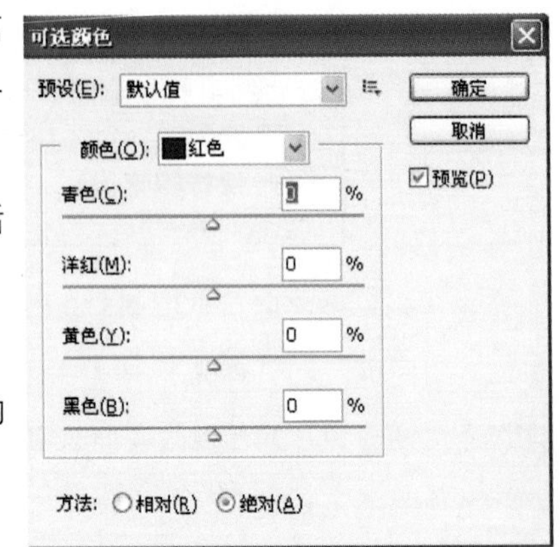

可以通过次对话框单独调整颜色的比例，其方法有“相对”和“绝对”之分，“相对”是指按4种颜色的比例来调整某种颜色的数量；“绝对”将会采用绝对值来调整颜色。

替换颜色

“替换颜色”可以创建蒙版，将图像中所选定的颜色替换成所需要的颜色。同时，此命令也可以调整所选定区域的色相、饱和度和亮度。

选择“图像”→“调整”→“替换颜色”命令，弹出的对话框如下图所示。

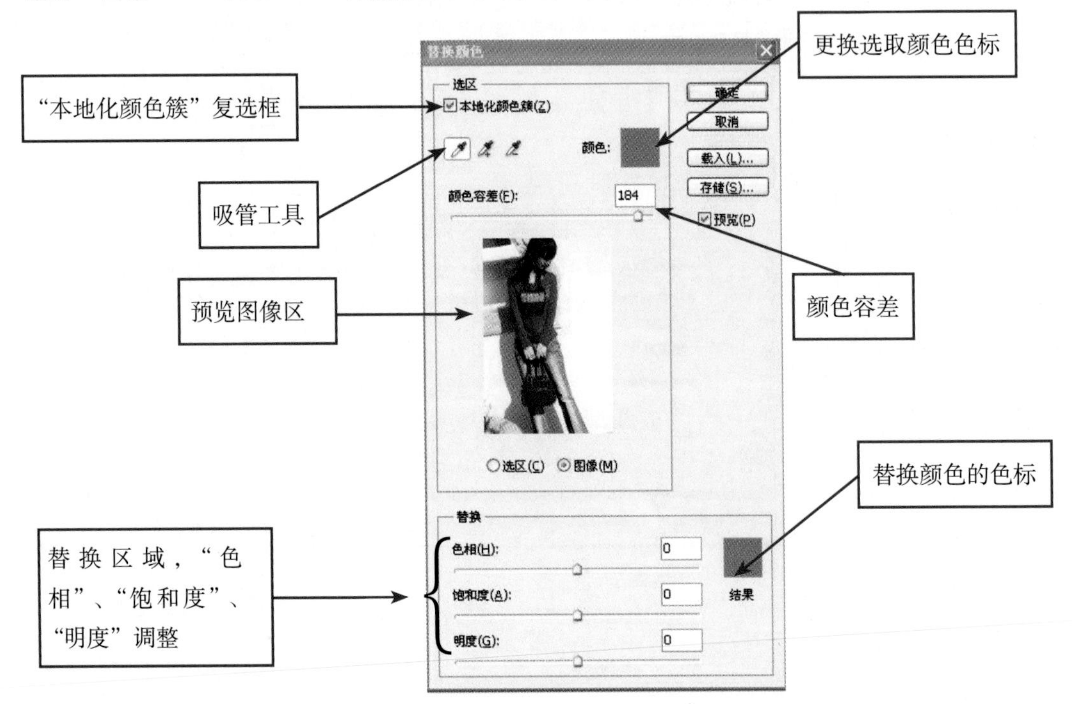

1. 本地化颜色簇

勾选该复选框是以选择像素为中心向外扩散的调整方式，不会对图片中的整个区域造成影响。

2. 吸管工具

在此选项中，“吸管工具”有3种，分别为吸管工具、添加到取样、从取样中减去。选择带加号的吸管可以增大选区，选择带减号的吸管可以从选区中删除没用的选区。

3. 颜色容差

通过修改此滑块的参数来调节蒙版的容差。

4. 替换区域

此区域有“色相”、“饱和度”和“明度”参数设置，调节这些参数来达到对选区的需求。

照片尺寸、分辨率的调节

在照片处理过程中，根据实际操作的需要，会调整照片的尺寸和分辨率。而在Photoshop CS5中，我们可以根据自己的需要随意修改照片的尺寸和分辨率。

通过“图像”→“图像大小”命令来调节照片的尺寸和分辨率，快捷键为Ctrl+Alt+I。

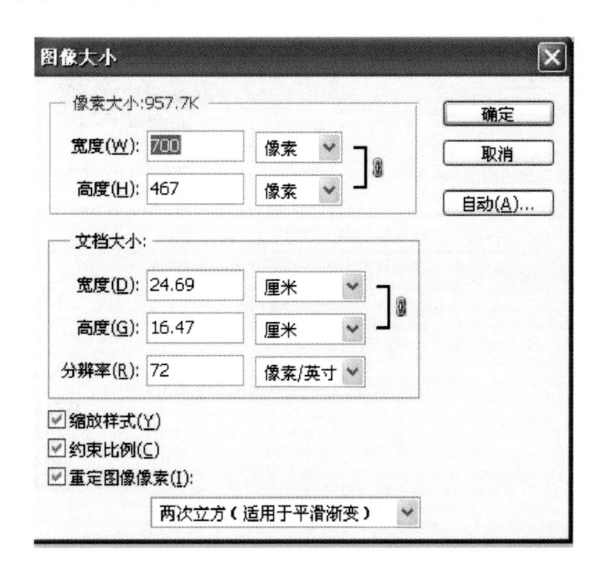

像素大小选项一般用于计算机显示的照片尺寸，在修改照片的过程中，若勾选下面的“约束比例”复选框，则调整“宽度”、“高度”中任意数据即可，另一数据将根据比例进行修改；若不勾选“约束比例”复选框，“宽度”、“高度”都可以修改。具体操作步骤如下所示。

打开一幅图片，执行“图像”→“图像大小”命令

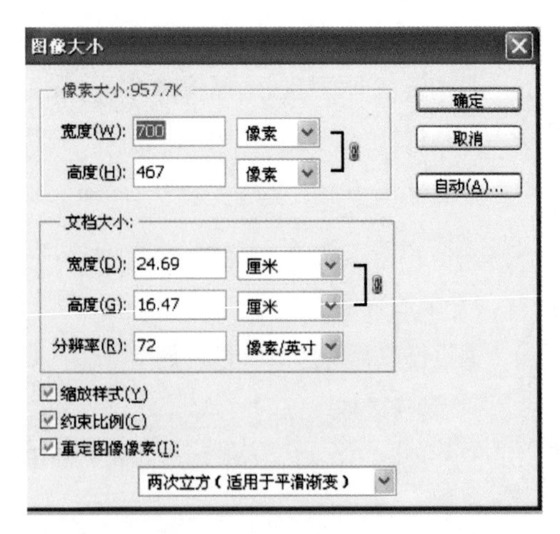

弹出“图像大小”对话框，显示现图像大小的参数

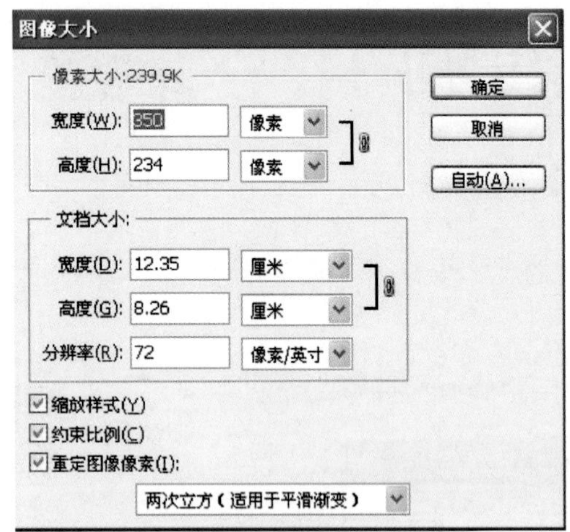

将其宽度调整为350像素，其高度值变为234

确定后的效果图

1）像素大小

“像素大小”一般应用于打印过程中来调整其图片文档的大小。

2）缩放样式

在处理图像的过程中，若图像带有样式，则勾选此复选框，在图像进行缩放的同时，样式也随之进行缩放；不勾选此复选框，则样式不变。当对一个图层应用了多种图层样式时，“缩放样式”则更能发挥其独特的作用。由于“缩放样式”是对这些图层样式同时起作用，这就能够避免单独调整每一种图层样式的麻烦。

3）约束比例

在修改照片尺寸的数值时，想要保持照片的宽度与高度按比例修改，就应该勾选此复选框；若不勾选此复选框，则照片的宽度与高度不会按比例修改。

打开一幅图片，执行“图像大小”命令。

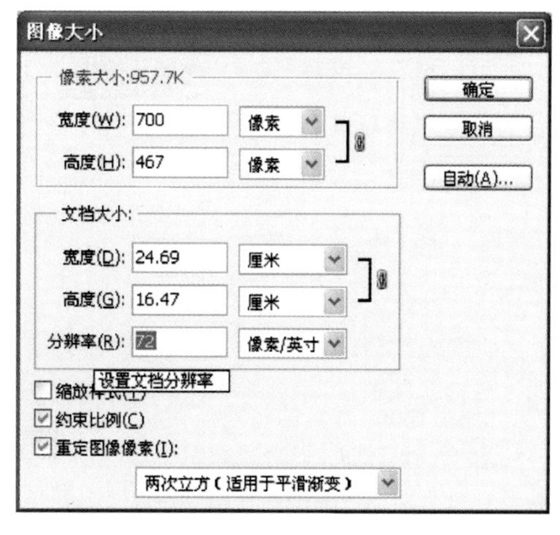

其分辨率为72像素/英寸

4）分辨率

通过“分辨率”也可以来调整照片的大小。一幅图片是由许多水平和垂直的像素点构成，而“分辨率”就是由这些水平像素数与垂直像素数相乘而得的，分辨率越高，图像越清晰，其具体操作步骤如下所示。

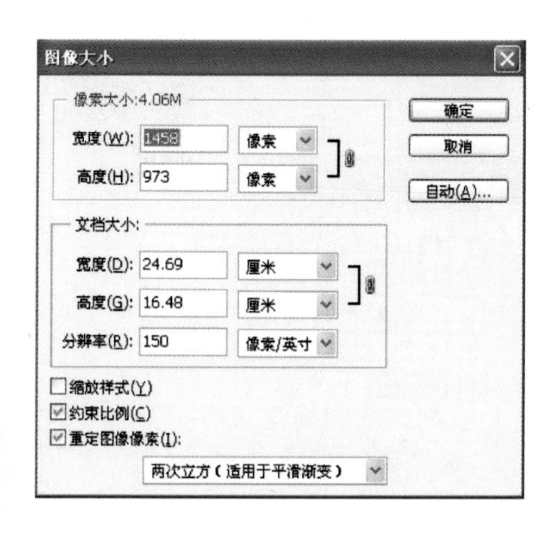

将数值更改为150像素/英寸

图像变大并且更加清晰

照片的保存

在Photoshop CS5中，对照片的保存，可以选择“文件”菜单中的“存储”或“存储为”命令。

1．存储

可以选择“文件”→“存储”命令，系统会将修改后的照片自动覆盖原有的文件。

2．另存为

可以选择“文件”→“另存为”命令，会弹出右面所示的对话框。

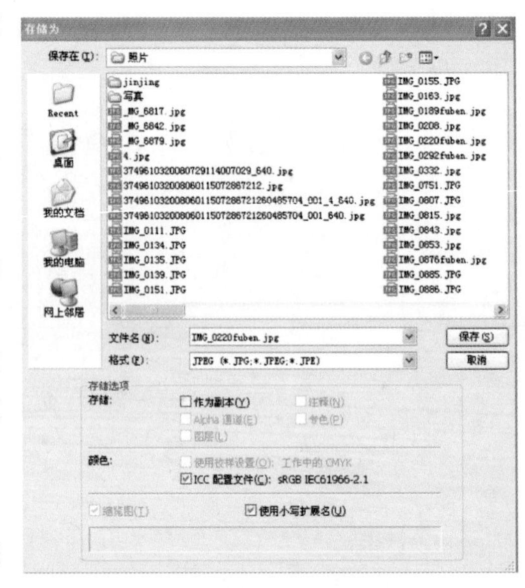

此对话框在第5章已经详细讲述过，设置好各选项，选择保存，会弹出“JPEG选项”对话框。

在“JPEG选项”对话框中，“品质”会有1～12个数值，其数值越大，则照片的质量越好，照片占用的空间也就越大。

“格式选项”选项组中有“基线（‘标准’）”、“基线已优化”和“连续”3种存储格式。这3项设置决定浏览器的显示方式。“基线（‘标准’）”是常用的格式，它用逐行扫描的方式显示在屏幕上，所有浏览器都支持；“基线已优化”生成的文件较小，并不被所有浏览器支持；“连续”是以多次扫描的方式将图像逐渐清晰地显示在屏幕上，同样不被所有的浏览器支持。

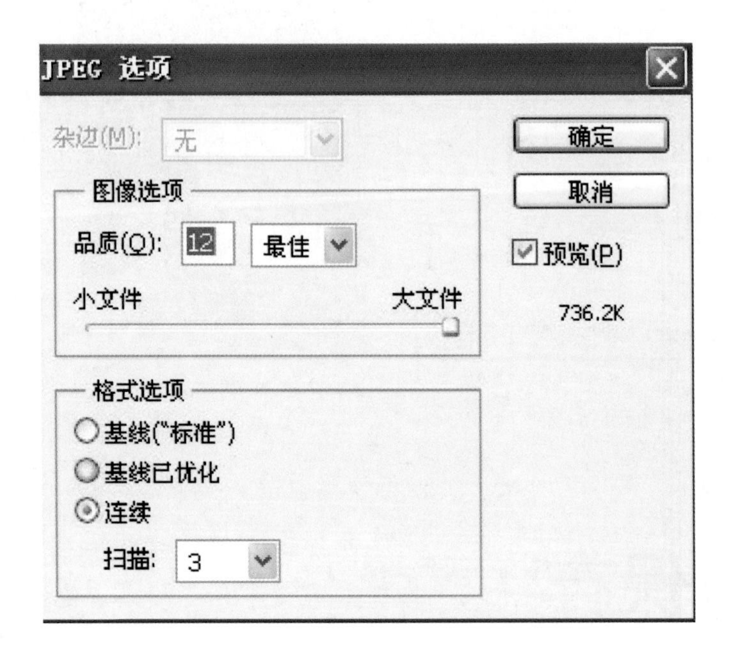

第7章 人像照片的处理

在日常的人像拍摄过程中，由于各种外界因素和技巧问题，拍摄效果并不理想。但是通过对人像照片的后期处理，可以使照片从平凡中脱颖而出，亦可增加照片的意境和韵味，让人像照片更加生动迷人。

还原人像色彩

快速修复偏色照片

1．辨别偏色

在修复偏色之前，首先要确定这张照片是否偏色。当我们仔细观察一张照片时，如果偏色不太严重，我们一眼就可以观看出偏色程度，但是在计算机中，照片的颜色都被用数字量化了，用肉眼是看不清的，但通过Photoshop可以方便、快捷地判断偏色并进行调整。

修复偏色照片的目的，主要是为了平衡色彩和真实还原景物的本来颜色。要快速地修复偏色照片，首先要调节中性灰，利用中性灰概念。在正常光照下，RGB值的比例为1：1：1，如下图所示。利用这一规律，才能正确地修复偏色照片。

此图为拾色器，选择其灰色区域，会发现右侧的RGB值都是一样的，所以可以调节灰色值来快速地调整色偏。

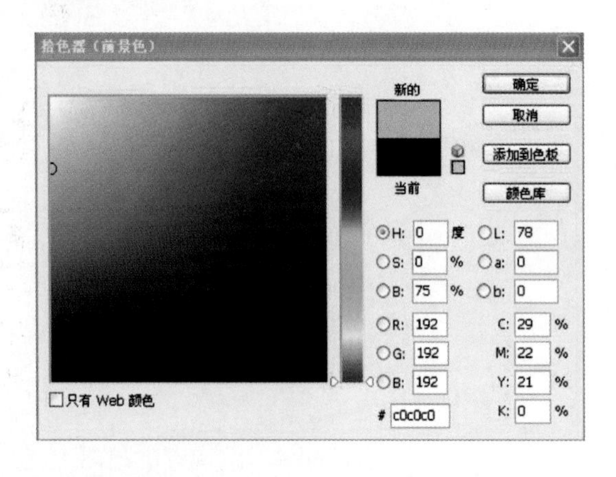

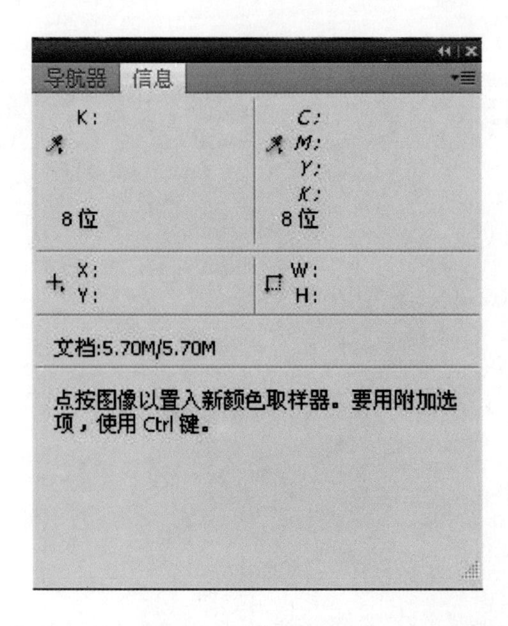

在Photoshop CS5中打开一幅照片，选择窗口菜单下的信息命令，可以打开“信息”面板，即可查看照片的信息，也可以使用快捷键F8。

选择工具箱中的“吸管工具”组，选择工具组中的“颜色取样器工具”。在图片上的灰色区域选择两个点。在“信息”面板中会有这两个点的RGB值。

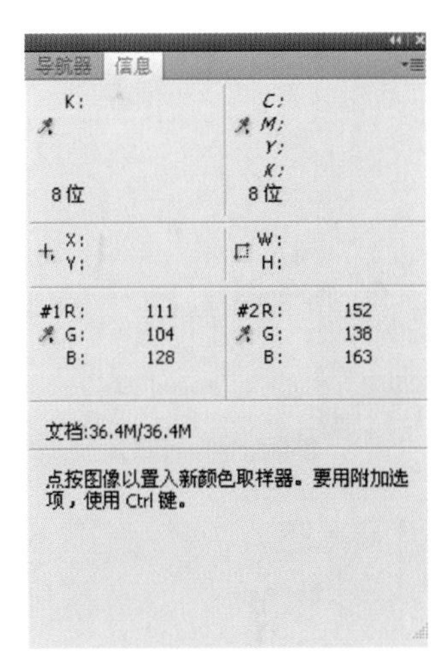

上图照片中的栏杆为取样点1，鞋子为取样点2。我们以取样点2为例，在图像信息面板中，取样点R值为152，G值为138，B值为163，不符合上述的灰色定律，照片明显偏蓝色。

2．修复偏色

通过“信息”面板，数字化地看到照片偏色问题，可以通过“曲线”命令来修复偏色。选择“图像”→“调整”→“曲线”命令打开“曲线”对话框，具体修改步骤如下。

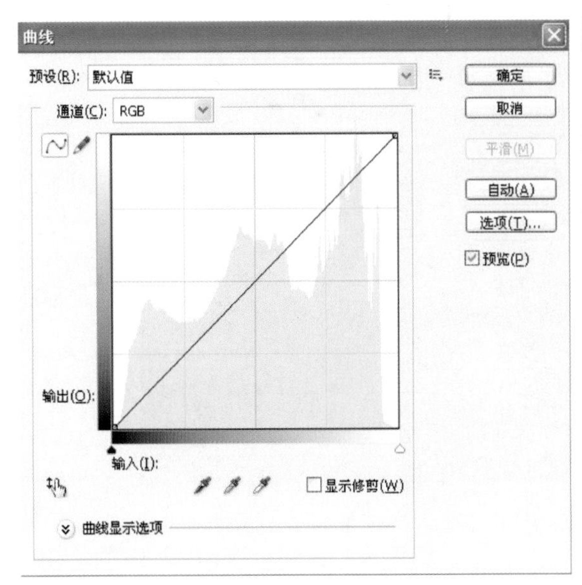

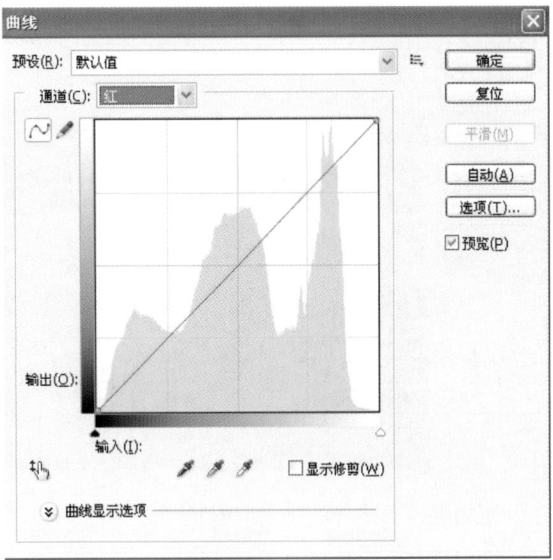

选择“通道”中的红色通道

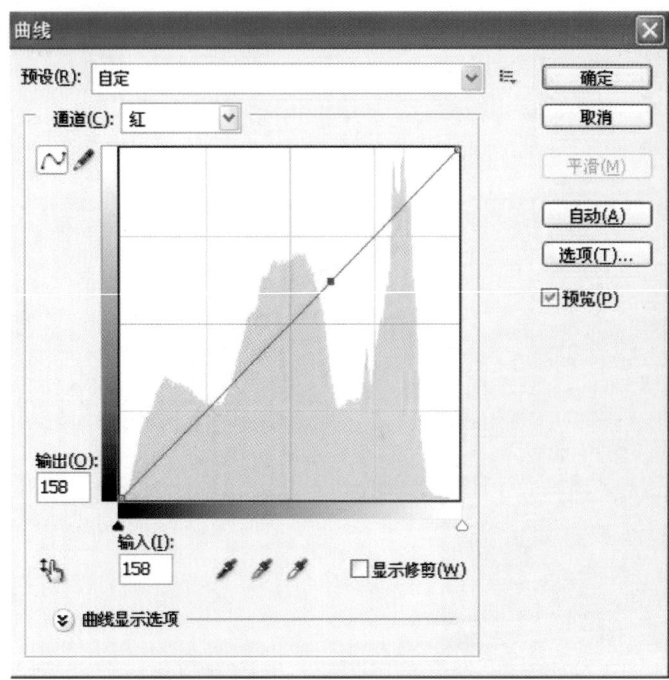

选择通道中的红色通道，按住Ctrl键的同时单击取样点2，会在曲线上显示出该点的位置

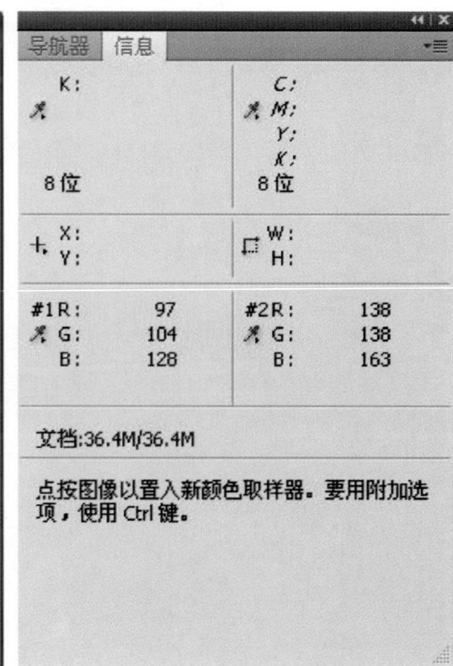

通过向下或向上调节曲线使数值相同（可以通过方向键来准确定位数值）

下图为红色通道修改后的照片。

继续选择“曲线”命令，调整B值，同上。

调整后的最终效果如下图所示。

通过以上方法就可以快速地修复照片的色偏。

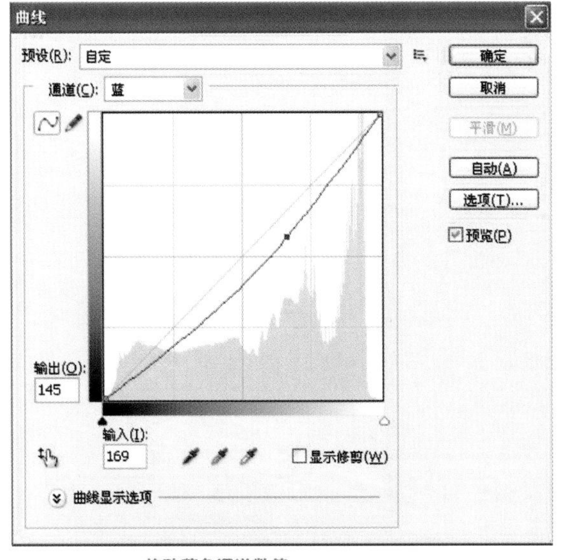

修改蓝色通道数值

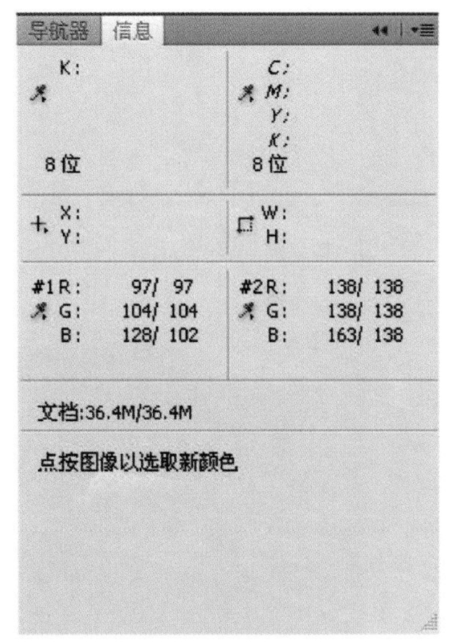

调整后R、G、B值相等

调整人像照片的白平衡错误

白平衡英文名称为White Balance，是相机的一种功能，有自动、室内等模式，可以根据不同的场合拍摄不同色温的照片。例如，以钨丝灯(电灯泡)照明的环境拍出的照片可能偏黄。

在拍摄的过程中，如果白平衡的调整错误，拍摄出的人物会严重偏蓝或偏红，该怎么样去调整和修复这样的照片呢？其实非常简单，在上一小节已经讲解过怎么调整色偏。下面分别通过Photoshop CS5和光影魔术手讲解调整人像照片的白平衡错误。

1．Photoshop调整人像照片的白平衡错误

打开一幅照片，通过“信息”面板，我们可以发现这张照片偏蓝。

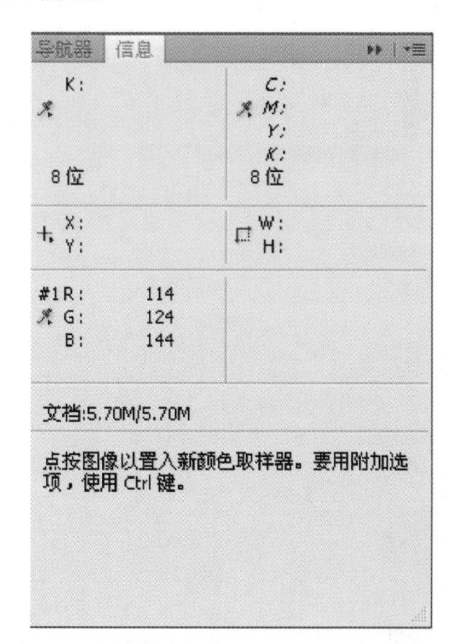

执行“窗口”→“自动颜色”命令。右下图为调整后的效果图。

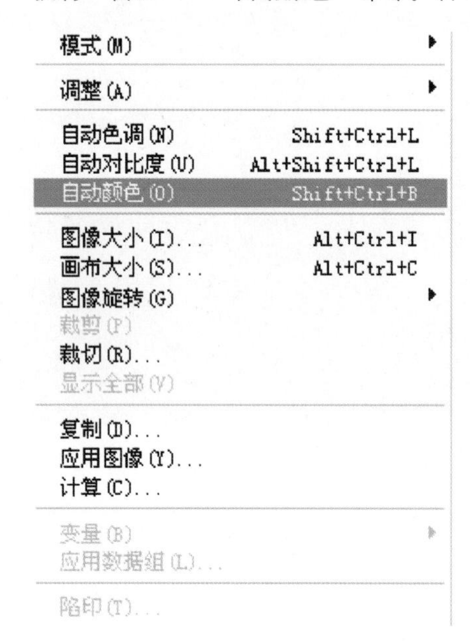

若是此时照片还是不太满意，可以继续通过“色阶”命令来修改。

打开“色阶”命令，选择“自动颜色校正选项”命令。在“自动颜色校正选项”对话框中勾选“对齐中性中间调”复选框。

通过调节色阶，直到满意为止。

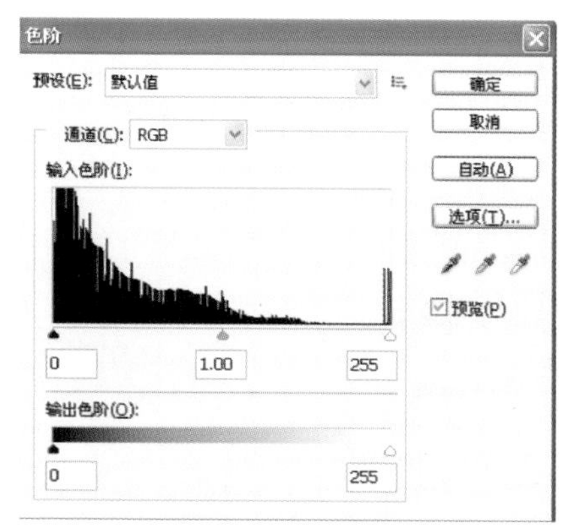

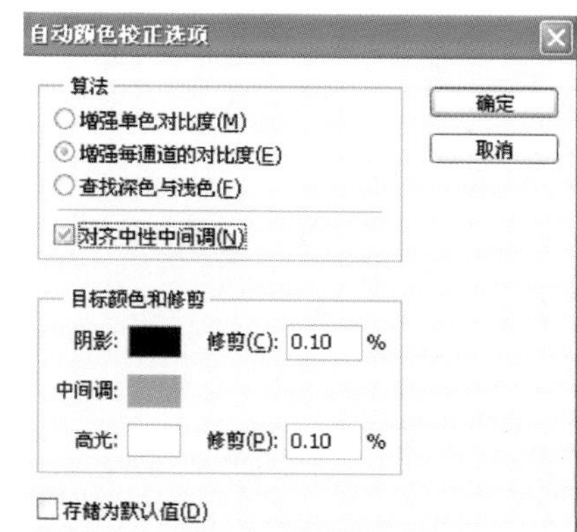

2. 光影魔术手调整人像照片的白平衡错误

通过光影魔术手可以快速、方便地调整白平衡错误。打开光影魔术手软件，如下图所示。

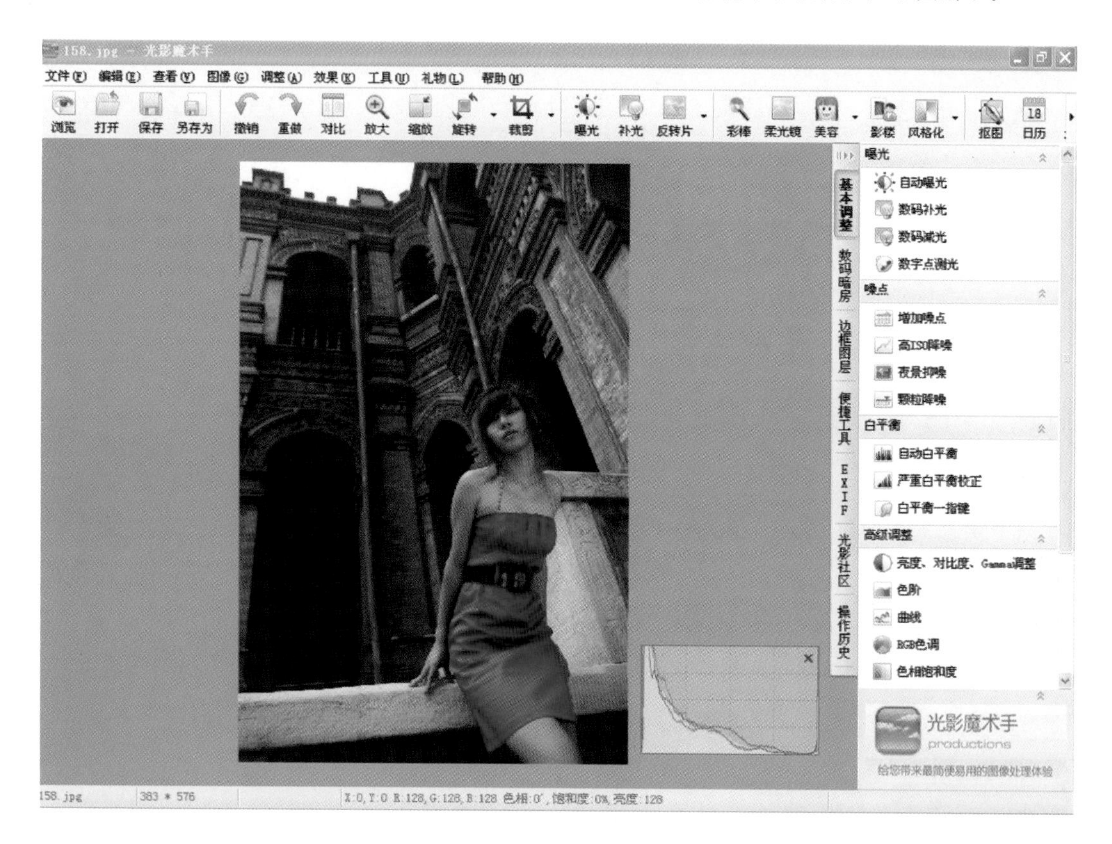

在光影魔术手软件的“调整”菜单中有以下3种命令：“自动白平衡”、“严重白平衡校正”及

“白平衡一指键”。

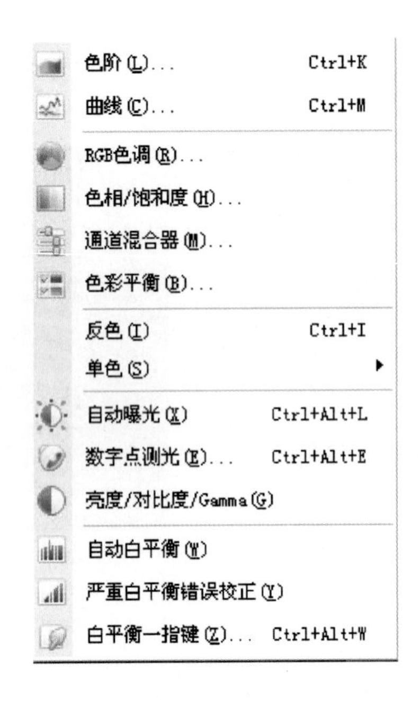

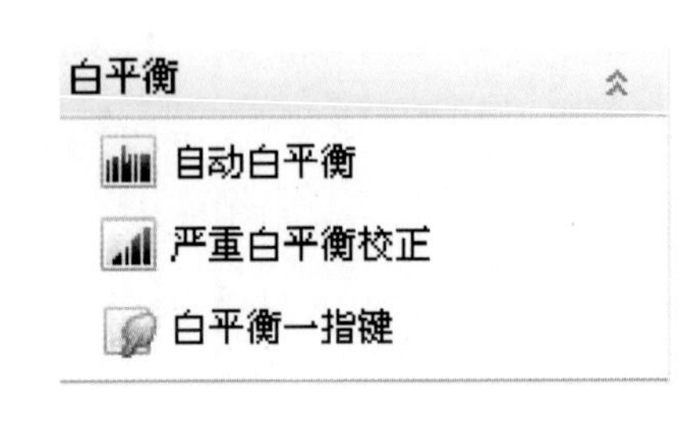

可以通过以上3种命令快速地调整人物照片的白平衡错误。

人像的美化处理

人像照片的美容修饰

在人像照片的美容过程中，我们都想追求其完美，可以通过Photoshop CS5让人物面部变得美丽漂亮。

1．人像眼部美容

人像照片中，人像的眼睛是最为重要的一部分，整张照片的人物漂亮与否，大部分可以通过眼睛观察出来，眼睛是人的心灵之窗。下面通过实例来介绍对人物照片中眼睛的美容。

1）消除红眼

当我们用数码相机拍摄照片时，发现一张漂亮的照片上却有可恶的红眼。红眼是怎么造成的呢？红眼是由于相机的闪光灯在人的视网膜上反光造成的。红眼又该怎么处理呢？在Photoshop CS5中有专门消

除红眼的工具 红眼工具，可以消除人物照片的红眼现象。

打开一张带有红眼的人物照片素材。

选择工具箱中的“污点修复画笔工具”组中的“红眼工具”。在人像的红眼处单击鼠标左键，即可对人物的眼睛进行修复。

对左眼进行修复

修复后的效果

2）使人物的眼睛变大

在Photoshop CS5中，可通过简单的图形变换来修补眼睛的大小，使人像更为漂亮，但不是每个人物照片中的人物都适合大眼睛，此操作因人而异。

下图中人像的左眼相对右眼有点小，且不太对称。

对人像眼睛变大的处理步骤如下。

给要修补的眼睛部分建立选区，并对选区进行羽化。

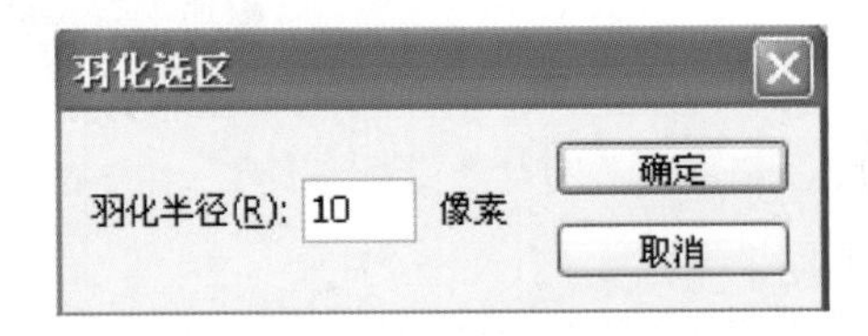

羽化后的效果如下图所示。执行“编辑”→“变换”→“缩放”命令。

通过仔细的调整后，效果如下图所示。

3）消除眼袋

在人像照片中，我们可以通过“修复画笔工具”来修复令人头疼的眼袋，如图一所示。

选择工具箱中的“修复画笔工具”，按住Alt键，在人像的眼部进行取样，便可以在眼袋处进行修复，直到满意为止，如图二所示。

图一

图二

2．人像鼻子美容

好看的鼻子及高挺的鼻梁是人像主观美所在，也是面部美学的重要特征。

下图中的人像鼻子略微有些宽和扁，具体修复步骤如下。

(1) 选择“文件”→“打开”命令，打开要处理的素材。

(2) 将图像放大，选择工具箱中的“套索工具”对图像鼻子建立选区，羽化值为20px。

(3) 选择“编辑”→“自由变换”命令，使范围向内进行调节。

(4) 调整后发现照片的过渡很不自然，通过选择工具箱中的“仿图章工具”进行处理，使过渡区域变得平滑柔和。

调整前

调整后

面部局部瑕疵的修饰及磨皮

当今，随着数码相机的越来越普遍，拍照成了日常生活中越来越普及的事情，我们都希望照片上的自己皮肤白皙、干净及平滑，该怎么处理照片人像的面部瑕疵呢？本节通过Photoshop CS5来讲解面部局部瑕疵的处理方法。

下图中人像照片的脸部略微有痘痘，同时脸部没有光泽。

处理前

处理后

具体修复步骤如下。

（1）选择“文件”→“打开”命令，打开要处理的素材，创建背景图层副本。

打开原图素材

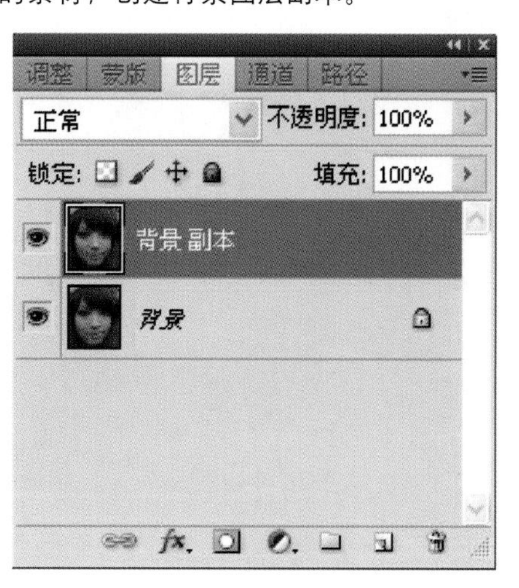

将背景图片创建新建图层

（2）选择工具箱中的“仿图章工具”，在照片中按住Alt键，在修复瑕疵附近干净区域进行取样，最后把脸部的痘痘给覆盖掉，如例图所示。

例图

图一

（3）打开“通道”调板，查看每一种通道，会发现蓝色通道的面部明显不平滑（如图一）；复制其蓝色通道（如图二），选择“滤镜”→“其他”→“高反差保留”命令（如图三）。

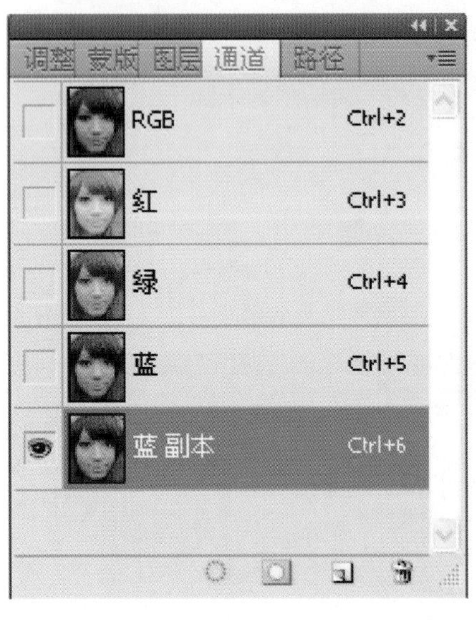

图二

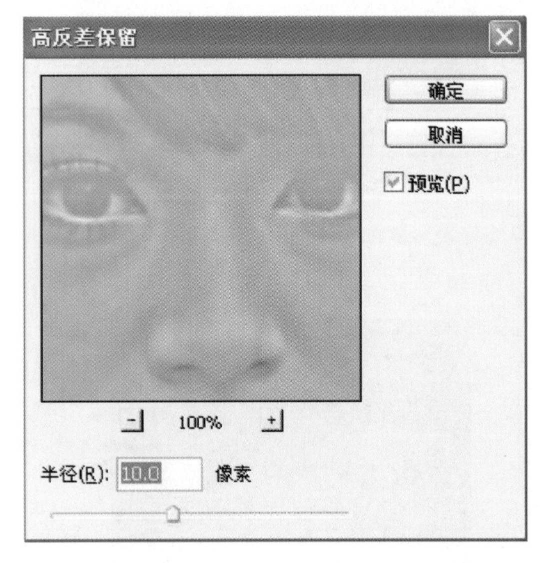

图三

（4）选择“图像”→“计算”命令，打开“计算”对话框（如图四）；分别进行两次“计算”命令，会创建新的Alpha2通道（如图五），让图像的脸部不平滑区域更加明显（如图六）；单击“通道”调板下的“载入选区”命令，选择“反向”命令，回到RGB模式下（如图七）。

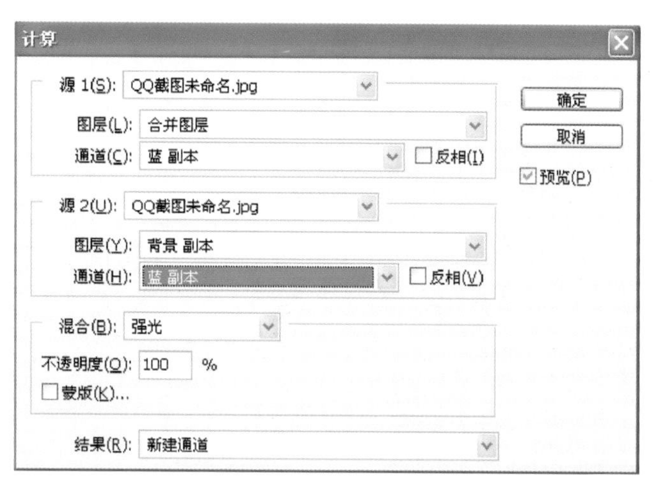

图四

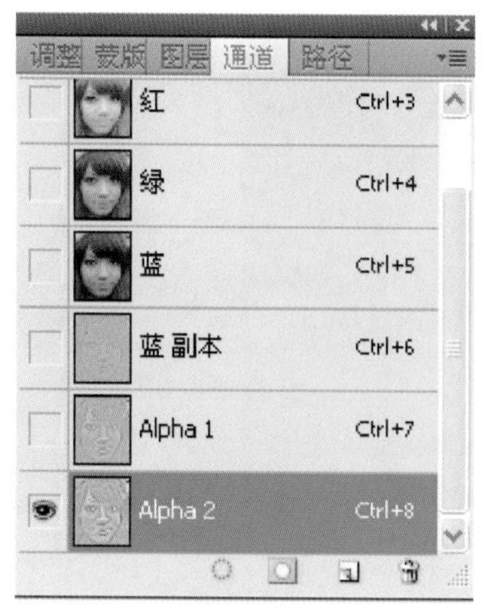

图五

图六

图七

(5) 选择“图像”→“调整”→“曲线”命令，打开“曲线”对话框（如图八），调节图像亮度，达到满意为止，最终效果如图九。

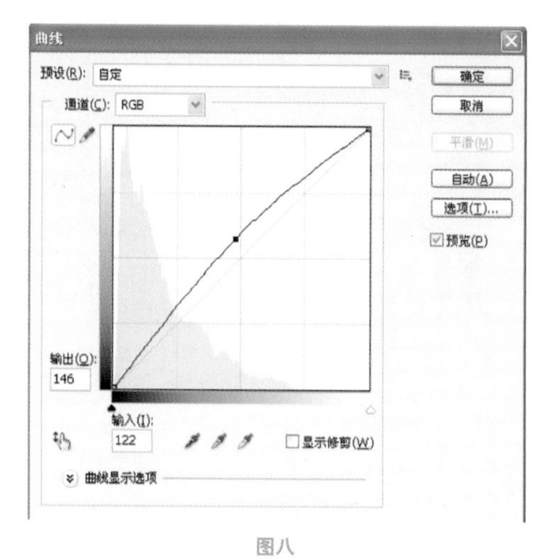

图八

图九

为人像“瘦身”

每个人都想有好的身材，每个女孩更是想拥有魔鬼般的身材。本小节通过实例讲解怎样为人像“瘦身”，塑造完美的曲线。

本节运用“液化工具”来为人像进行“瘦身”。下图处理前虽然照片中人物的线条很好，但是人像的手臂没有曲线美，肩部和腰部，没有凹陷美。

处理前

处理后

处理步骤如下。

（1）选择“文件”→“打开”命令，打开要处理的素材。创建背景图层副本。

（2）选择“滤镜”→“液化”命令，打开“液化”对话框，设置参数如下图所示。

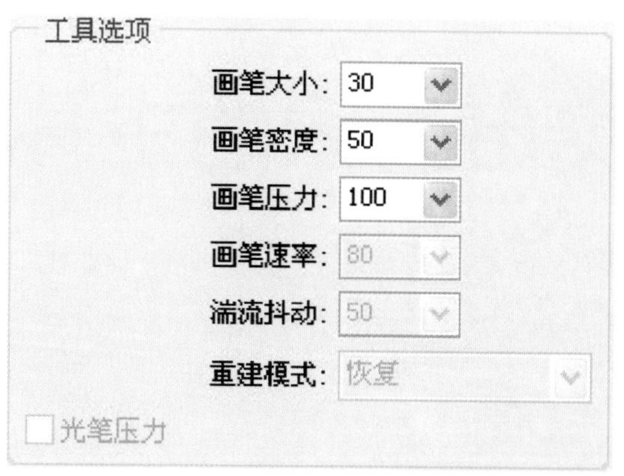

（3）对人像的手臂、肩部和腰部进行变形。

最终效果图

突出人像的主体

复杂环境人像抠图及更换背景

本节主要讲解利用Photoshop CS5快速地对人像照片的复杂环境人像抠图以及更换背景，其实抠图的目的就要更换背景，是两种密不可分的操作。

1．复杂环境人像抠图

（1）打开Photoshop CS5，选择“文件”→“打开”命令，打开一幅素材（如例图）。

（2）选择工具箱中的“快速选择工具”，对人像进行选取。

例图

图一

（3）单击工具栏下的“调整边缘”按钮，弹出“调整边缘”对话框（如图二）。在“调整边缘”对话框中，“视图模式”选项组中有7种视图模式（如图三），分别为“闪烁虚线”、“叠加”、“黑底”、“白底”、“黑白”、“背景图层”及“显示图层”，其中按F键可以切换视图模式，X键为暂停使用各种模式；在对话框左侧第三个图标为调整半径工具（如图四），其包括“调整半径工具”和“抹除调整工具”；“边缘检测”选项组可以调整检测边缘的参数；在“调整边缘”选项组中，有对边缘的一系列参数调整的操作，分别为“平滑”、“羽化”、“对比度”及“移动边缘”；“输出”选项组中有“净化颜色”和“输出到”。

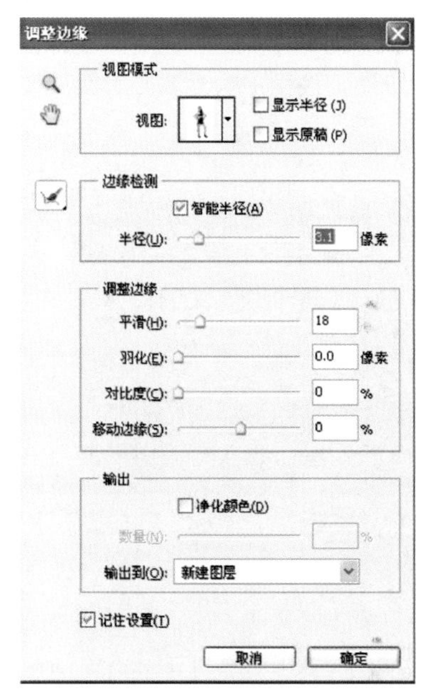

图二

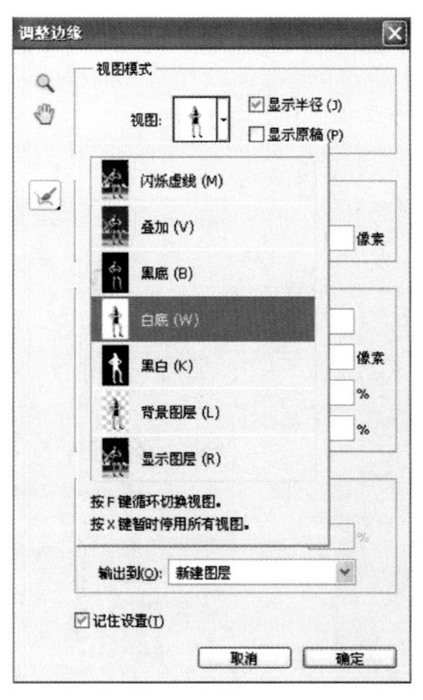

图三

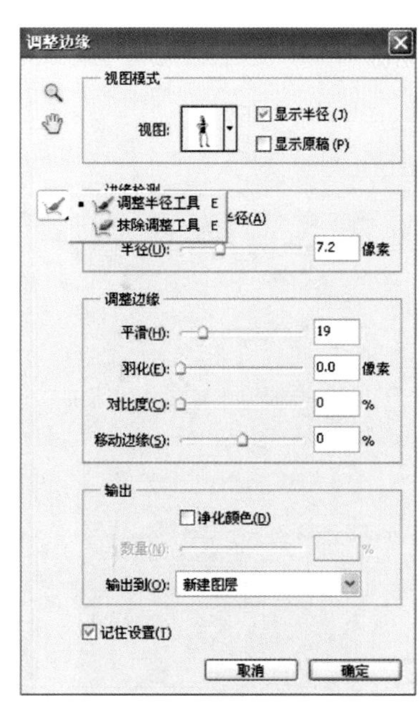

图四

（4）在弹出“调整边缘”对话框后，选择视图模式为“白底”，因个人习惯而定，勾选“显示半径”复选框（如图五）。细心调整“调整半径工具”使边缘更加准确。分别调整边缘的“平滑”和“羽化”参数（如图六），使边缘过渡效果更加柔滑（如图七）。

（5）在“输出”选项组中选择输出到新建图层，效果如图七所示。

图五

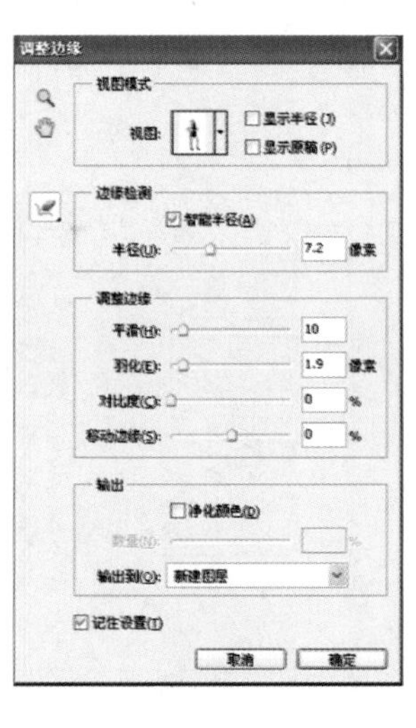

图六

图七

2. 更换背景

更换背景的具体操作步骤如下。

（1）选择“文件”→“打开”命令，打开一幅背景图片素材，选择工具箱中的“移动工具”。将其拖至一抠图的人像照片中（如图八）。

（2）调整图层的顺序，使背景层置于人像图层下面（如图九）。选择工具箱中的“加深工具”使人像与背景的过渡效果更为和谐。

图八

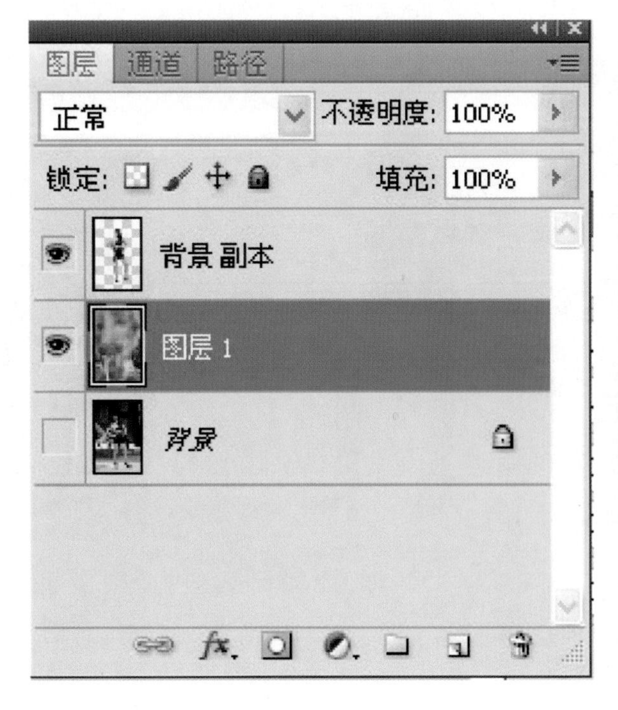

图九

最终效果

去除画面干扰

本节结合实例来去除人像照片的画面干扰，更加突出照片的主体。下图为处理前和处理后的效果图对比。

处理前

处理后

具体处理步骤如下。

(1) 选择“文件”→“打开”命令，打开要处理的素材。

(2) 复制背景图层，选择工具箱中的“快速选择工具”，围绕人物建立选区。并且调整边缘，使选区更加精确，如下图所示。

(3) 单击鼠标右键，选择“选择反向”命令，效果如下图所示。

“选择反向”命令后的效果图

(4) 选择“滤镜”→“模糊”→“高斯模糊”命令，选择半径为25像素，效果如下图所示。

(5) 选择“图像”→“调整”→“亮度/对比度”命令。调整亮度为15，对比度为20，效果如下图所示。

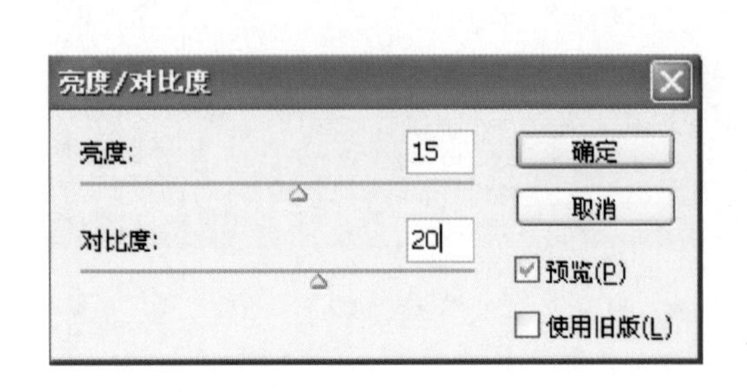

(6) 使用组合键Shift+Ctrl+Alt+E，盖印图层。自动生成图层1。调整图层为“柔光”，不透明度设

置为30%，最终效果如下图所示。

对人像照片进行艺术化处理

选取合成素材

在进行素材合成时，首先要有人物图像的创作思路，通过利用混合模式、蒙版等，把各种素材融合在一起，调整颜色，即形成所要创作的合成素材。

下图为需要合成的人像素材。

合成之前，想一下要表达什么主题，怎么去实现这个主题。结合上面人像图片，表达一个夕阳下伤感的景象，打开一张夕阳素材，如下图所示。

处理步骤如下。

（1）选择“文件”→“打开”命令，打开要处理的两幅素材，分别创建背景图层。

（2）选择工具箱中的“移动工具”将风景图片拖至人像图片中。选择“编辑”→“变换”→“缩放”命令，按住Shift键同时拖动鼠标，对风景图片进行放大与人像图片重合，效果如下图所示。

（3）调整风景图层的混合模式为“正片叠底”，效果如下图所示。

（4）使用组合键Shift+Ctrl+Alt+E，盖印图层。选择工具箱中的“仿制图章工具”，对人像的部分细节（如手臂、颈部及头发）细心修改，效果如下图所示。

变换背景色彩

变换背景色彩的具体处理步骤如下。

（1）选择“文件”→“打开”命令，打开要处理的素材，分别创建背景图层。

（2）使用工具箱中的“快速选择工具”对人物进行抠图，并且进行“边缘处理”，设置“输出到”为“新建带有图层蒙版的图层”，效果如下图所示。

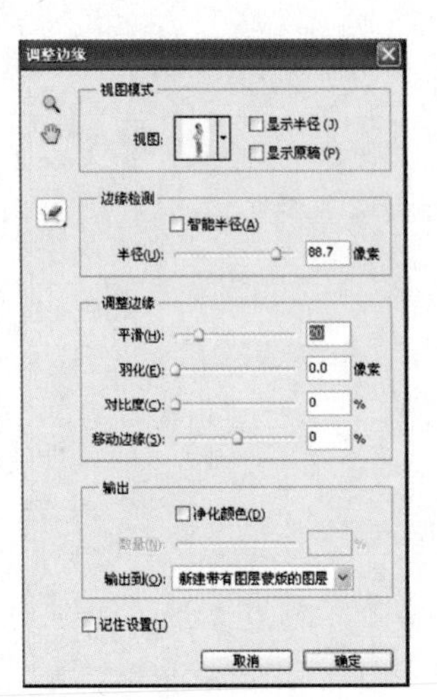

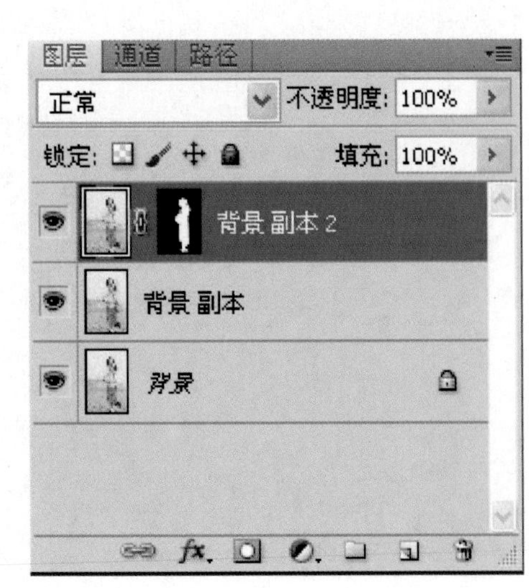

(3) 右键单击图层蒙版，选择“添加蒙版到选区”命令，对图像进行反向选择，效果如下图所示。

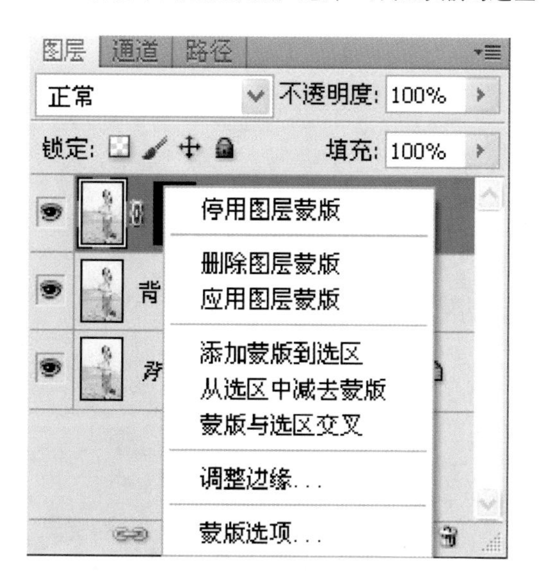

(4) 选择“图像”→“新建调整图层”→“可选颜色”命令，调整参数和效果如下图所示。

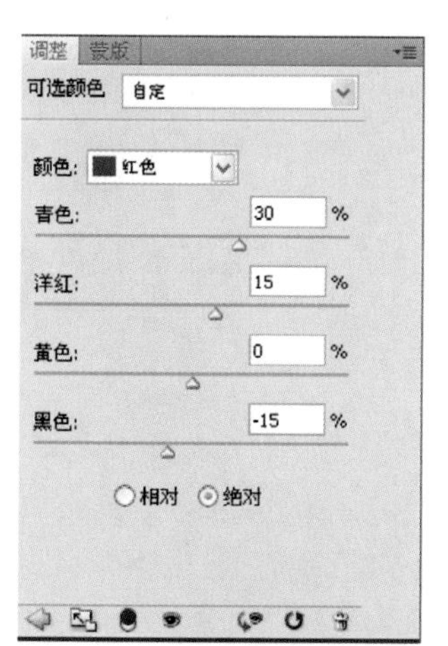

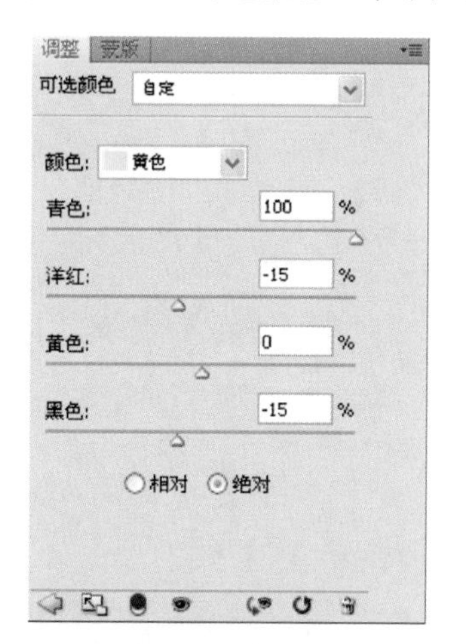

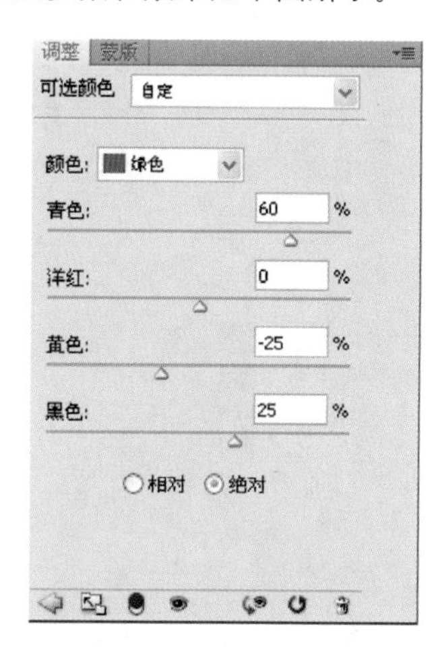

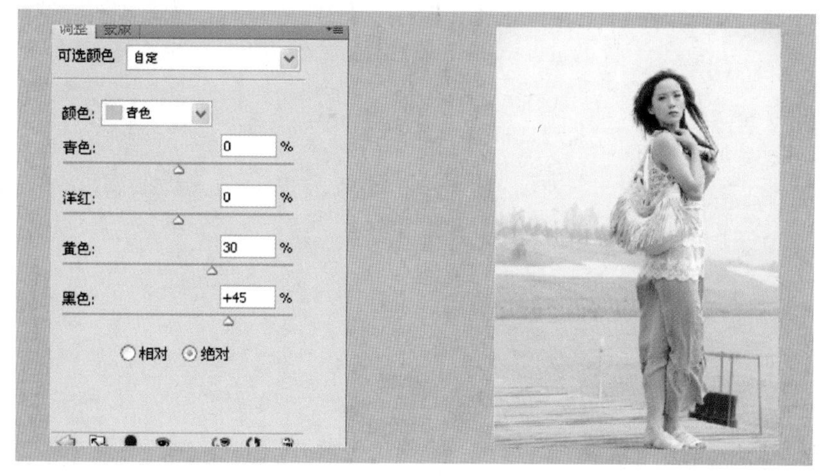

（5）选择“背景副本2”图层，再次选择“添加蒙版到选区”命令，对图像进行反向选择，选择“图像”→“新建调整图层”→“色阶”命令，效果如下图所示。

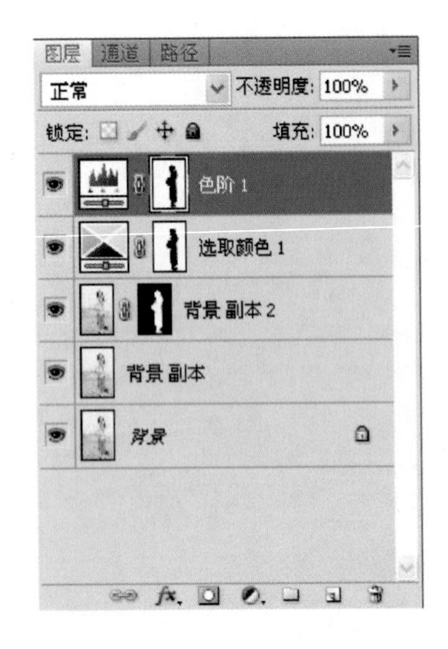

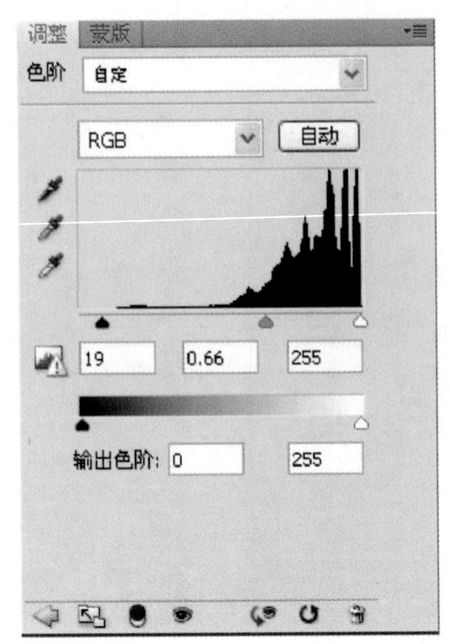

（6）对上一步处理的效果图的人物所站立的木板进行对比度的修改。选择工具箱中的“快速选择工具”，对木板建立选区。选择“图像”→“新建调整图层”→“亮度/对比度”命令，参数设置和最终的效果如下图所示。

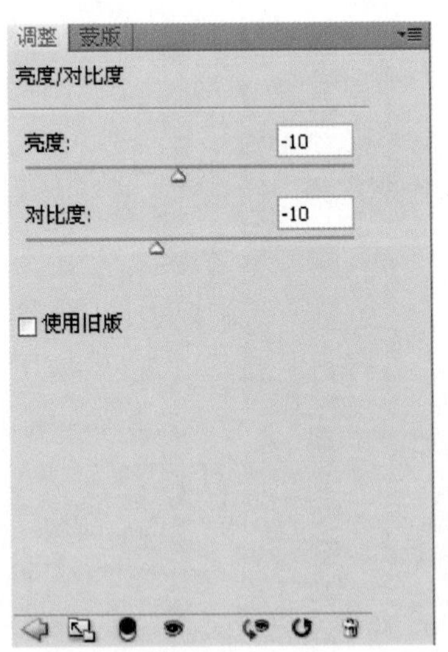

多种艺术化效果

对照片进行艺术化处理，既可以增加照片的色彩，也能突出照片的主题，本节运用Photoshop CS5图像处理软件，结合实例讲解对照片的艺术化处理。

1. 制作玻璃效果

制作玻璃效果，具体操作步骤如下。

(1) 选择“文件”→“打开”命令，打开要处理的素材，创建背景图层。

(2) 选择工具箱中的“矩形选框工具”，建立玻璃效果区域。

(3) 选择“滤镜”→“模糊”→“高斯模糊”命令，对选择区域进行模糊。

(4) 选择“滤镜”→“扭曲”→“玻璃”命令，对模糊区域添加玻璃效果。

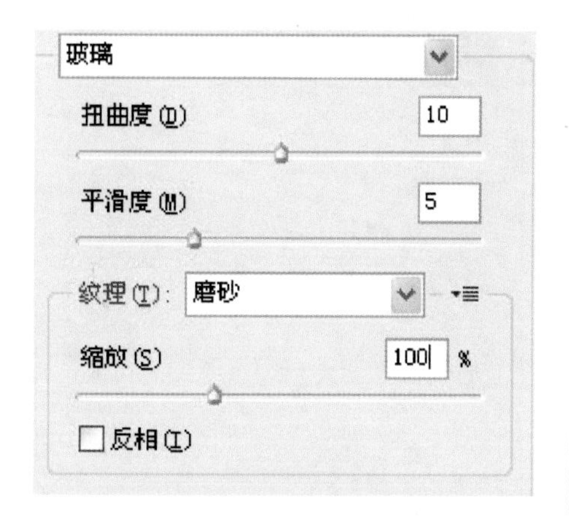

(5) 对玻璃效果区域再次进行选择，并再选择“玻璃”滤镜，使玻璃效果更加明显。

(6) 对玻璃的边界进行选择，如下图所示。

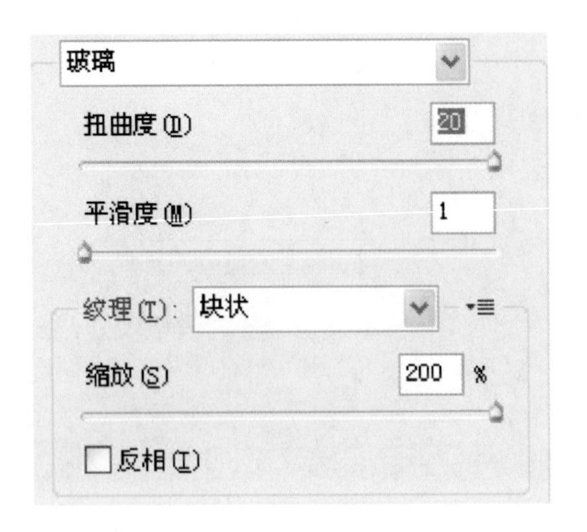

(7) 选择工具箱中的“渐变工具”。在其工具栏中单击“渐变编辑器”，制作灰白交接的渐变效果。对选区进行径向渐变，如下图所示。

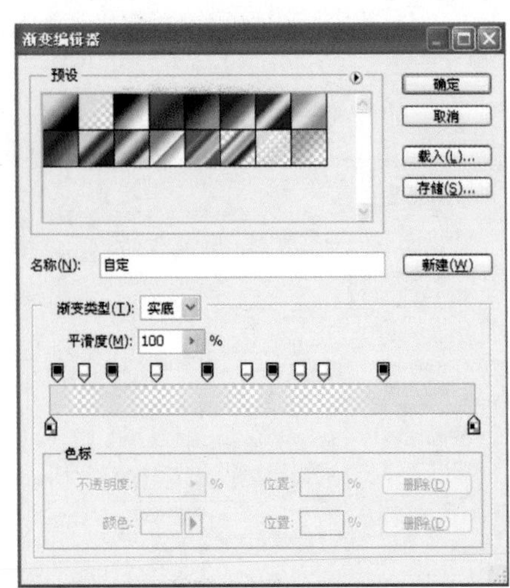

（8）最终效果如下图所示。

2.雾化效果

雾化效果的具体操作步骤如下。

（1）选择“文件”→“打开”命令，打开要处理的素材。

(2) 新建一图层，设置前景色/背景色分别为黑色/白色，选择“滤镜”→“渲染”→“云彩”命令。

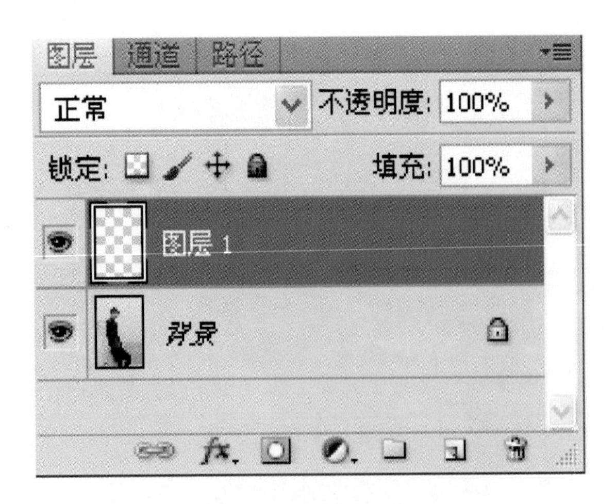

(3) 给图层1添加蒙版，再次选择“滤镜”→“渲染”→“云彩”命令。

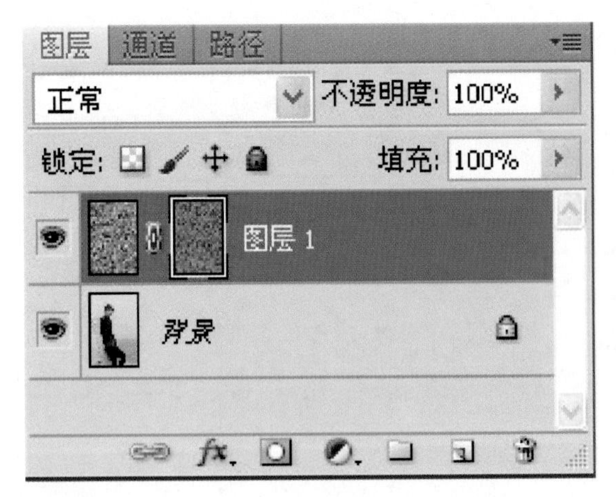

(4) 效果如右图所示。

（5）选择“图像”→“调整”→“亮度/对比度”命令，设置亮度为90，效果如下图所示。

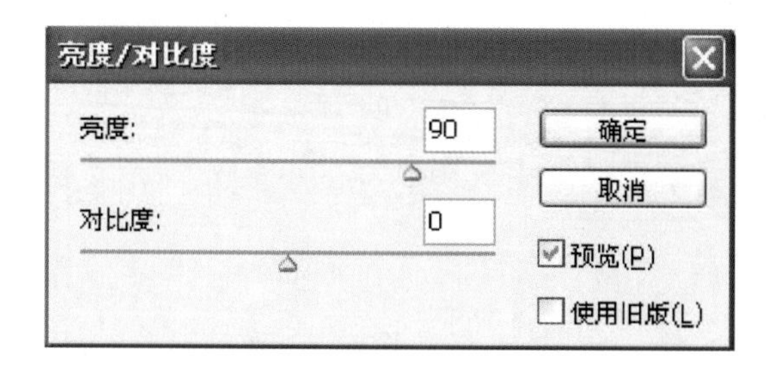

（6）设置图层1的图层模式为“滤色”，效果如下图所示。

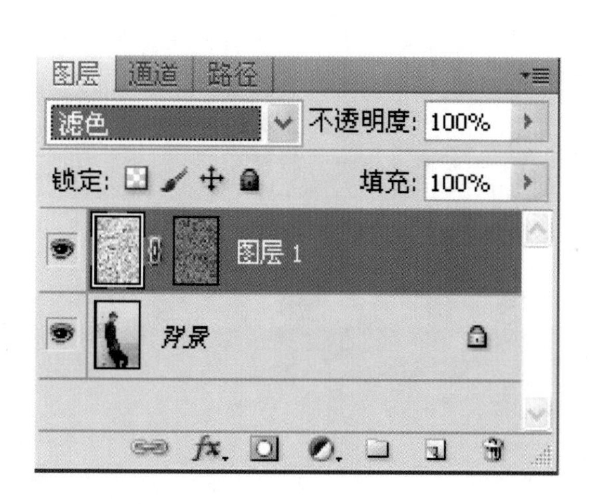

3. 制作胶片风格

制作胶片风格的具体操作步骤如下。

（1）选择“新建”→“文件”命令，制作胶片大小的图层。

（2）选择工具箱中的“油漆桶工具”，对图层进行填充；并通过标尺（快捷键Ctrl+R）为新建图层建立辅助参考线，如下图所示。

（3）建立图层1，选择工具箱中的“矩形选框工具”，建立矩形选区，如下图所示。

（4）创建图层1副本，并使用工具箱中的“移动工具”将图层1副本移动。将图层1和图层1副本进行合并，创建图层为“图层1副本”，如下图所示。

（5）重复第（4）步，最后效果如下图所示。

（6）新建图层，选择工具箱中的“矩形选框工具”，建立矩形选区；并使用“油漆桶工具”进行填充，如下图所示。

(7) 再次重复第 (4) 步, 效果如下图所示。

(8) 选择“文件”→“打开”命令, 打开所要处理的素材。

(9) 将素材拖至新建的文件中, 并选择“变换”→“缩放”命令, 如下图所示。

（10）将图层进行复制，分别放到其他的白色矩形区域，效果区域如下图所示。

（11）合并所有图层。选择“编辑”→“变换”→“变形”命令，在工具栏中选择“旗帜”方式进行调节，最终效果如下图所示。

第 8 章 风景照片的处理

随着科技的发展，人们可以越来越多地拍摄自己喜欢的风景。本章结合实例讲解对风景照片的色彩及光照的改变、拼接全景图、修复风光照片的瑕疵和对风光照片的艺术化处理。

改变风光照片的颜色和光照

调整色阶

在第6章详细地讲解了色阶的基础和色阶对人物图像的调整。本节通过调整色阶改变风光照片的颜色和光照。下图为处理前和处理后的效果图对比。

处理前

处理后

具体处理步骤如下。

（1）选择“文件”→“打开”命令，打开处理的图像素材。下图素材给人的第一感觉灰蒙蒙的，明显偏暗。

（2）选择“图像”→“调整”→“色阶”命令，打开“色阶”窗口。调整滑块，相对于素材图，处理后的图片通透性更好，如下图所示。

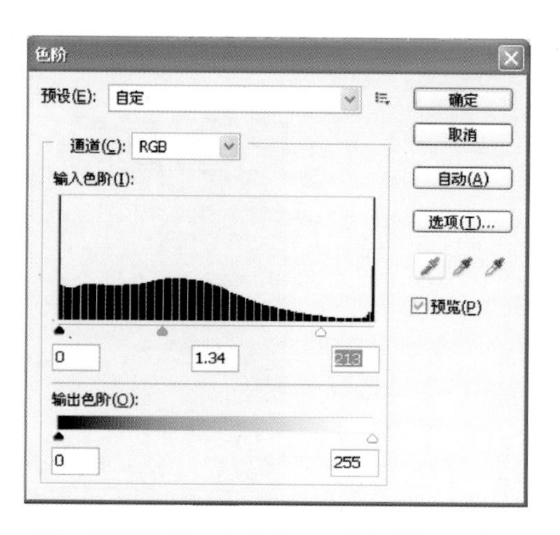

（3）继续选择“图像”→“调整”→“色阶”命令，分别对红色通道和蓝色通道进行调整，如下图所示。

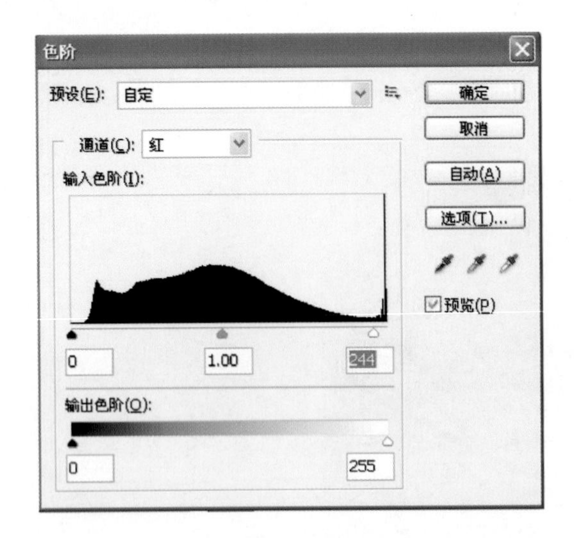

调整红色通道

调整后的效果图

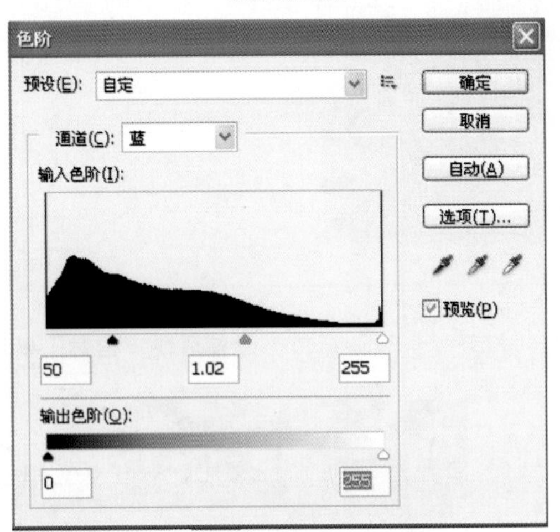

调整蓝色通道

调整后的效果

（4）照片的色彩已经发生相应的变化，选择“图像”→“调整”→“色相/饱和度”命令，调整参数如下图所示。

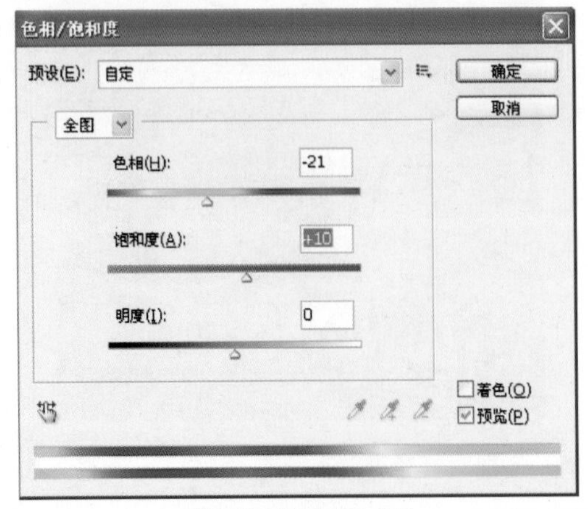

调整“色相/饱和度”参数

调整后的效果图

(5) 选择"滤镜"→"锐化"→"USM锐化"命令，设置数量为110%，半径为0.5像素，参数设置及最后效果如下图所示。

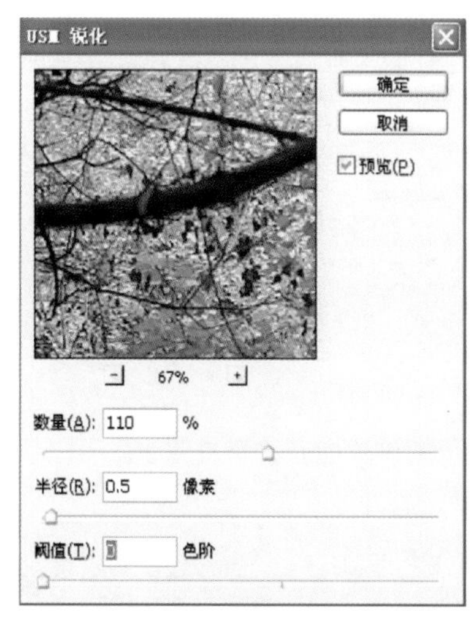

调整"USM锐化"

调整后的效果图

最后效果图

调整曲线

在Photoshop中，对于一幅图像而言，单独改变某个通道的曲线，会造成色偏。增加红色就偏红，增加绿色就偏绿，增加蓝色就偏蓝；减少红色图像将偏青，减少绿色图像偏粉红，减少蓝色图像偏黄。

结合下面的实例讲解通过曲线来改变图片的颜色和光照。下图为处理前和处理后的效果对比图。

处理前

具体处理步骤如下。

(1) 选择“文件”→“打开”命令，打开所要处理的素材，将下面的照片调整为黄昏效果。

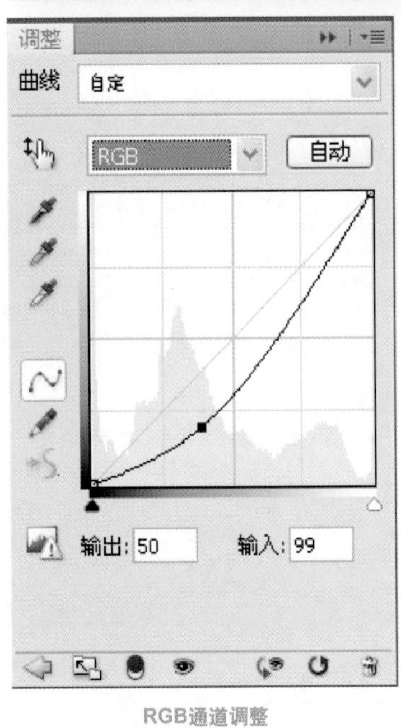

RGB通道调整

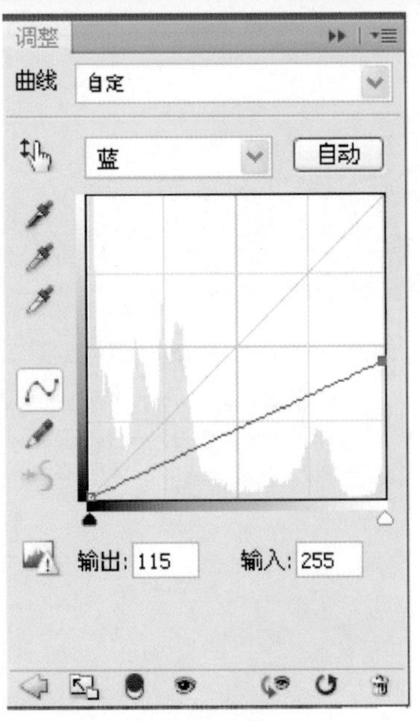

蓝色通道调整

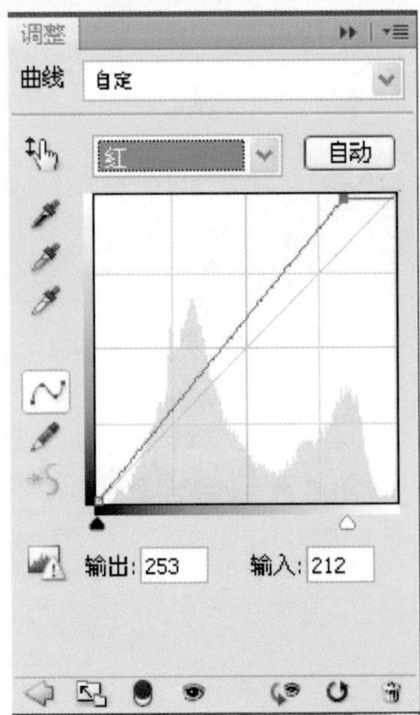

红色通道调整

（2）创建背景副本图层，选择“图像”→“新建调整图层”→“曲线”命令，若调整为黄昏效果，则图片不能太过明亮，也要增加红色，减少蓝色，效果如下图所示。

（3）通过上面的调节，已经有了大致的黄昏轮廓，但是丢失了很多细节，如湖面、马路和远处的树。要将湖面、马路和远处的树的颜色进行恢复。打开“调整”面板，再次对曲线进行调整。

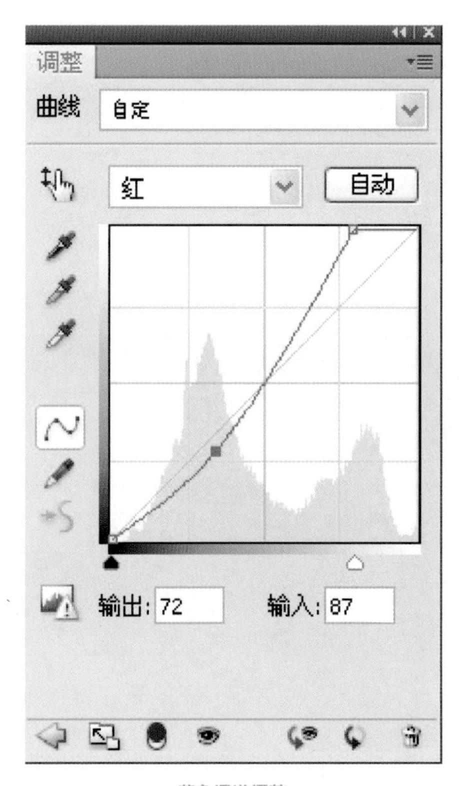

蓝色通道调整

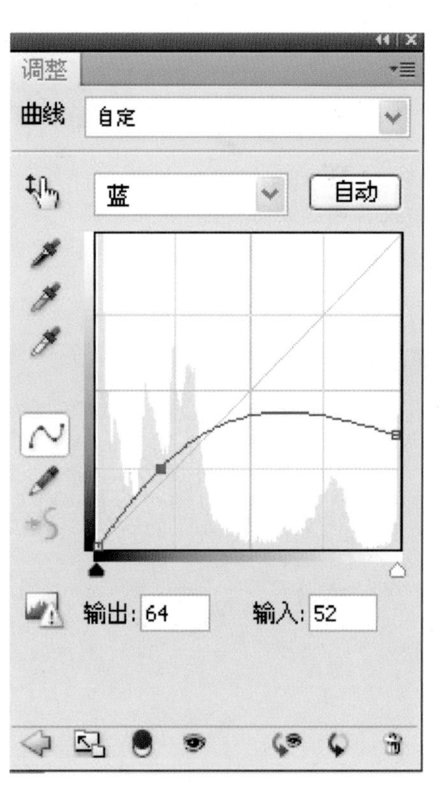

红色通道调整

最终效果如下图所示。

调整饱和度

调整饱和度可以调整图像的颜色和颜色饱和度。本节结合实例运用“饱和度”命令调整图像的颜色和明暗度。

下图为处理前和处理后的效果对比图。

处理前

处理后

具体处理步骤如下。

（1）选择“文件”→“打开”命令，打开所要处理的素材。

（2）选择“图像”→“调节”→“色相/饱和度”命令。打开“色相/饱和度”对话框，分别有对“全图”、“红色”、“黄色”、“绿色”、“青色”、“蓝色”及“洋红”的饱和度的调整。

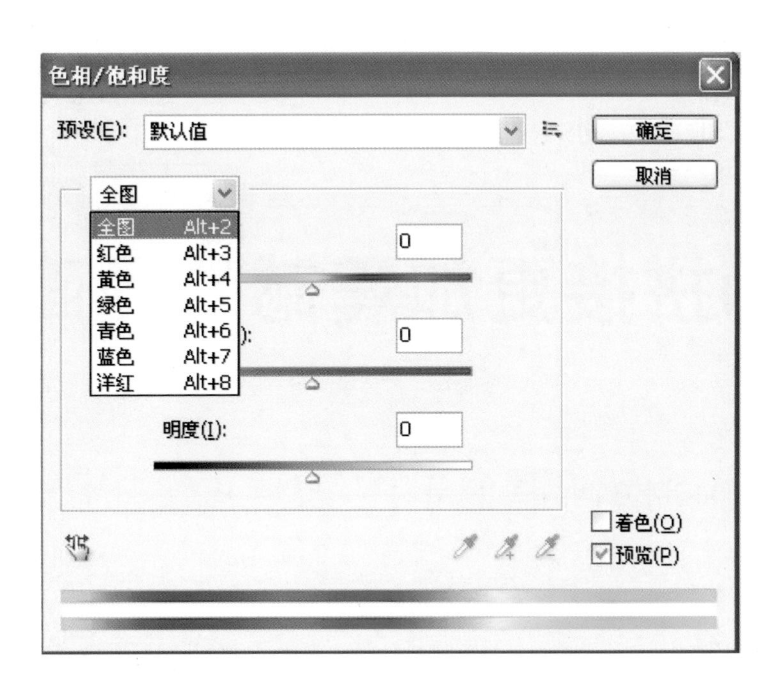

(3) 选择“黄色”，调整饱和度为60，效果如下图所示。

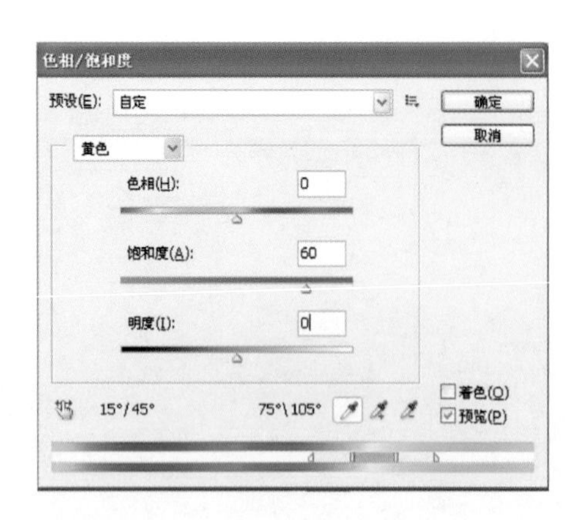

(4) 使用工具箱中的“魔棒工具”选择图中的鸟和水面的漂浮物。再次选择“图像”→“调节”→“色相/饱和度”命令，调整明度为15，效果如下图所示。

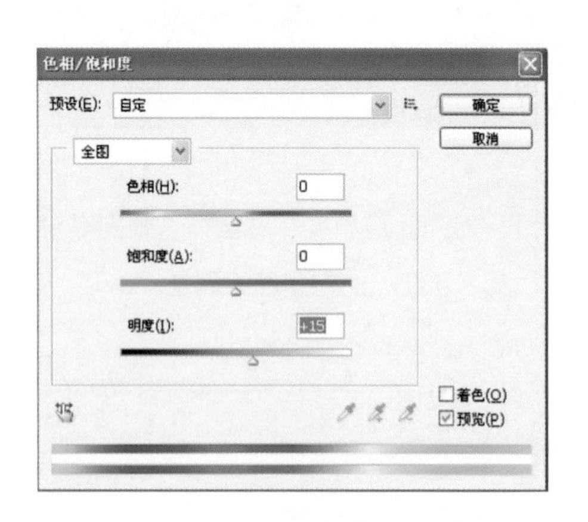

裁剪和拼接更加震撼的画面构图

使用Photomerge创建全景图

在Photoshop中，Photomerge命令可以将多个照片组合成一个连续的图像。在文件菜单下的自动中打开Photomerge，弹出“Photomerge”窗口，选择源文件中的使用“文件”或“文件夹”，选取要合成的图

像。在“Photomerge”窗口中设置包括“自动”、“透视”、“圆柱”、“球面”、“拼接”和“调整位置”6种版面。

“自动”：分析源图像并应用“透视”、“圆柱”和“球面”版面，选择哪一种拼接能够生成更好的全景图。

“透视”：将源图像中的其中一个图像（默认为中间的图像）指定为参考图像来创建一致的复合全景图像。

“圆柱”：在展开的圆柱上显示各个源图像，将源图像居中放置。这最适合创建宽大的全景图。

“球面”：对齐并且变形图像，若拍摄360°的影像，使用此命令可以产生360°的全景图。

“拼接”：该模式自动拼接，合成全景图。

“调整位置”：对齐图层并匹配重叠内容，但不变换（伸展或斜切）任何源图像。

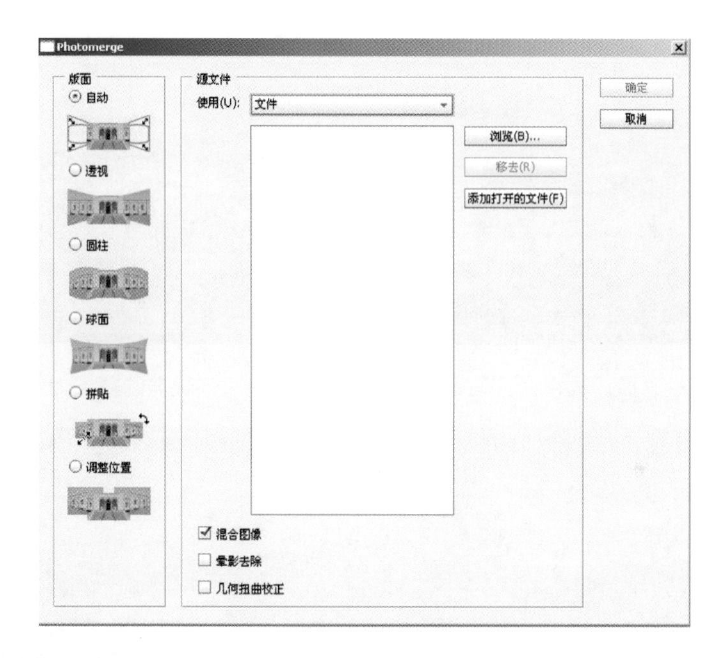

具体处理步骤如下所示。

（1）打开Photoshop CS5，选择“文件”→“自动”→“Photomerge”命令，选择文件，如下图所示。

（2）在“版面”栏选择“自动”，不勾选“任何附加效果”选项，未裁剪的效果如下图所示。

（3）在“版面”栏选择“自动”，勾选“任何附加效果”选项，未裁剪的效果如下图所示。

（4）在“版面”栏选择“透视”，勾选“混合图像”选项，未裁剪的效果如下图所示。

（5）在“版面”栏选择“圆柱”，勾选“混合图像”选项，未裁剪的效果如下图所示。

(6) 在“版面”栏选择“球面”，勾选“混合图像”选项，未裁剪的效果如下图所示。

(7) 在“版面”栏选择“拼贴”，勾选“混合图像”选项，未裁剪的效果如下图所示。

(8) 在“版面”栏选择“调整位置”，勾选“混合图像”选项，未裁剪的效果如下图所示。

拍摄用于合成全景图的照片

拍摄用于合成全景图的照片——源文件在全景图合成图像中起着重要的作用。为了避免出现问题，拍摄应注意以下几点。

（1）相机的焦距要一致。不要使用相机的缩放功能。

（2）保持相机的水平高度要一致。建议拍摄使用三脚架，使相机的水平高度一致，不会有倾斜。若是倾斜，则会在照片的自动拼接全景图的过程中出现错误。

（3）保持相机的位置一致。和（2）一样，在拍摄过程中，保持相机的视点是一样的，如果拍摄的视点不一致，则可能会破坏图像的连续性。

（4）保持一致的曝光率。不要在某些照片中使用闪光灯，而在另外的照片中不使用闪光灯。虽然Photomerge有助于消除不同的曝光度，但很难使差别极大的曝光度一致。在拍摄前一定要检查相机的设置，确保相机拍摄的曝光率一致。

（5）不要使用扭曲类镜头。有些特殊的镜头（如超广角镜头）拍摄的照片会干扰Photomerge。

（6）照片能充分地重叠。拍摄的照片要能充分重叠，照片之间一般能重叠15%～40%，如果重叠区域较小，则Photomerge可能无法自动汇集全景图，但也不要重叠得过多。如果图像的重叠程度过大，则可能很难处理，处理的全景图效果也不好。

创建合成图像

创建合成图像具体操作步骤如下。

（1）选择“文件”→“自动”→“Photomerge”命令，选择要处理的素材，如下图所示。

素材一

素材二

素材三

（2）在版面中选择“自动”，并勾选“混合图像”选项，选择确定，Photomerge自动处理为全景图，效果如下图所示。

（3）对图片进行裁剪，最终全景如下图所示。

快速修复风光照片上的瑕疵

在对风光的拍摄过程中，可能有一张照片照得很好，风景也很不错，可却在某些地方偏偏有一些小小的瑕疵，显得美中不足，在对图像的后期处理中，通过Photoshop图像处理软件去除照片上的瑕疵。

除去风光照片上的污点

1．仿制图章工具

在Photoshop中，通常使用“仿制图章工具”去除风光照片上的污点，按住Alt键，在污点周围单击选区相似的色彩，再在污点处进行覆盖。需要注意的是，不同的笔刷直径和笔刷硬度会影响覆盖边缘的过渡效果。

（1）启动Photoshop CS5，选择“文件”→“打开”命令，打开要处理的素材。

（2）使用工具箱中的“仿制图章工具”，处理后的效果图如下。

2. 污点修复画笔工具

“污点修复画笔工具”和“仿制图章工具”类似。不同之处是，“仿制图章工具”是将定义点全部复制，而“修复画笔工具”会加入目标点的纹理、阴影及光等因素。

（1）选择“文件”→“打开”命令，打开要处理的素材。

（2）使用工具箱中的“污点修复画笔工具”，效果图如下所示。

修复曝光不足的风光照片

很多摄影朋友都遇到过因光线不佳，导致拍摄出来的照片整体曝光不足。本小节介绍通过Photoshop图像处理软件对曝光不足的风光照片的修复方法。

1．曲线处理

通过“曲线修复”曝光不足的照片是最常用的方法，但调整时要仔细，过亮很容易失去细节。

（1）选择“文件”→“打开”命令，打开要处理的素材。

（2）选择“图像”→“调整”→“曲线”命令，打开“曲线”窗口，调整如下图所示。

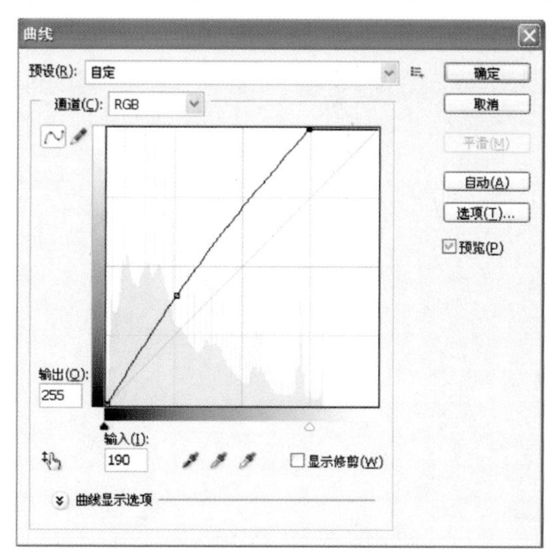

调整后的效果如下图所示。

2．柔光处理

柔光处理的具体操作步骤如下。

（1）选择“文件”→“打开”命令，打开要处理的素材。

（2）新建图层1，使用工具箱中的“油漆桶工具”，设置前景色为白色，对图层1进行填充。

（3）调整图层1的混合模式为“柔光”，设置不透明度为70%，效果如下图所示。

最后效果图如下图所示。

对风光照片进行艺术化处理

制作动感效果

在Photoshop CS5中，可以通过“动感模糊”滤镜来给照片增加动感效果，辅助使用快速蒙版和透明度配合动感模糊滤镜调整局部的动感效果，具体处理步骤如下。

（1）选择“文件”→“打开”命令，打开所要处理的素材。

（2）创建背景副本图层，单击工具箱中的“以快速蒙版编辑”按钮，再使用工具箱中的“画笔工具”，对要进行公共模糊的部分进行涂抹，效果图如下所示。

（3）单击工具箱中的“以标准模式编辑”按钮，退出快速蒙版编辑状态，再进行反选，效果图如下所示。

(4) 选择“滤镜”→“模糊”→“动感模糊”命令，打开“动感模糊”窗口，根据图中狗的运动方向设置角度为-6°，距离为70像素，效果图如下所示。

“动感模糊”设置

效果图

(5) 选择工具箱中的“橡皮擦工具”，处理一些丢失的细节。背景图层副本的透明度调整为90%，最终效果图如下所示。

模仿风雪天气效果

在Photoshop中，可以通过“风”、“点状化”、“动感模糊”和“云彩”4个滤镜来模仿风雪天气效果，具体处理步骤如下。

（1）选择“文件”→“打开”命令，打开所要处理的素材。

（2）创建背景副本图层，选择“滤镜”→“像素化”→“点状化”命令，打开“点状化”窗口，设置单元格大小为20，效果图如下所示。

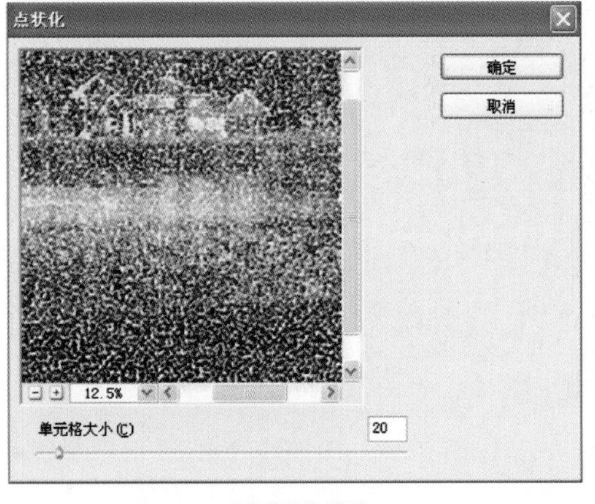

“点状化”设置

效果图

（3）选择“滤镜”→“模糊”→“动感模糊”命令，打开“动感模糊”窗口，设置角度为50°，距离为80像素，效果图如下图所示。

“动感模糊”设置

效果图

（4）上面效果图中已经有雪的效果，但是对建筑物并没有风吹的效果，下面选择“滤镜”→“风格化”→“风”命令，设置方法为风，方向向右，效果图如下所示。

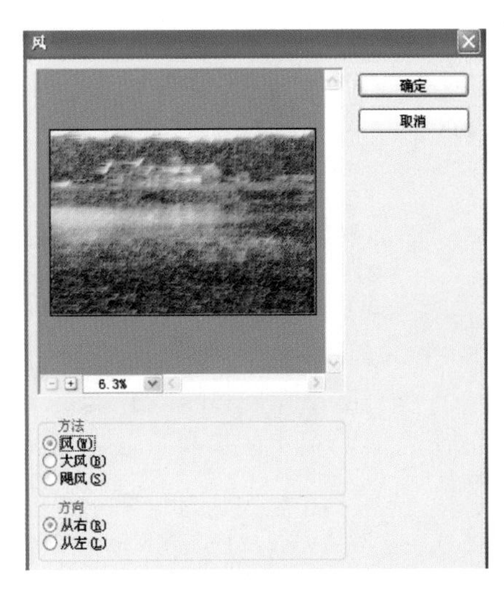

“风”设置

效果图

（5）调整其透明度为80%，最终效果图如下所示。

为照片增加光照效果

为照片增加光照效果的具体操作步骤如下。

（1）选择“文件”→“打开”命令，打开所要处理的素材。

(2) 复制背景图层，选择“滤镜”→“渲染”→“光照效果”命令，打开“光照效果”窗口，分别创建平行光和全光源效果，调整参数，效果图如下所示。

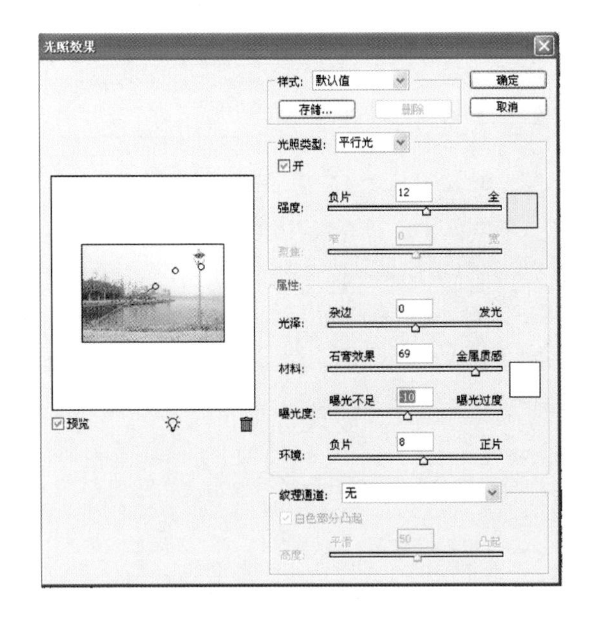

“平行光”设置

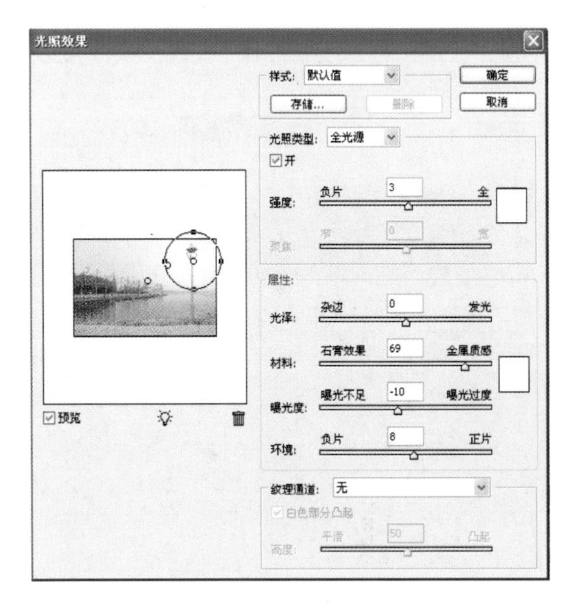

“全光源”设置

(3) 新建一图层，使用工具箱中的“填充工具”，填充为黑色。

(4) 选择“滤镜”→“渲染”→“镜头光晕”命令，打开“镜头光晕”窗口，设置亮度为130，类型为105mm聚焦，效果图如下所示。

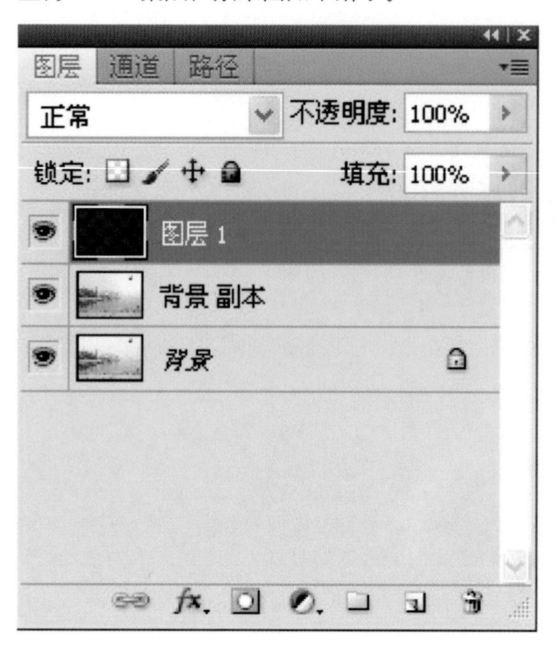

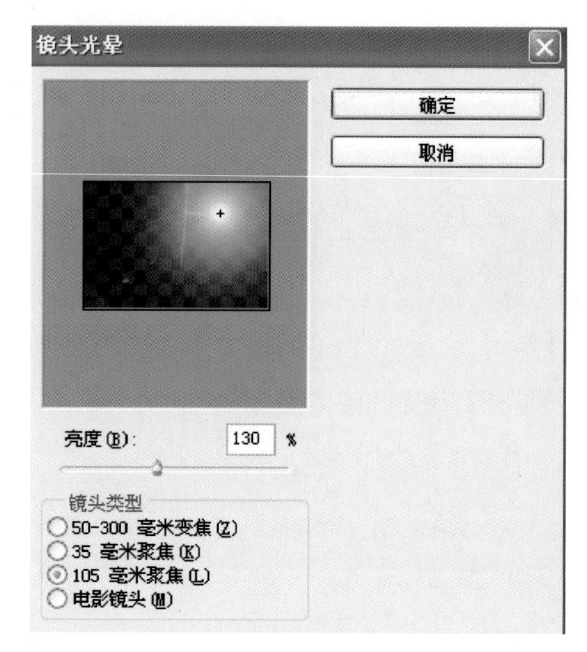

调整镜头光晕的聚焦位置

效果图

(5) 选择“图层”→“新建调整图层”→“曲线”命令，调整曲线。

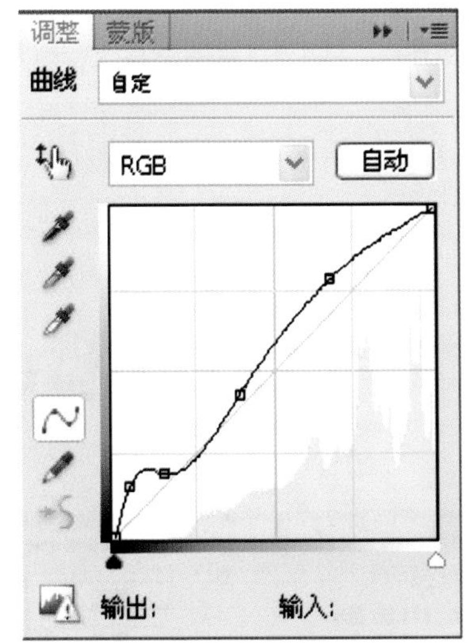

调整曲线使照片阴影部分变明亮

效果图

(6) 调整图像饱和度，直至满意为止，最终效果如下图所示。

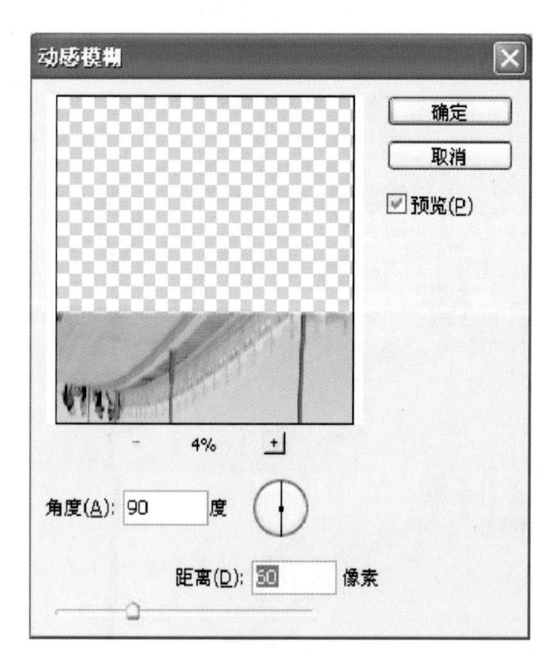

（7）选择“滤镜”→“扭曲”→“波纹”命令，弹出“波纹”窗口，设置数量为200，大小为“中”，产生波纹效果，效果图如下所示。

（8）选择工具箱中的“椭圆选区工具”，在图层1中选取几个大小不一的椭圆区域，如下图所示。

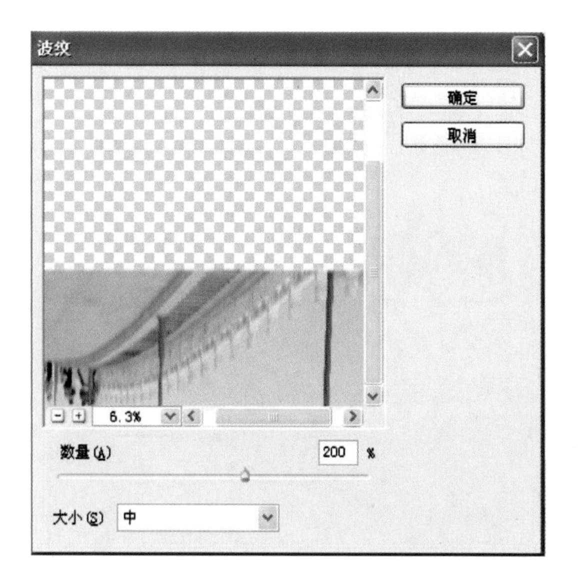

(9) 选择“滤镜”→“扭曲”→“水波”命令，弹出“水波”对话框，设置“数量”为100，“起伏”为13，“样式”为“围绕中心”（参数设置可根据选区调整），如下图所示。

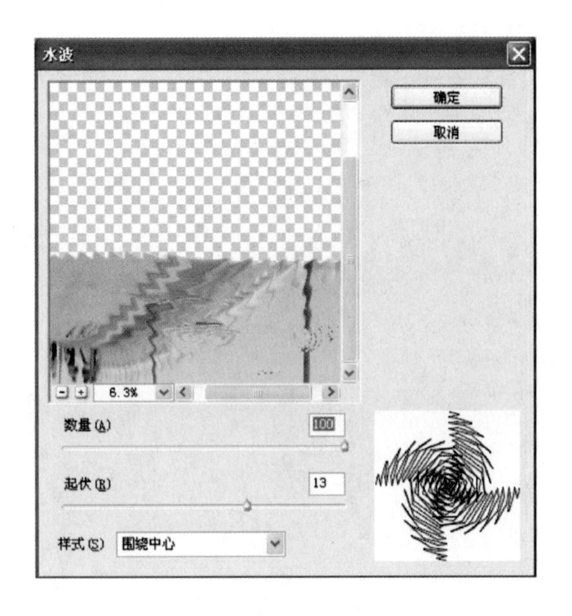

（10）使用快捷键Shift+Ctrl+Alt+E，盖印图层，选择工具箱中的“加深工具”，在图层1和背景副本图层交界处进行加深。调整图片的亮度和饱和度，最终效果如下图所示。

第9章 图像的合成处理与特殊效果

Photoshop的合成处理功能与特殊效果在图像处理中占有非常重要的地位，制作广告海报、壁纸等平面设计作品都运用到合成处理功能和特殊效果，每一位优秀的设计师都应该熟练掌握。

合成处理

本节通过Photoshop CS5图像处理软件讲解多种抠图技法。

使用魔棒工具

使用“魔棒工具”是最直观一种方法，当背景单一或所抠选的图像与其他色差大时，可以通过“魔术棒工具”进行抠图，效果图如右所示。

使用“魔棒”工具在所要选取的地方进行选择，按住快捷键Shift，同时用鼠标选择是增加选择的选区；按住快捷键Ctrl，同时用鼠标选择是减少选区。

其抠图具体操作步骤如下。

(1) 选择“文件”→“打开”命令，打开要处理的图片素材。

(2) 选择工具箱中的“魔棒工具”。

(3) 在魔棒工具条中，调整容差值。用魔术棒单击背景色，会出现虚框围住背景色。

(4) 如果对选区满意，使用复制、粘贴或工具箱中的“移动”按钮，就会得到单一图像。

使用磁性套索工具

使用“磁性套索工具”可以方便、快捷及准确地进行抠图，当所要抠选的图像边缘清晰时，可以通过“磁性套索工具”进行抠图，“磁性套索工具”会自动识别并贴在图像边缘，效果图如下所示。

其抠图具体操作步骤如下：

（1）选择“文件”→“打开”命令，打开要处理的图片素材。

（2）选择工具箱的“套索工具”中的“磁性套索工具”。在图中放置界点，整个套索封闭后，即完成抠图。

钢笔工具

使用“钢笔工具”是最精确的抠图方法，当图像的边界复杂，要求精度高时，可以使用“钢笔工具”进行抠图，效果图如下图所示。

其具体操作步骤如下：

（1）选择“文件”→“打开”命令，打开要处理的图片素材。

（2）选择工具箱中的“钢笔工具”，对图像进行勾选，当封闭后即完成抠图。

蒙版抠图

蒙版抠图也是直接方便的抠图方法之一，效果图如下所示。

其抠图步骤如下：

（1）选择“文件”→“打开”命令，打开要处理的图片素材。

（2）单击工具箱中的 “以快速蒙版模式编辑”按钮，并选择“画笔工具”，在所要选择区域进行细心涂抹，直到满意为止。

（3）单击工具箱中的“以标准模式编辑”按钮，即可得到选区。

接片

所谓接片，就是由于相机拍摄的每幅画面的幅面是有限的，便将所要拍摄的景物分解成若干幅画面分别进行拍摄，每次拍摄其中的一部分，并且调整反差、焦距及色彩以达到统一，通过后期的制作，将各个部分拼接在一起。

接片的素材准备

在给图像进行拼接之前，要对各个图像进行简单的处理，用色阶或曲线将每幅照片的曝光量尽量统一。

接片的方法

接片的方法有很多种，一般分为两大类：自动拼接和手工拼接。自动拼接主要是通过软件自动完成照片的拼接。本小节主要介绍通过Photoshop CS5进行照片拼接的步骤。

（1）选择“文件”→“打开”命令， 打开要拼接的图片，将各个图缩小，用色阶或曲线将图片的曝光量尽量统一。

（2）选择“文件”→“新建”命令，新建一文件，其宽度和高度根据接片的数量和大小而定；设置其背景色为白色。

（3）使用工具箱中的 “移动工具”将素材按顺序拖到新建的背景文件中。

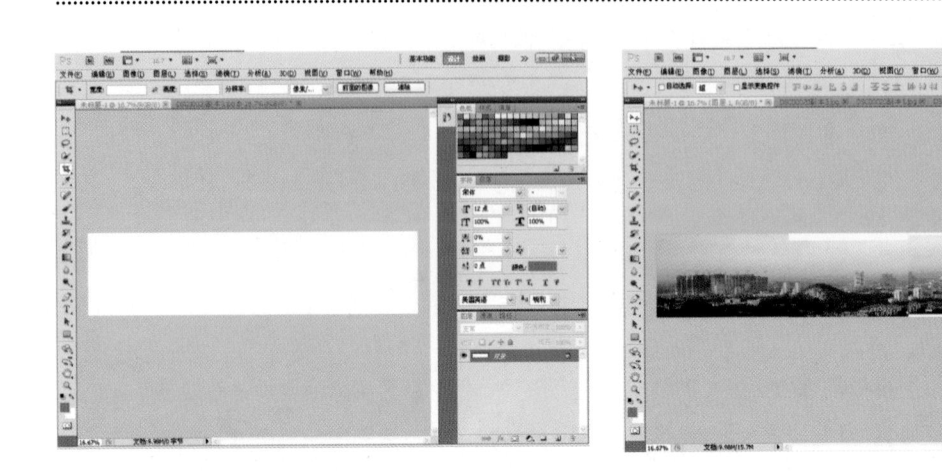

（4）将背景层放大，将图层1和图层3的不透明度设为50%，可以方便看到图层2，用工具箱的“移动工具”移动图层2，使该图层的某一点与图层1的此点完全重合。

（5）再将图层1的不透明度改为100%。若两个片子的重合处太多，可将多余的重合处裁掉，只留下约1cm的重合边就行了。

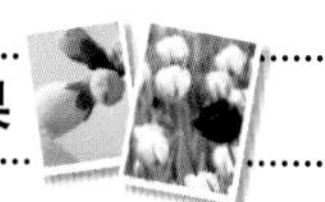

（6）对拼接后的图片进行裁剪，效果如下图所示。

（7）合并图层如下图所示。

（8）最后对整体图像进行调整，最终效果如下图所示。

特殊效果

对图像进行后期的特殊处理，可以增加照片的韵味和意境。本小节主要讲解对图像进行一系列的特殊处理，使图像更加完美。

黑白怀旧效果

通过Photoshop CS5给图像进行黑白怀旧效果的处理是非常简单的。右图为处理前和处理后的照片对比。

其处理步骤如下：

(1) 选择“文件”→“打开”命令，打开要处理的图片素材。首先将图片进行黑白处理，选择“图像”→“调整”→“黑白”命令，将照片处理成黑白照片，如下图所示。

处理前

处理后

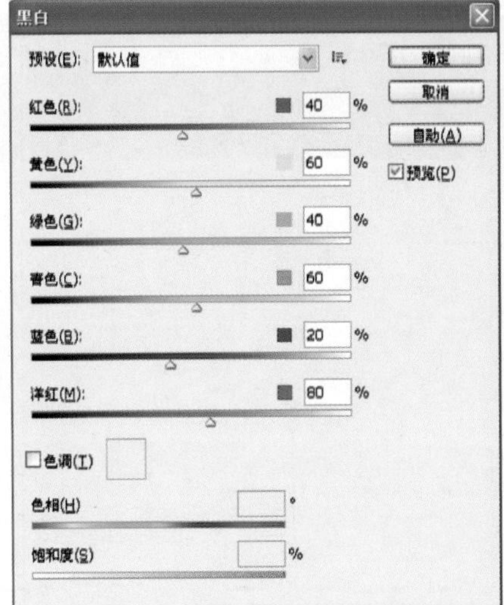

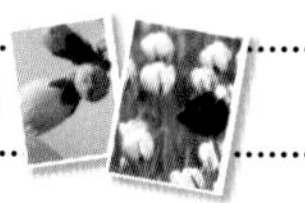

(2) 选择“图像”→“调整”→“色彩平衡”命令，将照片调整为发黄色，其参数设置及效果图如下图所示。

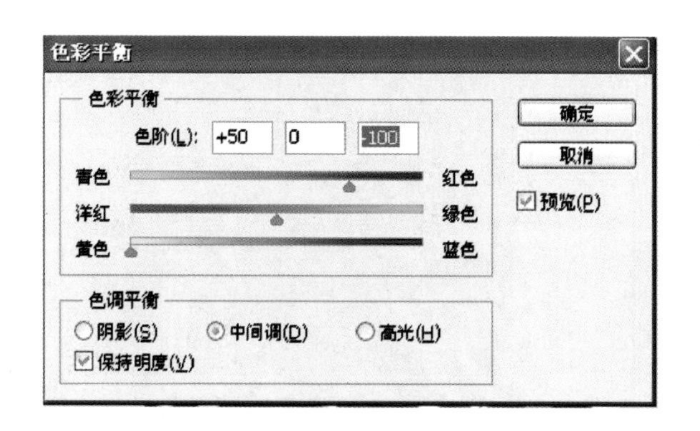

(3) 选择“滤镜”→“杂色”→“添加杂色”命令。参数设置为“高斯分布”，“单色”，参数设置及效果图如下所示。

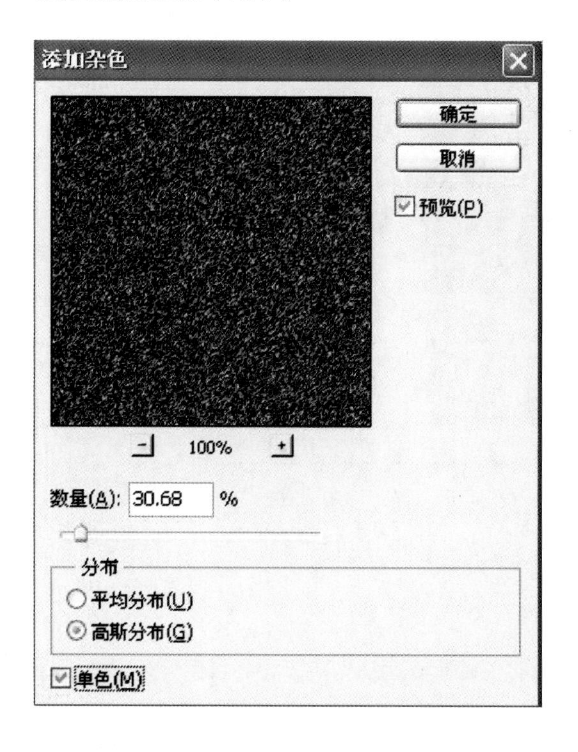

(4) 选择“滤镜”→“纹理”→“颗粒”命令。调整强度和对比度，颗粒类型设置为垂直，参数设置及效果图如下所示。

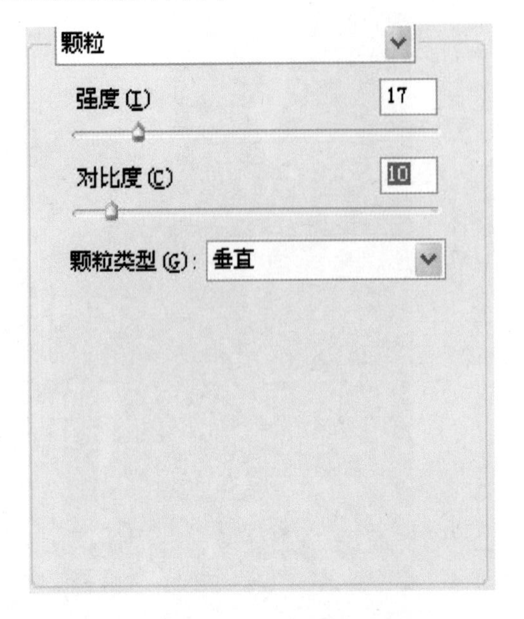

(5) 选择“图像”→“调整”→“曲线”命令。调整照片的合适亮度，最终效果图如下所示。

木刻版画效果

对图片进行木刻版画效果的处理，其要求就是图片的线条轮廓要明确，所以首先将图像处理成清晰

的线条轮廓。下图为处理前和处理后的照片对比。

处理前

处理后

其处理步骤如下：

（1）选择“文件”→“打开”命令，打开所要处理的图片素材。

（2）选择“滤镜”→“风格化”→“查找边缘”命令，可以将图像处理为“轮廓模式”，如下图所示。

（3）从上图中可以发现，虽然任务的线条轮廓明显地勾勒出来，但是图像中还是有明显的细节部分。因此，通过“通道”调板将图像轮廓进一步清晰化，消除更多细节。打开“通道”调板，一次查看红、绿、蓝通道，选择一个轮廓清晰、细节相对较少的通道，如下图所示，绿色通道图像轮廓更为清晰，即选择绿色通道做进一步处理。

（4）选择“图像”→“调整”→“色调分离”命令，使人物更加突出，细节更少，参数设置及效果图如下图所示。

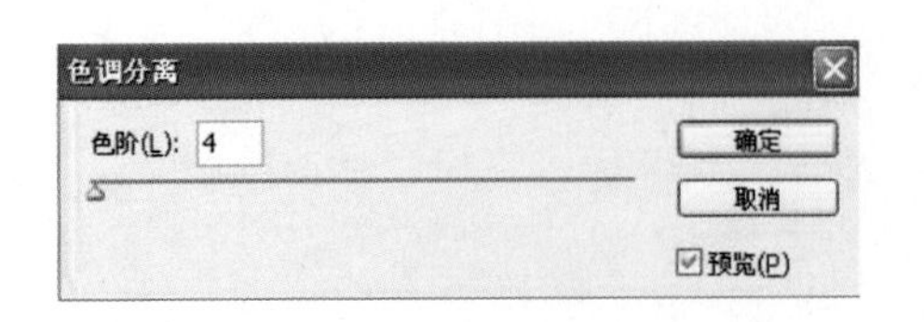

（5）以上处理已将图像处理得差不多，使用工具箱中的“橡皮擦工具”将图像周围的的杂色再次进行清理，如下图所示。

（6）将图像进行描边处理，使用工具箱中的“矩形选择工具”，选择“编辑”→“描边”命令，参数设置及效果图如下图所示。

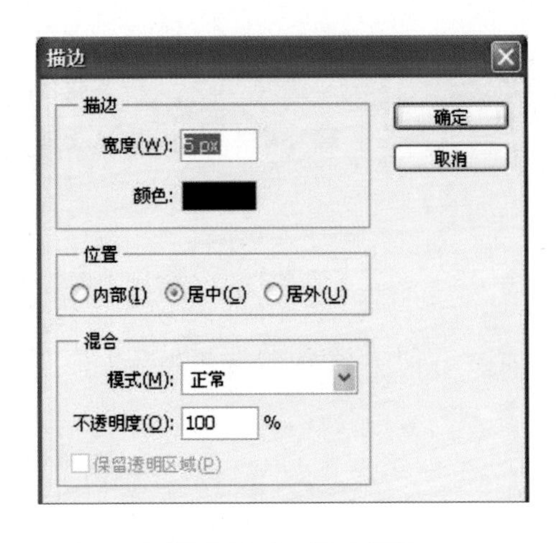

(7) 将图像进行保存，为下一步的“载入”做准备，其格式必须为.psd，其他格式将无法载入。

(8) 选择“文件”→“打开”命令，打开“木纹”素材，如下图所示。

(9) 选择“编辑”→“定义图案”命令，将木纹定义为图案。

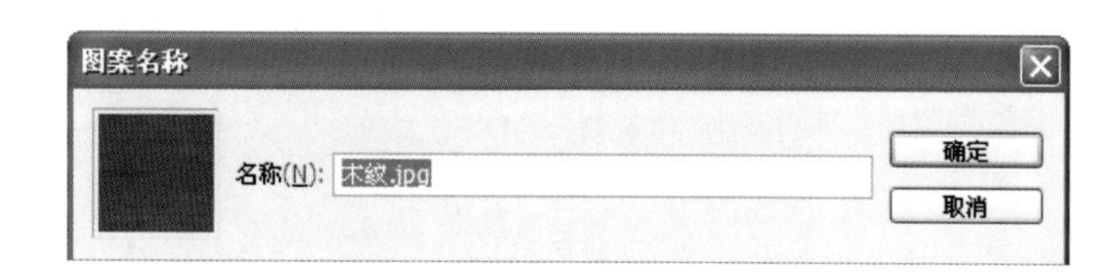

(10) 选择“文件”→“新建”命令，新建和目标图片一样像素的图片，用工具箱中的“油漆桶工具”进行填充，如下图所示。

(11) 选择“滤镜”→“纹理”→“纹理化”命令。弹出“纹理化”对话框，在“纹理”下拉列表框旁选择“载入纹理”命令，打开“载入纹理”对话框，调整参数，光照效果为左，设置如下图所示。

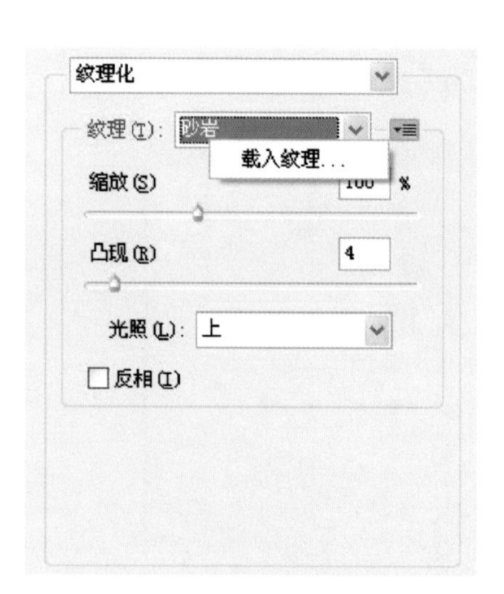

(12) 最后效果如下图所示。

各种绘画效果

在Photoshop CS5中，可以通过滤镜来调整各种绘画效果。下面通过实例来讲解“壁画效果”、“水彩效果”和“油画效果”。

1．壁画效果

通过Photoshop CS5中的滤镜可以将图片直接处理成壁画效果，具体操作步骤如下所示。

（1）选择“文件”→“打开”命令，打开要处理的图片素材。

（2）选择“滤镜”→“艺术效果”→“壁画”命令，弹出下图所示的对话框。

通过调整“画笔大小”、“画笔细节”和“纹理”3个参数来调整图像，以达到预期的画面效果。

2. 水彩效果

同上面一样，水彩效果也可以通过Photoshop CS5中的滤镜将图片直接处理，具体步骤如下所示。

（1）选择“文件”→“打开”命令，打开要处理的图片素材。

（2）选择“滤镜”→“艺术效果”→“水彩”命令，弹出对话框。根据需要的图像效果对各项参数进行调整。

3. 油画效果

将图像处理成油画效果步骤很简单，具体操作步骤如下所示。

（1）选择“文件”→“打开”命令，打开要处理的图片素材。

（2）选择“滤镜”→“模糊”→“高斯模糊”命令，弹出对话框，并对图像进行调整。

（3）选择“滤镜”→“彩块化”命令。

（4）选择“滤镜”→“纹理”→“纹理化”命令，弹出对话框。对图像进行调整。

立体浮雕效果

制作立体浮雕效果的具体操作步骤如下所示。

（1）选择“文件”→“打开”命令，打开一幅图片素材。

（2）选择“滤镜”→“艺术效果”→“浮雕效果”命令，弹出“浮雕效果”对话框，单击“确定”按钮后的效果图如下所示。

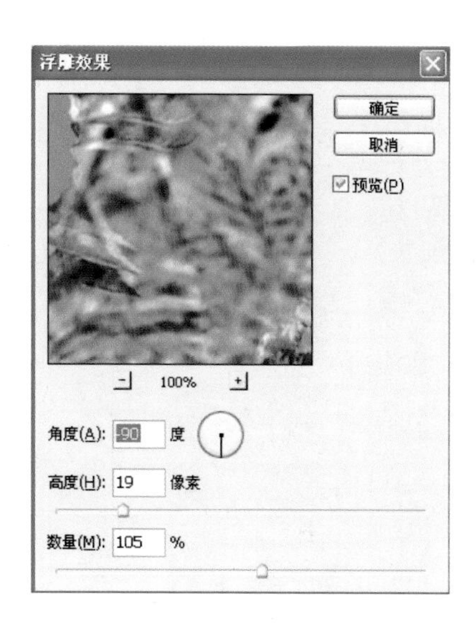

（3）打开“图层”→“图层样式”命令，弹出“图层样式”对话框，选择“斜面和浮雕”，设置如左下图所示。

最后效果图如右下图所示。

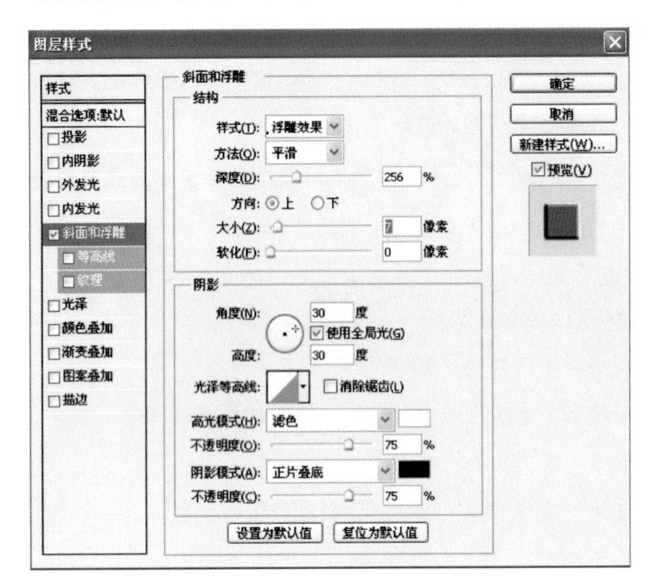

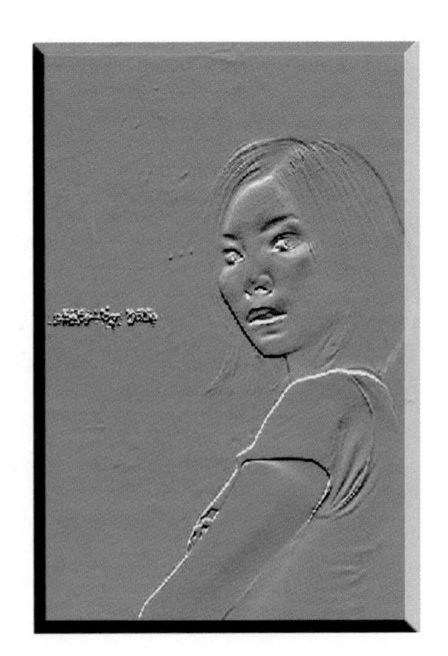

粗颗粒效果

给图像设置粗颗粒效果，可以使照片变得酷似印象派点彩作品。在Photoshop CS5中，通过“滤镜”菜单下的艺术效果中的胶片颗粒处理粗颗粒效果，处理步骤如下。

(1) 选择“文件”→“打开”命令，打开一幅图片素材。

(2) 选择“滤镜”→“风格化”→“胶片颗粒”命令，弹出“胶片颗粒”对话框，如下图所示。

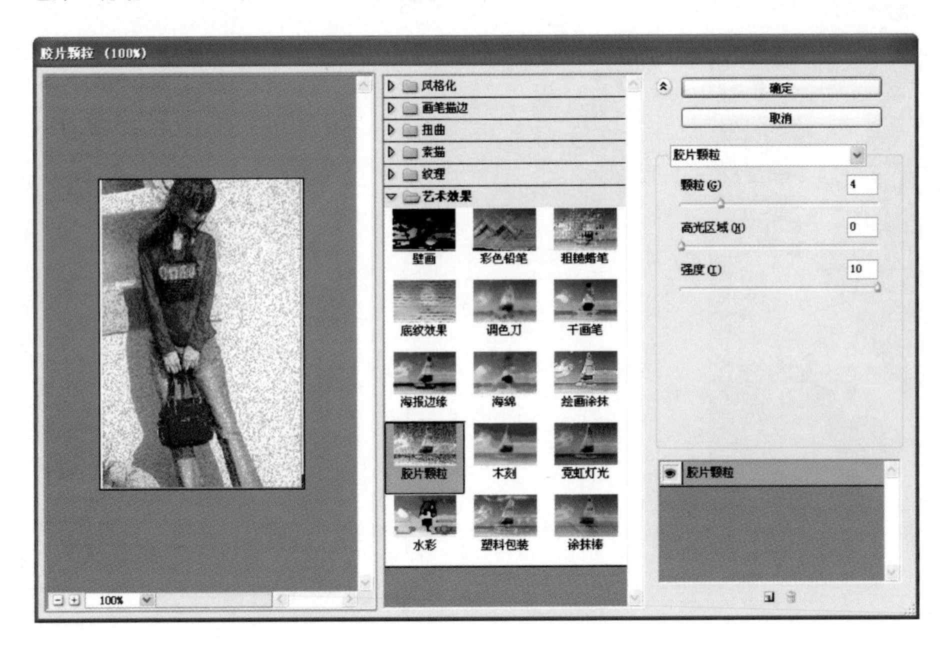

胶片颗粒的设置参数包括“颗粒”、“高光区域”和“强度”。

(3) 选择“图片”→“调整”→“曲线”命令，调整图片的光照亮度，最终效果如下图所示。

纹理效果

在Photoshop中，“纹理”滤镜赋予图像一种深度或物质的外观，给图像添加一种有机外观。

在Photoshop CS5中，打开一幅图片，选择“滤镜”菜单中的“纹理”命令，会弹出纹理的二级菜单。

龟裂缝...
颗粒...
马赛克拼贴...
拼缀图...
染色玻璃...
纹理化...

1.龟裂缝

“龟裂缝”滤镜可以产生凹凸不平的裂纹效果，顺着图像和轮廓产生浮雕或石制品特有的裂变效果。

打开一幅图片，选择“滤镜”→“纹理”→“龟裂缝”命令，弹出“龟裂缝”对话框，如下图所示。

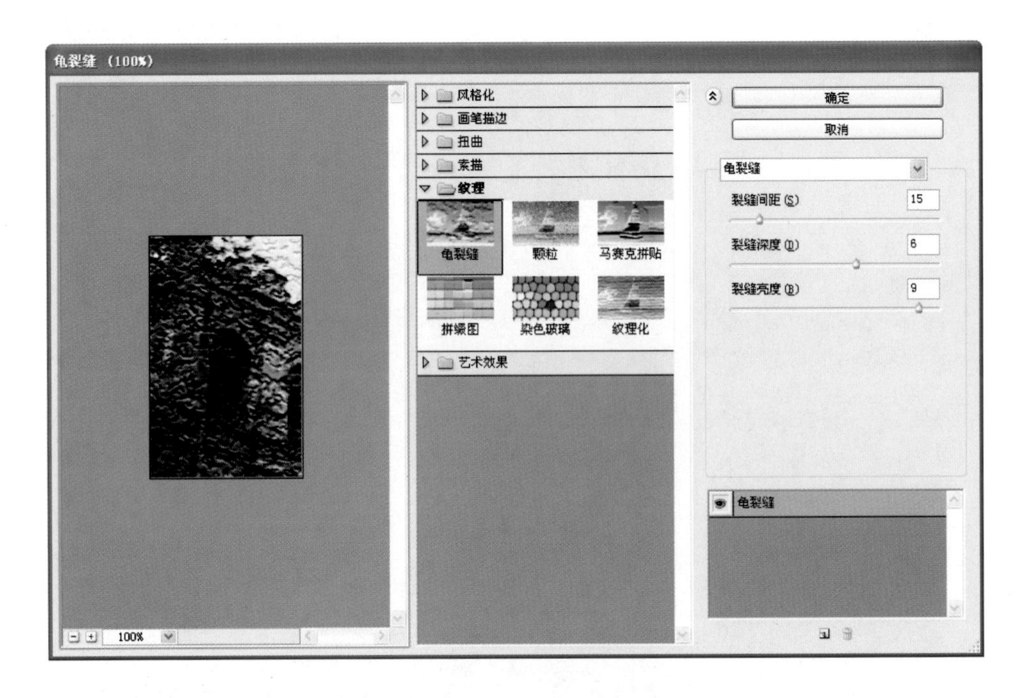

龟裂缝参数设置包括“裂缝间距”、“裂缝深度”及“裂缝亮度”。“裂缝间距”是指裂缝与裂缝间隔的距离，“裂缝深度”是指裂缝之间的深度，“裂缝亮度”是指裂缝与裂缝之间的亮度。

2. 颗粒

“颗粒”滤镜是用不同类型的颗粒改变图像的表面，产生纹理效果。

打开一幅图片，选择“滤镜”→“纹理”→“颗粒”命令，弹出“颗粒”对话框，如下图所示。

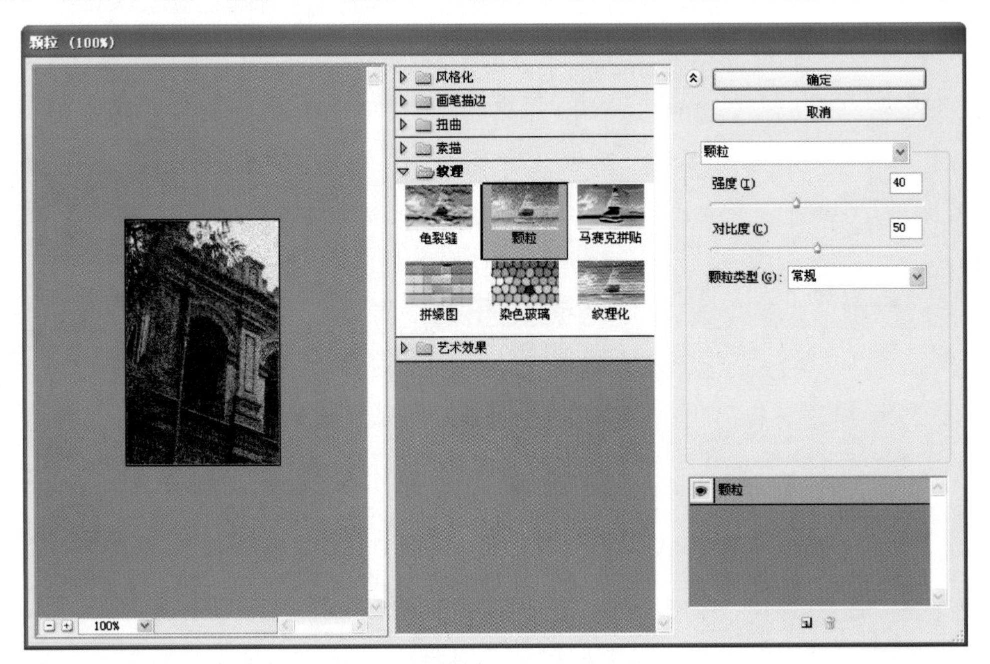

颗粒滤镜的参数设置包括“强度”、“对比度”及“颗粒类型”。“强度”是指控制图像的强度和颗粒的密度；“对比度”是指控制图像像素之间的对比度；“颗粒类型”包括常规、软化、喷洒、结块、强反差、扩大、点刻、水平、垂直及斑点。

3. 马赛克拼图

“马赛克拼图”滤镜可以将图像处理成由大小形状不规则的碎片拼贴。

打开一幅图片，选择“滤镜”→“纹理”→“马赛克拼贴”命令，弹出“马赛克拼贴”对话框，如下图所示。

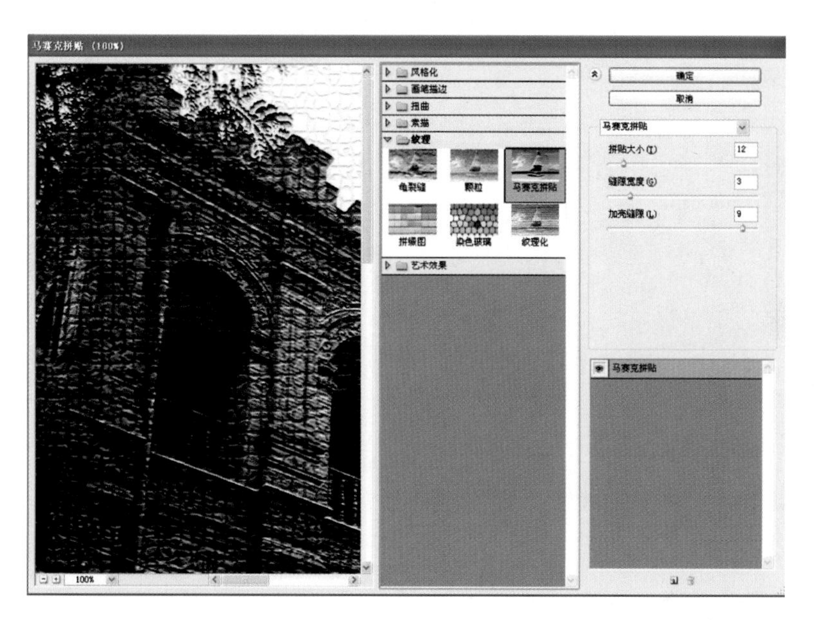

“马赛克拼图”滤镜的参数设置包括：“拼贴大小”、“缝隙宽度”及“加亮缝隙”。“拼贴大小”调整图像马赛克的大小；“缝隙宽度”调整图像上马赛克块间的宽度；“加亮缝隙”是调整图像上马赛克块之间的亮度。

4. 拼缀图

“拼缀图”滤镜也是一种马赛克效果，它是在马赛克的基础上增加了一些立体效果，用来产生建筑上拼贴瓷片的效果。

打开一幅图片，选择“滤镜”→“纹理”→“拼缀图”命令，弹出“拼缀图”对话框，如右图所示。

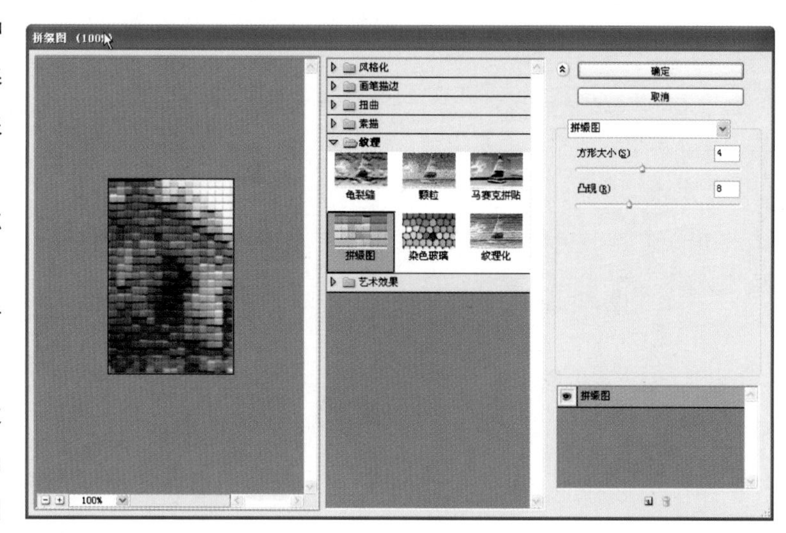

“拼缀图”滤镜参数设置包括“方形大小”和“凸现”。“方形大小”是控制图

像上方块的大小；“凸现”是控制方块的凸出效果。

5. 染色玻璃

“染色玻璃”滤镜可以产生不规则分离的彩色玻璃格子，像植物细胞、蜂巢一样的拼贴成的纹理，其分布与图片颜色分布有关。

打开一幅图片，选择“滤镜”→“纹理”→“染色玻璃”命令，弹出“染色玻璃滤镜”对话框，如左下图所示。

“染色玻璃”滤镜参数设置包括：“单元格大小”、“边框粗细”及“光照强度”。“单元格大小”是调整图像上的方块大小；“边框粗细”是调整单元格之间的距离；“光照强度”是调整图像的亮暗程度。

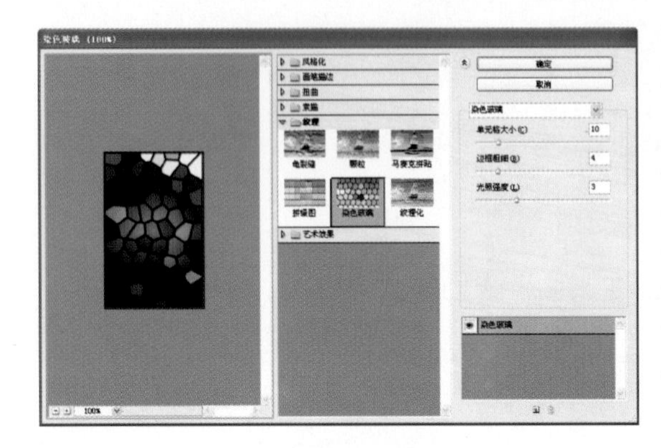

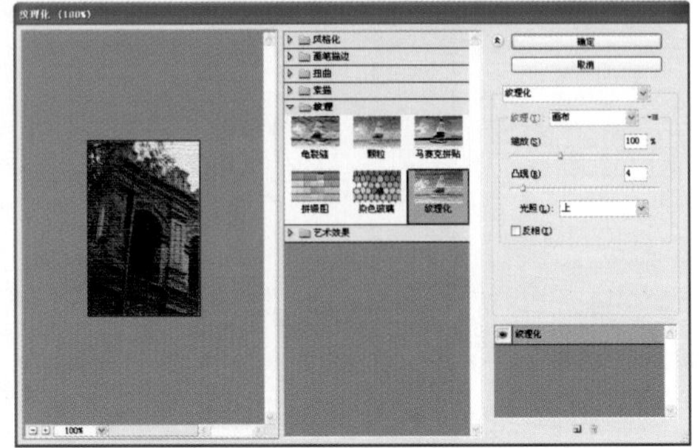

6.纹理化

“纹理化”滤镜是将选择或创建的纹理应用于图像。

打开一幅图片，选择“滤镜”→“纹理”→“纹理化”命令，弹出“纹理化”对话框，如上图右图所示。

移轴效果

移轴效果也可简单地称为移轴镜头效果，其模仿移轴镜头拍摄的效果，移轴镜头所拍摄的照片效果就像是缩微模型一样，非常特别，其制作步骤如下所示。

(1) 在Photoshop CS5中，选择“文件”→“打开”命令，打开一幅图片素材。

(2) 首先单击工具箱中的“快速蒙版编辑模式”按钮。再选择工具箱中的“渐变工具”，在渐变工

具栏中选择对称渐变，并在图中进行渐变选择。

(3) 再次单击“快速蒙版编辑模式”按钮。

(4) 选择“滤镜”→“模糊”→“镜头模糊”命令，打开“镜头模糊”对话框，半径设置为52，如左下图所示。

图片的最终效果如右下图所示。

模糊效果

模糊效果即将图片进行模糊处理，进行柔化。

在Photoshop CS5中，打开一幅图片，选择“滤镜”菜单中的“模糊”命令，会弹出“模糊”的二级菜单，如下图左图所示。

1. 表面模糊

“表面模糊”是指在保留边缘的同时模糊图像。主要用于创建特殊效果并消除杂色或粒度。选择“滤镜”→“模糊”→“表面模糊”命令，弹出“表面模糊”对话框，如下图右图所示。

表面模糊...
动感模糊...
方框模糊...
高斯模糊...
进一步模糊
径向模糊...
镜头模糊...
模糊
平均
特殊模糊...
形状模糊...

"半径"参数是以像素为单位，设置模糊取样区域的大小，也就是所选图层上对象的中心点向外模糊数值的大小。"阈值"参数是以色阶为单位，设置相邻像素色调值与中心像素值相差多大时才能成为模糊的一部分。色调值差小于阈值的像素被排除在模糊之外。

正确设置后就可以使图像既保持平滑的自然色调的完美，又可以对变化细节的反差作出强调。

2．动感模糊

"动感模糊"是模拟物体运动轨迹的效果。

选择"滤镜"→"模糊"→"动感模糊"，弹出"动感模糊"对话框，如右图所示。

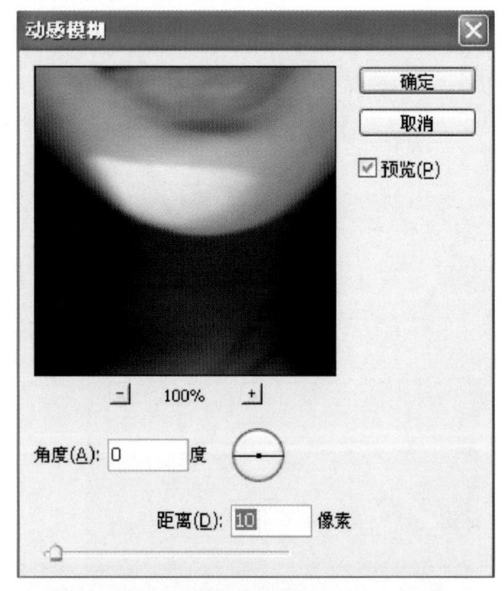

"角度"变化范围为−360～360，用于规定运动模糊的方向；"距离"设置像素的移动距离，距离越大越模糊。

3．高斯模糊

"高斯模糊"是有选择地模糊图像，添加模糊的效果。"高斯模糊"的具体操作步骤如右图所示。

(1) 打开所要处理的图像素材。

(2) 选择"滤镜"→"模糊"→"高斯模糊"命令，弹出"高斯模糊"对话框。"半径"参数是以像素为单位，设置模糊取样区域的大小。

4．进一步模糊和模糊

选择"进一步模糊"滤镜生成的效果比选择"模糊"

滤镜强3～4倍。“模糊”滤镜会使图像产生轻微的模糊效果。其两种效果如下。

（1）打开所要处理的图像素材。

（2）选择“滤镜”→“模糊”→“模糊”命令，其效果如左下图。

（3）选择“滤镜”→“模糊”→“进一步模糊”命令，其效果如右下图所示。

两者的效果对比图如下。

5.径向模糊

“径向模糊”是模拟前后移动相机或旋转相机拍摄物体产生的效果，其具体操作步骤如下所示。

（1）打开所要处理的图像素材。

（2）选择“滤镜”→“模糊”→“径向模糊”命令，弹出其对话框。

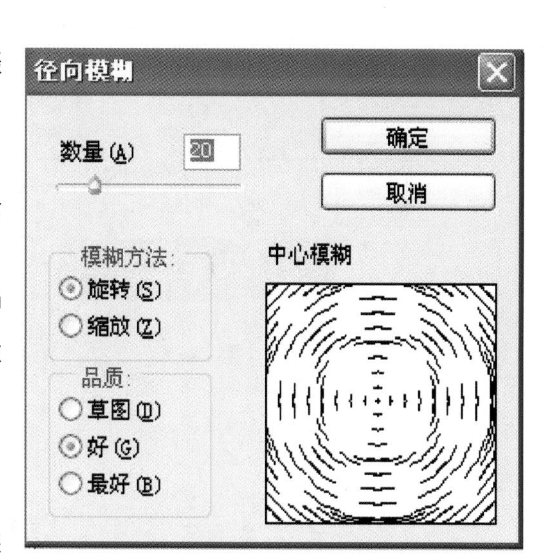

“径向模糊”滤镜包括“旋转”和“缩放”两种模糊方式。能使图像产生旋转或爆炸的模糊效果。“数量”值是用来调整模糊的程度，参数值越大就越模糊；“中心模糊”是调整对图像进行处理的中心点。

6.镜头模糊

“镜头模糊”滤镜是使图像模糊以产生更窄的景深

效果，以便使图像中的一些对象在焦点内，而使另一些区域变模糊。

7.平均

“平均”滤镜可以找出图像或选区的平均颜色，再将该平均颜色填充图像或选区，创建平滑柔和的过渡效果。

数码倒影效果

数码倒影效果是经常用到的效果，在Photoshop CS5中对倒影效果的处理过程很简单，其具体操作步骤如下。

(1) 选择“文件”→“打开”命令，打开图像素材。

(2) 使用“魔术棒工具”将图片中的花进行勾选，使用调整边缘工具，建立选区，进行抠图。

(3) 将选择部分进行复制并粘贴，创建图层1，选择“编辑”→“变换中垂直翻转”命令并移动图层。

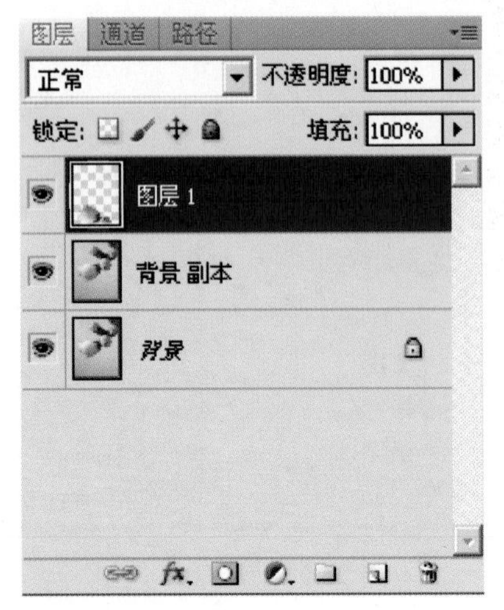

（4）使用“橡皮擦工具”将多余部分细心擦除。使用工具箱中的“模糊工具”将图像倒影处进行涂抹。

（5）选择“图层”调板下的“添加蒙版工具”，使用工具箱中的“渐变工具”，在工具栏中选择线性渐变。

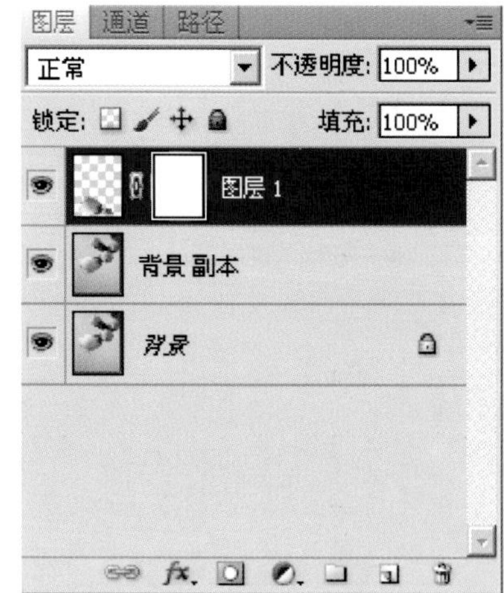

（6）将图层1的透明度调整为45%，效果如下图所示。